KILLING EVE

1 コードネーム・ヴィラネル

KILLING EVE
CODENAME VILLANELLE
Luke Jennings

キリング・イヴ

ルーク・ジェニングス
細美遙子＝訳

U-NEXT

キリング・イヴ 1

コードネーム・ヴィラネル

1

ファルコニエーリ離宮は、イタリアによくある小さめの湖の上にそびえる断崖の上に立っている。六月の下旬で、ごつごつした岩がちな岬をマツやイトスギの枝が歩哨《ほしょう》のように取り巻き、そのあいだをかすかな風が吹き抜けていた。いくつかある庭園はどれもみごとで、美しいとすら言えたが、黒々とした濃い影がこの場所に禁断の雰囲気をもたらしていた。宮殿そのもののいかめしい輪郭もまた、その雰囲気を濃くしている。

建物は湖に面しており、正面に並ぶ縦に長い窓から、絹のカーテンが見てとれる。東の棟には、かつて晩餐会が開かれていた大広間があるが、現在は会議室として使われている。部屋の中央には、アールデコ様式の重厚なシャンデリアの下に長方形のテーブルがあり、その上にはブガッティのブロンズのパンサー像が置かれている。

テーブルを囲んで座っている十二人の男たちは、一見したところ、ごくふつうに見えるが、主張しすぎない高価な服から、成功者たちだとわかる。ほとんどが五十代後半から六十代のはじめで、人の記憶に残らない、すぐ忘れ去られるタイプの顔をしている。だが、この男たちがまとっている用心深さは一瞬の隙もなく、ふつうとは言えない。

　午前中は討論に費やされた。討論はロシア語と英語でおこなわれた——その二つが出席者全員の共通語だった。それから、テラスで軽い昼食が出された。前菜、レイクトラウト〔イワナの一種〕、きりりと冷えたヴェルナッチャの白ワイン、フレッシュなイチジクとアンズ。食後に、十二人はめいめいコーヒーを注ぎ、静かな風に波立つ湖面を眺め、庭園を散歩した。警護の者はいない。このレベルの機密になると、警護の者自体が危険要因《リスク》となりうるからだ。そしてほどなく、男たちは薄暗い会議室のそれぞれの席にもどっていった。この日の会議内容が〝ヨーロッパ〟を導いてゆくのだ。

　最初の発言者は、年齢に似ず若々しい、黒く日焼けした、奥まったかなつぼまなこの男だった。周囲を見まわし、それから口を開く。「諸君、午前中はヨーロッパの政治と経済の未来について議論した。特に、キャピタルフローとそれをコントロールする最良の方法について話しあった。この午後は、ちがう種類の経済について話をしたい」

　部屋がいっそう暗くなり、十二人は北側の壁にかけられたスクリーンに顔を向けた。そこには地中海の港が映し出されていた。たくさんのコンテナ船と、船から陸に荷揚げするガントリー・クレーンが並んでいる。

「パレルモだよ、諸君。昨今、コカインをヨーロッパへ運びこむもっとも重要な都市だ。メキシコの麻薬カルテルとシチリア・マフィアが戦略的に手を組んだ結果だ」

「シチリアのやつらはもう盛りを過ぎた勢力なんじゃないか？」左隣のいかつい体躯の男が言う。「昨今の麻薬取り引きは本土のシンジケートが仕切ってると思ってたよ」

「かつてはそうだった。一年半前まではどこのカルテルも、イタリア南部のカラブリア州を拠点とするマフィア、ンドランゲタと取り引きしていた。だがここ数か月のあいだに、復活したシチリア・マフィアのグレコ一族とカラブリアのやつらとのあいだで抗争が起きているんだ」

スクリーンに男の顔が映し出された。冷酷で油断のない黒い瞳。鋼鉄のトラバサミのようにがっちりと食いしばった口。

「サルヴァトーレ・グレコ。一九九〇年代にコーサ・ノストラとの権力争いに敗れて失墜した一族を復活させることに人生を捧げてきた男だ。父親がライバルのマテオ一族の一員に殺されたからな。そして二十五年後、サルヴァトーレは生き残っているマテオ一族を全員殺した。このグレコ一族と、やつらが手を組んでいるメッシーノ一族が、現在シチリア・マフィアのなかでもっとも金と力を持ち、もっとも恐れられている。サルヴァトーレは自身の手で少なくとも六十人を殺し、さらに数百人の殺人を命じたことで知られている。五十五歳にして彼は、パレルモとその地の麻薬取り引きを絶対的に支配している。彼の事業は全世界に広がり、収益は二百億から三百億ドルに及んでいる。諸君、彼はまさしくわれわれの仲間と言える」

ほとんどおもしろがっているというに近いかすかなざわめきが室内に広がった。

「ここで問題にするのは、サルヴァトーレ・グレコが拷問と殺人を好むことではない」男は話を続ける。「マフィア同士の殺しあいは自浄作用とも言えるものだ。だが最近、彼は社会の権力者層にいる人々の暗殺を命じはじめた。これまでのところ、下級裁判所の判事ふたりと上級裁判所の判事四人が自動車爆弾で殺され、それを調べていた女性ジャーナリストが先月、アパートの前で射殺された。ジャーナリストは死亡時、妊娠していて、その子どもも助からなかった」

男は言葉を切り、スクリーンに目を向けた。そこには、アスファルトの血だまりの上に大の字に横たわっている死んだ女性が映っていた。

「言うまでもないことだが、これらの犯罪のどれも、直接グレコに結びつけることはできていない。警察は賄賂を贈られたか脅されたかしたようで、目撃証人たちはおびえている。沈黙の掟――イタリア語でオメルタ――が幅を利かせているからだ。サルヴァトーレにはどうやっても手が届かない。ひと月前、わたしは仲介者を送って面会を打診した。彼とはいくらかの調整をする必要があるように思ったのでね。ヨーロッパのこの一角での彼の活動が過激になりすぎて、われわれの利益とぶつかる恐れがあるからだ。グレコの反応は速かったよ。その翌日、わたしは密封された小包を受け取った」スクリーンの映像が変わる。「ご覧のとおり、小包の中身はわたしの仲間の両目と両耳、そして舌だ。メッセージは明確だ。会わない。話をしない。調整などしない」

テーブルを囲む男たちは少しのあいだその陰惨な画像を見つめ、それから話し手に目を戻した。

「諸君、われわれはサルヴァトーレ・グレコについて、世界を動かす者としての決定を下す必要に迫られている。彼は非常に危険で、手に負えない勢力だ。法の手も届かない。彼の野放図な犯罪行為と、それらが必然的にもたらす社会の無秩序は、この地中海地域の安定を脅かす。彼をこのゲーム盤から永久に除去することを提案する」

　話し手は椅子から立ち上がり、サイドテーブルまで歩いていくと、古めかしい漆塗りの箱を持って、席にもどった。黒いベルベットの巾着袋を取り出し、その中身をテーブルに振り出す。象牙でできた二十四個の小さな魚。十二個は古びてなめらかな黄色みを帯びている。あとの十二個は血のような赤黒い色に塗られていた。男たちはそれぞれ、二種類の魚を受け取った。

　ベルベットの袋がテーブルを反時計回りに巡っていった。一周し、袋は提案者にもどった。ふたたび、袋の中身がうっすらと輝くテーブルの上に広げられた。赤い魚が十二。満場一致で死刑が宣告された。

　二週間後の夕暮れ、パリの十六区にある会員制クラブ〈ル・ジャスマン〉の屋外テーブルに、ヴィラネルは座っていた。東からはスシェ大通り《ブールヴァール》を流れる車の静かな音が聞こえ、西にはブローニュの森とオートゥイユ競馬場が横たわっている。クラブの庭を仕切っているトレリスにからみつく花盛りのジャスミンの香りが、なま暖かい空気に濃厚に浸み入っている。

ほかのテーブルはほとんど埋まっていたが、会話の声はひそやかだ。日の光はしだいに薄れ、夜の帳《とばり》が下りようとしていた。

　ヴィラネルはフランス最高級のグレイグース・ウォッカを使ったマティーニをゆっくりと口に含んで味わいながら、油断なく周囲に目を配っていた。特にすぐ隣のテーブルのカップルに注意していた。カップルはどちらも二十代半ばだ。男は服装も態度も小粋な感じの崩し方をしており、女は猫のようなところがあって魅力的だ。兄と妹だろうか？　それとも仕事の同僚？　恋人たち？

　絶対に兄妹《きょうだい》じゃない。ヴィラネルは判断した。ふたりのあいだに漂う緊張感――共犯者のような――は絶対に家族のものじゃない。でも、どちらもかなり裕福だ。たとえば彼女のシルクのセーター。彼女の目の色と同じダークゴールドのセーターは新しいものではないが、シャネルに間違いない。それにふたりはテタンジェのヴィンテージものを飲んでいる。そのシャンパンはこのクラブでは安いとは言えない。

　ヴィラネルの目が男の目と合った。男はシャンパンのフルートグラスを一、二センチ持ち上げて見せ、連れの女にささやきかけた。女は値踏みするような冷ややかな眼差しをヴィラネルに向けた。

「ご一緒しません？」女が言う。それは招待であると同時に挑戦でもあった。

　ヴィラネルはまばたきひとつせずに平然と見つめ返した。濃厚な花の香りに満ちた空気を、かすかな風が揺らした。

「無理にとは言いませんよ」男が言う。ちょっと口元をゆがめた笑みは、眼差しの冷静さとはそぐわない。

ヴィラネルはグラスを持って立ち上がった。「ぜひご一緒させていただきたいわ。友だちを待ってたんだけど、彼女、ドタキャンしちゃったみたい」

「そういうことなら……」男は立ち上がった。「ぼくはオリヴィエ。こっちはニカだ」

「ヴィラネルよ」

型どおりの世間話がはじまった。オリヴィエは最近、美術商の仕事をはじめたところで、ニカはときおり女優として働いている。このふたりは寝てはいない。それに間近で観察しても、恋人どうしという雰囲気はいっさいない。それでも、このふたりの関係性には微妙にエロティックなものがあり、そこにヴィラネルは引きつけられたのだ。

「わたしはデイトレーダーよ」ヴィラネルはふたりに言った。「為替とか、株価とか、そんなの」ふたりの目から即座に興味の光が失せていくのを、満足げに見てとる。必要なら、デイトレーディングの話を何時間でもできるが、このふたりは知りたくもなさそうだ。そこでヴィラネルは、仕事場にしているフラットの話を――ヴェルサイユにあって、陽当たりがよく、二階にあることを話した。実際には存在しないが、バルコニーにある鋳鉄製の手すり柵の唐草模様や、床に敷いてある色あせたペルシャ絨毯に至るまで、こと細かに描写できる。ヴィラネルのつくり話は今や完璧の域にあり、嘘八百をまくしたてるのは、いつもながら、すさまじい快感をもたらした。

「あたしたち、あなたの名前も、目も、髪も大好きよ。それに何より、あなたの靴が大好き」ニカが言う。

ヴィラネルは声をあげて笑い、細いストラップが巻きついたサテン地のルブタンをはいた両足をこれ見よがしに動かした。オリヴィエの視線をとらえて、わざと彼の物憂げな態度をまねて見せる。彼の両手がなまめかしく、わが物顔に自分の身体をなぞるさまを想像する。おそらく彼はヴィラネルを、美しい蒐集《しゅうしゅう》品のように眺めている。そしてそれをうまく隠せていると思っている。

「何がおかしいの？」ニカが小首をかしげ、煙草に火を点《つ》けた。

「あなたが」ヴィラネルは言う。あの金色の眼差しに吸いこまれたらどんな気がするだろう？　あの煙草くさい口を自分の唇で受け止めたら。今やヴィラネルは楽しんでいた。オリヴィエもニカもあたしをほしがっている。ふたりとも、このあたしをもてあそんでいると思っている。まだしばらく、そう思わせておいてやろう。このふたりを操るのはおもしろそうだ。どんなことになるか、とことん見てやろう。

「ひとつ提案があるんだ」オリヴィエが言う。そのとき、ヴィラネルのバッグにはいったスマホが震えはじめた。明るく光るスクリーンに一語だけのメッセージが出ていた。『要接触』ヴィラネルの顔から表情が消え、彼女は立ち上がった。ニカとオリヴィエをちらりと見るが、もはや彼女の脳内にふたりは存在していない。ヴィラネルは無言でその場を離れ、一分もたたないうちにベスパに乗って北向きの車の流れに加わっていた。

このメッセージをよこした男にはじめて会ったのは、今から三年前だ。今のところコンスタンティンという名前しか知らない男。あのときから、ヴィラネルの状況は一変した。それ以前の彼女の名前はオクサナ・ヴォロンツォヴァ。公式にはロシア連邦の西部にあるペルミ大学のフランス語学科の学生として登録されていた。その六か月後に最終試験を受けることになっていたが、大学の試験場に足を踏み入れることはできそうになかった。なぜなら、その前年の秋から、別の場所に勾留されていたからだ。ウラル山脈にあるドブリャンカ女性拘置所に。殺人の被疑者として。

〈ル・ジャスマン〉からパシー門の近くにあるヴィラネルのアパートまでは、バイクで五分ほどの距離だ。一九三〇年代に建てられた大きな建物は、特に目立つ特徴もなく静かで、セキュリティのしっかりしている地下ガレージがついている。ベスパを自分の車——スピードがよく出て、特に目立ちもしないシルバーグレーのアウディTTロードスター——の横に停めて、ヴィラネルはエレベーターで六階に上がり、そこからさらに短い階段を上ってペントハウスに入った。玄関ドアはこのアパートのほかの住居と同じパネル材だが、スチールで補強されており、オーダーメイドの電子錠が取り付けられている。

ドアの内側は多少古びてはいるものの、快適で広々とした住居だ。一年前、ヴィラネルはコンスタンティンからここの鍵と権利証書を渡された。自分の前に誰が住んでいたかは知らないが、引っ越してきたときには家具類が完全にそろっていた。家具調度がどれも何十年も前の製造品なのを見ると、前の住人は老人だったのだろう。部屋を飾りたてることにいっさい興味のないヴィラネルは、室内を入居時のままにしてある。どの部屋も色あせた青緑色《シーグリーン》とフレンチブルーの壁紙が張られ、特に目を引きもしない後期印象派の絵が飾られていた。

これまで、ここに彼女を訪ねてきた者はない。仕事関係の顔合わせはカフェか公園を使っていたし、性的な交渉はたいていホテルでおこなっていた。だが、もしここを使うことになったら、この住居はヴィラネルの嘘八百を完璧に裏づけてくれる。書斎にあるステンレススチールの最新型の極薄ノートパソコンは、生半可な腕のハッカーだと即座に迂回するようなセキュリティ・ソフトで護られている。だが、その中身を見たところで、うまく成果を上げているデイトレーディングの明細ぐらいしか入っていない。ファイルキャビネットの中身もやはりほとんど意味がないものばかりだ。オーディオセットもいっさいない。ヴィラネルにとって音楽とは、せいぜい無駄ないらだちのもと、悪く言えば死に通じる危険なものだ。安全は沈黙のなかにあり、だ。

拘置所の状況は言語に絶するひどさだった。食事はかろうじて食べられる程度で、衛生設備など存在しない。ドブリャンカ川から吹いてくる凍えるような寒風が、陰鬱な拘置所の建物の隅々までしみわたっていた。少しでも規則違反をすると、長々と独房に監禁される。オクサナはそこで三か月間をすごした。それから、何の説明もなしに独房から施設の中庭まで歩かされ、傷だらけの不整地走行車に乗れと命じられた。二時間後、ペルミ地方の奥地に入り、凍りついたチュソヴァヤ川にかかる橋のたもとで車は止まった。運転手が無言で、天井の低いプレハブ小屋に入れと指示した。小屋の横には、黒い四輪駆動のメルセデス・ベンツが止まっていた。狭い小屋のなかにはテーブルひとつと椅子二脚とパラフィンストーブがあるだけだった。

椅子の片方に、分厚いグレーのコートにくるまった男が座っていた。男はオクサナをじっと見つめた。すりきれた囚人服、やつれた風貌、それでもなお傲岸不遜《ごうがんふそん》な態度。「オクサナ・ボリソーヴナ・ヴォロンツォヴァだな」テーブルの上のフォルダーに印刷された文字を見ながら、ようやく男は口を開いた。「年齢、二十三歳と四か月。罪状、三人の殺害、及び加重要素多数」

小さな四角い窓に切り取られた雪に埋もれる森を眺めながら、オクサナはじっと待った。この男は、見たところごくふつうだが、人に操られるようなタマではないことはひと目でわかった。

「二週間後、きみは裁判を受ける」男は話を続けた。「そして有罪判決が出るだろう。それ以外に考えうる結末はない。ふつうならきみは死刑になるだろう。よくてもこれから先二十年を、ドブリャンカがリゾートホテルに思えるような流刑隔離施設で過ごすことになるだろう」

オクサナの目はうつろなままだった。男は高級輸入銘柄の煙草に火を点け、彼女の前に差し出した。それは拘置所での食事の一週間分のおかわりと引き換えにしてもいいようなものだったが、オクサナはごくかすかに首を振って、ことわった。

「三人の男の死体が発見された。ひとりは喉を骨に達するまでかっ切られ、ふたりは顔を撃たれていた。ペルミのトップ大学の外国語学科最終学年の学生に似つかわしいふるまいとはとても言えんな。まあ、たまたま彼女がスペツナズの接近戦教官の娘だったということがなければだが」男は煙草をふかした。「強さにかけては定評がある男だったよ、ボリス・ヴォロンツォフ曹長は。とはいえ、彼が副業で付き合っていたギャングどもともめたときには、役に立ちはしなかったが。背中に弾丸を受けて倒れて、そのまま路上で死んだ。犬みたいにな。グロズヌイとペルヴォマイスコエで戦って叙勲《じょくん》された兵士にふさわしいとは言いがたい最期だったね」

男はテーブルの下から携帯水筒《フラスク》と紙コップふたつを取り出し、ゆっくりとフラスクの中身を注いだ。濃い紅茶の香りが冷気に立ち昇った。紙コップのひとつをオクサナのほうに押しやる。

「〈ブラザーズ・サークル〉《ブラツキー・クルーグ》。ロシアでもっとも凶暴で残忍な犯罪組織のひとつだ」やれやれというように首を振った。「まったく、いったい何を考えてたんだね、こんなところの兵隊を三人も殺すなんて?」

オクサナは蔑《さげす》むような表情を浮かべ、そっぽを向いた。

「〈ブラザーズ〉より先に警察に見つかったのは幸いだったな。でなければ今きみと話せてはいなかっただろう」男は吸いさしの煙草を床に落とし、踏みつけた。「とは言え、なかなか手際のいい仕事ぶりだと言わざるをえない。きみの父親はよく仕込んだようだな」

オクサナはもう一度男に目を向けた。黒髪、中背、おそらく四十歳ぐらい。動じずに見つめ返す男の目はほとんど好意的にも見えるが、うのみにはできない。

「だが、きみは何より大事なルールを無視した。つかまったんだ」

オクサナは探るように紅茶をひと口飲んだ。テーブルの上に手をのばして煙草を一本取り、火を点けた。「で、あんたは誰？」

「きみが自由に話せる相手だよ、オクサナ・ボリソーヴナ。だがまずは、今から言うことが本当かどうか確認させてほしい」男はコートのポケットから折りたたんだ紙束を出した。「きみの母親はウクライナ人で、きみが七歳のときに甲状腺ガンで死んだ。それが、十二年前のチェルノブイリ原発事故に由来する放射線被曝のせいだということはほぼ確実だ。そして母親が死んだ三か月後、きみの父親はチェチェン共和国に派兵され、その時点できみはペルミのサハロフ孤児院に一時預かりの身となった。きみはその孤児院で十八か月過ごしたが、そのあいだに孤児院の職員がきみの並外れた学力に気づいた。と同時に、ほかの特徴にも気づいた――おねしょ癖や、ほかの子どもたちとの関係性形成がほとんどできないということにね」

オクサナが煙を吐き出すと、冷気のなかに灰色の長いすじが立ち昇った。彼女は上唇のごくわずかに盛り上がった傷痕に舌先でふれた。その仕草は、傷痕そのものと同様ほとんど見てとれないほどかすかなものだったが、コートの男は気づいていた。

「きみが十歳のとき、きみの父親はまた派兵された。今度はダゲスタンだった。きみはまたサハロフ孤児院に戻され、その三か月後、居住棟に火を点けているところを見つかって、ペルミの市立四号病院の精神科病棟に移された。きみを社会病質人格障害と診断したセラピストの助言に反して、きみは父親のもとに戻された。その翌年、きみは産業地区中等学校に入学。ここでもまたきみは学業の成績で——とりわけ語学の習得能力において——称賛を得た。が、またしても、いっさい友だちをつくろうとも、他人と関わろうともしないという特性も見られた。実際、きみが多数の暴力事件に関わったり、そそのかしたりした疑いがあることが記録に残っている。

しかしながら、きみは独身女性のフランス語教師、レオノヴァ先生に愛着を持ち、彼女が深夜にバスを待っているときに襲われて強姦されたことを知ると、尋常でなく怒り狂った。彼女を襲ったとみられる男は逮捕されたが、そののち証拠不十分で釈放された。六週間後、その男はムリャンカ川の近くの森林地帯で、出血多量とショックによる錯乱状態で発見された。ナイフで去勢されていたんだよ。医者たちの努力で一命はとりとめたが、彼を襲った犯人は特定されなかった。これらの事件が起きたとき、きみは十七歳の誕生日を迎えようとしていた」

オクサナは煙草を床に落とし、踏みにじった。「で、その話の行き着く先は?」

男は笑みのようなものを浮かべた。「きみはエカチェリンブルクの大学対抗試合で、射撃の金メダルを取ったね。入学したての一回生のときに」

オクサナは肩をすくめた。男は椅子から身を乗り出した。「ここだけの話だが、あの〈ポニークラブ〉の三人——彼らを殺したときにはどんな心地だった？」

オクサナは男の目を見返したが、まったくの無表情だった。

「わかった、仮定の話としよう。きみはどんな気分になると思う？」

「そのときは、仕事をうまくやってのけたって満足を感じてたと思う。今は……」ふたたび肩をすくめる。「何も」

「何もないと言うが、これからベレズニキか、どこかほかの似たような場所で二十年を過ごすことになるんだぞ、わかってるかね？」

「そんなことを言うためにはるばるこんなところまで連れてきたの？」

「オクサナ・ボリソーヴナ、実のところ、きみのような人々は世の中に受け入れてはもらえない。男にせよ女にせよ、生まれつき良心を持たず、罪悪感を覚えないきみのような人間はね。きみらは全人口から考えるとごくごくわずかな数だ。が、きみらのような……」男はもう一本煙草を点け、どっしりと椅子の背にもたれた。「きみらのような猛獣が——想像もつかないことを考え、いっさい不安やためらいを持たずに実行できる人々がいなければ、世界は静止してよどむ。きみらは進化を促すために必要なんだ」

長い沈黙が続いた。男の言葉は、人生のこんなどん底の時期とはいえ、彼女がうすうすわかっていたこと——自分は人とはちがう特殊な人間だ、空高く舞い上がるために生まれてきた人間なのだ——を裏づけるものだった。オクサナは窓の外で待ち受けている車を見つめた。

雪のなかで護衛のふたりが足踏みをしている。彼女の舌先がまた、ほんの一瞬、ちろりと上唇をなめた。

「で、あたしに何を求めてるの？」オクサナは訊《き》いた。

コンスタンティンはそれからのことについて、詳細はいっさい明かさずに話をした。その話を聞いていると、彼女のそれまでの人生すべてがこの一瞬に導かれていたように思えた。彼女の表情はぴくりとも動かなかったが、全身を貫いてこみあげてくるぞくぞくした感じは、飢餓のように強烈なものだった。

パリの上空、光がどんどん薄れていく。ヴィラネルは書斎の机の引き出しから、まだ箱に入ったままのアップルのノートパソコンを取り出し、梱包を解いた。ほどなくGmailのアカウントに接続して、件名が『ジェフとサラ――ホリデー・ピクニック』となっているメールを開いた。本文は二段落あり、カイロ市内とその周辺の観光地を巡っているカップルのJPEG画像が十二枚添付されていた。

『やあ、みんな！

ぼくらは人生最高の時間を過ごしてるよ。ピラミッドはどれもすごいし、サラはラクダに乗った（添付の写真を見てね）！　家に帰るのは日曜日だ。7時42分着の飛行機で、9時45分には家に着いてるはずだ。じゃあみんな、元気でね――ジェフ。

追伸：サラの新しいeメールアドレスはSMPrice88307@gmail.com だよ。メモしておいてね。』

文字や単語の意味はいっさい無視して、ヴィラネルは数字だけを抜き出した。これがワンタイム・パスワードとなって、一見何の変哲もないように見えるＪＰＥＧ画像に埋めこまれた圧縮データにアクセスできるようになった。秘密の通信偽装手法を教えてくれたインド人のシステムデザイナーの言葉を、彼女はよく覚えていた。「メッセージを暗号化するのは大変けっこうなんだが、たとえ絶対に解読不能のものであっても、人の興味を惹きつけるものだ。だから、そもそもメッセージがあるんじゃないかと誰にも疑われないようにするほうがいいんだ」

ヴィラネルは写真を開いていった。それらは卓越した解像度で高度に迷彩装飾をほどこされているため、大量のデータを埋めこむことができる。十分後、彼女は隠蔽されたテキストをすべて抜き出し、それらを合わせた一通の文書を手に入れた。

ふたつ目のeメールは『スティーヴの携帯』という件名で、本文はずっと短かった。電話番号がひとつあるだけで、アマチュアのフットボール試合のＪＰＥＧ画像が六枚添付されていた。ヴィラネルは先ほどと同じ手順を繰り返したが、今回は数枚の人物写真の画像が出てきた。すべて同じ男のものだ。目の色ははっきりと黒と言えるほど濃く、頑固そうな口つきをしている。ヴィラネルはその写真をじっと見つめた。見たことのない男だが、その顔には見覚えがあると感じさせる何かがある。何かうつろな感じ。ちょっとかかって、それをどこで見たのか思い出した。鏡だ。自分の目だ。文書の件名は『サルヴァトーレ・グレコ』となっていた。

現在の雇用主に自分をアピールできた、ほかにない特質のひとつに、写真記憶能力がある。三十分ほどかけてグレコのファイルを読み終えると、すべてのページをまるで目の前にあるかのように思い出すことができた。警察記録や観察記録、裁判の記録、情報提供者の供述などから抜粋されたそれは、グレコという男の人物像を徹底的に正確に描き出していた。とはいえ、すべてを考慮に入れると、それは腹が立つほど短かった。グレコの経歴表、ＦＢＩによる心理プロファイル。おおむね仮説に基づく、彼の家庭の状況についての分析、個人的な趣味やセックス上の性癖。彼の名義になっている財産の目録。わかっている限りのセキュリティ配備の分析。

あらわれてきた人物像は、謹厳実直な男のものだ。世間の注意を惹くことを病的なまでに嫌っているこの男は、注目を避けることにとんでもなく長けていた――このようなマスコミ全盛の時代にあってもだ。だが同時に、彼の権力は大部分が彼の評判から生じている。拷問と殺人が日常茶飯事の世界にあって、グレコはその獰猛さで名を馳せていた。あえて彼の前に立ちはだかって邪魔をしたり、彼の権威に異議を申し立てたりする者がいれば、除去される。それも目を覆うような残虐さで。ライバルたちは家族全員が撃ち殺されるのを目のあたりにし、内通者は喉を切り裂かれ、その傷の穴から舌を引き出された死体となって発見された。

ヴィラネルはパリの市内を見渡した。左手には、夕空を背景にエッフェル塔が黒々とそそり立ち、右手にはモンパルナスタワーのどっしりした黒い輪郭がそびえている。彼女はグレコのことを考えた。彼の行為や関わった事件のバロック的な恐ろしさと、彼の上品そうな見た目とを対比してみる。どうにかしてこの矛盾をこちらに有利なように持っていくことができないだろうか？

もう一度文書ファイルを読み直し、何か手がかりはないかと一文ずつ目を通す。グレコの本宅は、パレルモ郊外の丘にある村の大きな農家だが、まるで要塞だ。彼の家族はそこで、忠実で油断のない武装したボディガードの一隊に守られて暮らしている。彼の妻のカロジェラはめったに家から出ない。一人娘のヴァレンティナは父親の相談役《コンシリエーレ》の長男と結婚して、隣村に住んでいる。この地域は独自の方言を用いており、頑なによそ者を敵視し拒んできた歴史がある。グレコが会いたいと思う人々――手を結んでいるクランの構成員、仲間になる可能性のある同業者、仕立て屋、床屋――は農家に招かれ、そこで身体検査をされ、必要があれば武器を取り上げられる。グレコがパレルモにいる情婦を訪ねるために家を出るときは、例外なく常に、武装した運転手と最低ふたりのボディガードを連れていく。そしてこの訪問に、予測できるような規則性はないようだ。

だが、資料のなかのある文書にヴィラネルは興味を抱いた。イタリアの新聞〈コリエーレ・デッラ・セラ〉の五年前の記事の切り抜き。ローマにあるこの新聞社の専属記者が遭遇し、危うく死にかけた事故の報告だ。このブルーノ・デ・サンティス記者によると、『トラステヴェーレのレストランから出たとき、一台の車が通りの反対側の車線から記者をめがけてつっこんできた。次に気がついたときには、記者は病院にいた。生きていたのは僥倖《ぎょうこう》と言えるだろう』

デ・サンティス記者はかなり直截に、この暗殺未遂事件はその一か月前に〈コリエーレ〉紙に載せた記事のせいだとほのめかしていた。それは、フランカ・ファルファーリャというシチリア島出身の若いソプラノ歌手が、ミラノのスカラ座演劇学校に通うための資金を、〝悪名高い犯罪組織の首領〟サルヴァトーレ・グレコから受け取っていたことを批判する記事だった。

それは勇敢ながらおそらく無謀と言える報道記事だったが、ヴィラネルが興味を抱いたのはデ・サンティスではなかった。グレコがファルファーリャにそんなに気前よくふるまったのはなぜだろう——いくらそうした出資を続けられる資金力があるとはいえ——という疑問を抱いたのだ。オペラへの愛、同郷の才能ある若い娘の可能性を引き出す手助けをしたいという思いだったのか、それとももっとずっと本質的な欲望のためなのか？

ネットで調べてみると、ファルファーリャの画像がふんだんに出てきた。魅力的な容姿、飾り気がなくプライドが高そうな風貌。二十六歳という年齢以上に大人びて見える。本人のウェブサイトにもたくさんの画像があり、これまでの経歴や公演のレビューの抜粋、そして今後数か月間のスケジュールが出ていた。スクロールの手が止まる。目がすっと細くなり、唇の傷痕に人差し指の先がふれる。そしてヴィラネルはハイパーリンクをクリックし、パレルモのマッシモ劇場のウェブサイトに飛んだ。

　オクサナのトレーニングはほぼ一年がかりだった。
最初がいちばんきつかった。風が吹きすさぶ人けのないエセックスの海岸でのフィットネス・トレーニングと素手での格闘訓練が六週間。エセックスに着いたのは十二月のはじめだった。教官はフランクという名前の英国特殊舟艇部隊《SBS》の元教官で、六十がらみの頑健で寡黙な人物だった。北海と同じ冷たい目をしていた。どんな天候でも変わらず、いつも色あせた綿スウェットのトレーニングスーツと古びたテニスシューズを身につけていた。フランクは容赦なかった。ドブリャンカ拘置所で何か月も過ごしたせいで、オクサナはがりがりにやせて体力も落ちていた。最初の二週間は、いくつもの沼地をつっきって、いつ終わるとも知れないランニングをさせられた。みぞれに顔を打たれ、ぬるぬるする海岸特有の泥にブーツを吸いこまれながらのランニングは、まさに拷問だった。

　だが、決意の力がオクサナを進ませ続けた。ぬかるんだ泥の上で極寒の風雨にさらされてたとえ死んだとしても、ロシアの刑罰制度に引き戻されるよりはましだ。フランクは彼女が何者なのかも知らなかったし、気にしてもいなかった。彼の役目はきわめて単純、オクサナをしっかりと戦闘できる身体にすることだった。この訓練期間中、オクサナが暮らしたのは、本土と四百メートルの土手道でつながっている泥と砂利の島の、暖房のない組み立て式かまぼこ型兵舎だった。冷戦中には早期警報基地だったせいか、そこには大惨事を予言する陰鬱な使命の残滓《ざんし》がいまだにしみついているようだった。

ここに来た最初の夜はあまりに寒くて眠れなかった。が、それ以降は激しい疲労に打ち負かされ、たった一枚の毛布にくるまっただけで、午後九時には死んだように眠りに落ちた。毎朝四時に、フランクが波型鉄板のドアを蹴り開け、その日の分の糧食《レーション》――たいてい水の入ったプラスチック水筒と、加工肉と野菜の缶詰二個――を投げてよこした。前の日の訓練でまだ湿ったままのTシャツと戦闘ズボンとブーツを身につけ、それから二時間、ふたりは島の周回ランニング――ぬかるんだ灰色の泥地をつっきるか、氷のように冷たい波打ち際ぞいに走るか――を繰り返し、兵舎に戻って小さな固形燃料のストーブでお茶を淹れ、糧食の缶詰を温めた。日が昇るころにはふたたび外に出て、オクサナが疲労のあまりへどを吐くまで泥地を走った。

午後には、夕闇が深まるなか、ふたりで接近戦をおこなった。フランクは長い年月をかけて、柔術やストリートファイト、その他のテクニックを組み合わせ、ひとつの訓練法に昇華させていた。即興の反応とスピードを重視し、膝まで水につかる海でいつ泥や砂利に足をすくわれるかわからない状態で対戦練習をすることもしばしばあった。オクサナの英語力が乏しいことを知っていて、身体で教えこんだのだ。父親から徒手軍隊格闘術《システマ・スペツナズ》の基礎を習っていたから戦闘について多少は心得ていると思っていたが、フランクはオクサナの動きをすべて読んでいるかのように、殴りかかるのを無造作な動きでかわし、何度となく凍えるような海水に彼女を投げこんだ。

オクサナは、この元ＳＢＳ教官ほど誰かを憎いと思ったことはなかった。誰ひとりとして――ペルミの孤児院でも、ドブリャンカ拘置所でも――これほど徹底的に彼女を見下し、恥辱を味わわせた者はいなかった。憎悪はやがて沸き立つような怒りに変わった。彼女、オクサナ・ボリソーヴナ・ヴォロンツォヴァは、ほとんど誰にも理解できないルールに従って生きていた。このくそったれ英国野郎《アングリスキ・ウブリヨードック》があたしを殺すつもりなら、こっちが打ち負かしてやる。

最終週のある日の夕方、ふたりは満ち潮の波打ち際に立ち、たがいに向き合ってじりじりと円を描くようにまわっていた。フランクは刃渡り二十センチのガーバーナイフを持っていたが、オクサナは丸腰だ。最初にフランクが仕掛けた。いぶした刃をオクサナの顔の間近――風が感じられるほど近く――に繰り出した。オクサナは反射的に身をすくめてフランクのナイフを持った腕の下に沈み、同時にすばやく至近距離から脇腹にこぶしを打ちこんだ。一瞬フランクの動きが止まり、ガーバーの刃がふたたび戻ってくる前に、オクサナはリーチの外に出ていた。ふたりは小刻みに動きながら間合いを測り、フランクは彼女の胸めがけてナイフを突き出した。頭より先に身体が反応した。とっさに半身にひねりながら彼の手首をつかみ、ねじりあげると同時に足を蹴って払った。フランクが両腕を振りまわしながら仰向けに波のなかに倒れた。オクサナは片足を振り上げ、ナイフを持った彼の手を砂利のなかに踏みつけた――「まず武器を制圧しろ、それから相手だ」そういつも父親に教えられていた。フランクが思わずガーバーナイフを放すと、彼の上に倒れこむようにして水中に押さえこんだ。彼にまたがって顎に手をかけてのけぞらせ、溺れかけ苦悶にゆがむ顔を見つめた。

それはなかなか興味深い――魅力すら感じる――ひとときだったが、彼を殺したくはなかった。彼には生きて、彼女の勝利を認めてもらいたかった。だから浜に引きずり上げた。横ざまにころがって海水を吐き出したフランクが目を開けたときには、オクサナはガーバーナイフの切っ先を彼の喉に突きつけていた。彼女の目を見つめ、フランクは小さくうなずいて負けを認めた。

一週間後、コンスタンティンが迎えにやってきた。リュックサックを片方の肩にひっかけ、土手道に通じる泥道に立って待っているオクサナの頭からつま先まで、彼は感心したように眺めた。「いい面構えになったな」オクサナの新たな自信に満ちた立ち姿と、潮風に焼けて炎症を起こしている風貌を冷ややかに見つめ、言った。

「おい、こいつはくそイカれたサイコだぞ」フランクが言った。

「完璧な人間なんていやしないさ」コンスタンティンは言った。

二日後、オクサナはドイツに飛び、ミッテンヴァルトにある山岳戦闘学校で三週間にわたる脱出・逃避訓練を受けた。彼女はNATO特殊部隊に所属させられ、さらにロシア内務省のテロリズム対策部隊からの出向という名目になっていた。二日目の夜、雪洞を掘って野営していたとき、寝袋のジッパーをそっとまさぐる指先が感じられた。闇のなか、無言の、だが怒り狂った戦いがはじまり、翌日、ふたりのNATO兵士がヘリコプターで山から下ろされた。ひとりは腕の腱を切断され、もうひとりは手のひらをナイフで貫かれていた。それ以降、オクサナにちょっかいを出す者はいなかった。

ミッテンヴァルトでの訓練が終わるとすぐさま、ノースカロライナ州のフォートブラッグに飛び、米国陸軍訓練施設で拷問抵抗プログラムの上級コースを受けた。ここの訓練は、最大限のストレスと不安を誘発するように設計されており、丹念につくられた悪夢のようなものだった。到着するとすぐ、オクサナは男の警備員たちの手で裸にされ、まぶしい光で照らされた窓のない独房に歩いていかされた。壁の高いところに監視カメラがひとつあるだけで、ほかには何もなかった。果てしないように思える時間がすぎたが、与えられるのは水だけだった。トイレもなかったので、床で用を足さざるをえなかった。ほどなく独房はくさいにおいがたちこめ、空腹のあまり胃がよじれそうになった。眠りかけると、独房内にホワイトノイズが響いたり、合成音声が耳をつんざくような大音量で意味のない文句をくりかえしたりした。

二日目の終わり――あるいは三日目だったかもしれない――には袋をかぶせられ、建物の別のところに連れていかれて、尋問を受けた。見えない尋問者たちが流暢なロシア語で、何時間も連続して責めたてた。尋問中は、情報と引き換えに食べ物が与えられ、苦痛と恥辱に満ちた屈服の姿勢《ストレスポジション》を無理やりとらされた。極度の空腹と睡眠剥奪のうえに位置・方向感覚も奪われ、オクサナはほとんどトランス状態に入りこんだ――あらゆる感覚の境界がぼやけていた。だがそれでも、わずかに残った自意識の名残のようなものにしがみついていた。このつらい時間には必ず終わりがあることもわかっていた。いかに恐ろしい目に遭わされて自尊心を傷つけられようとも、ウラル山脈に隔離された刑務所の厳重に警備された区画で暮らすよりはましだ。訓練は終わったと正式に告げられたころには、オクサナはかなり皮肉な意味で、この苛酷な経験を楽しめるようになってきていた。

そのあとも、さらなる訓練が続いた。ウクライナのキーウ南部でのキャンプであらゆる武器に精通するための訓練が一か月、それからロシアの狙撃手養成訓練校でさらに三か月。ここは、スペッツナズのアルファ部隊とヴィンペル部隊が訓練しているモスクワ郊外の名高い施設ではなく、エカチェリンブルクに近いとんでもない僻地にある施設で、ある民間の警備会社が運営していて、いっさい何の質問をされることもなく受講することができる。ロシアに戻ってきた――コンスタンティンが用意したにせの身分証を携えてではあるが――と思うとオクサナは妙な気分になった。エカチェリンブルクは彼女が育った街から二百マイルも離れていなかった。

そして、ほどなく彼女はこうした偽装にある種舞い上がるような喜びを覚えるようになってきた。「公式には、オクサナ・ヴォロンツォヴァは存在しない」コンスタンティンはそう教えてくれた。「ペルミ市立病院が発行した証明書では、彼女はドブリャンカ拘置所の独房で首を吊ったことになっている。地区の記録には、産業地区の共同墓地に公費で埋葬されたと記されている。そういうわけで、彼女を悼む者は誰もおらんし、探している者もない」

セヴェルカ市街地狙撃手養成訓練校は人けのない街のまわりに建てられていた。ソビエト時代には、放射線被曝のさまざまな影響を研究する科学者たちが集まり栄えていたが、今はゴーストタウンになり果て、住んでいるのは等身大につくられたターゲット用のダミー人形だけだ。それらが板ガラス窓の向こう側や、錆びついた空っぽの車の運転席に、戦略的に配置されているうつろな街は、いかにも不気味な場所で、がらんどうの建物群のあいだを吹き抜ける風のうなり以外に何の音もしなかった。

　オクサナの基礎訓練は標準仕様のドラグノフ狙撃銃を使っておこなわれたが、ほどなくそれを卒業して消音狙撃銃《ＶＳＳ》へと移った。超軽量で、サイレンサーと一体化しているため、市街戦用の理想的な武器となる。セヴェルカを出るまでに、オクサナはありとあらゆる状況を想定した作戦行動実習で何千発という実弾を撃った。そのため、スチロール樹脂製の容器に入ったＶＳＳを持って狙撃地点に到着してから、銃を組み立てて照準を合わせ、風速やその他のベクトルを計算し、四百メートル以内の距離にいる対象の頭なり身体なりを正確に撃つ（「一撃必殺だ」というのが、指導教官の言葉だ）という作業を一分以内でこなせるようになっていた。

　自分自身がどんどん変わっていくのを感じ、オクサナはその結果に満足した。観察力、感知能力、反応スピード。すべてが桁外れに増強されていた。心理的には自分が不死身のように感じていたが、自分がまわりの人々とはちがうという意識も、いつも明確にあった。彼女はほかのみんなが感じるようなことをいっさい感じない。ほかの人々なら苦痛や恐怖を感じる局面でも、彼女は凍りついたように冷静だった。ほかの人々の情緒的反応——恐怖や不安を感じ、愛情や好意を必死に得ようとする——をまねすることを学んではいたが、そういう感情を心から経験したことはなかった。とはいえ、世間の注意を惹きたくなければ、ごくふつうの人間の仮面をかぶらなくてはならないことや、自分が人と大きくちがっているのを隠さなければならないことはちゃんとわかっていた。

他人を操れることは、ごく幼いときから知っていた。この点においてセックスはきわめて有効で、オクサナは旺盛な欲望をかきたてる存在だった。行為そのものは大したものとは思えなかったが、それをしているときのぞくぞくする感じと精神的に支配できるという点には満足が得られた。セックスの相手には、高い地位や権威を持つ人々を好んで選んだ。彼女が征服・支配した相手には、男女を問わず、学校教師たちがいたし、父親と同僚だったスペッナズ隊員もひとり入っていた。さらにタタールスタン共和国の首都カザンの軍事教練学校出身の若い女性（大学対抗試合でオクサナと競い合った相手だ）などもいた。なかでももっとも強い満足感を得られたのは、大学の一回生のときにオクサナの精神状態の鑑定を依頼された心理セラピストだった。好かれたいとはつゆほども思わなかったが、欲情されることには深い満足感を覚えた。征服した相手の目に浮かぶ表情——最後の抵抗がついに溶け去るところ——を見れば、支配権が完全にこちらに移ったとわかるのだ。

とはいえ、どんなに激しい興奮を覚えようと、服従させた瞬間に興味を失ってしまう。なりゆきは常に同じだった——心理セラピストのユリアナのときでさえも。オクサナとその神秘めいた雰囲気に屈服したことで、ユリアナは魅力を失った。そしてオクサナはひたすら先に進むのみ。人格面でも職業面でも自尊心をずたずたにされた古い女には振り向きもしなかった。

狙撃手講習のあとは、ヴォルゴグラードで爆発物と毒物、ベルリンで監視技術について学び、ロンドンでは運転と錠前破りの上級講習、パリでは身分偽装とコミュニケーションとプログラミングの技術講習を受けた。チュソヴァヤ橋のたもとでコンスタンティンと会うまでロシアから出たことがなかったオクサナにとって、欧州を股にかけて飛びまわるのはめくるめく感覚だった。どの講習もそれぞれの国の言語で行われた。それはオクサナの言語能力が試されることでもあり、肉体だけでなく精神的にも疲れ果てることがしばしばだった。

そのあいだじゅうずっと、少しも動じずに忍耐強く傍から見守っていたのが、コンスタンティンだった。彼はプロらしくオクサナとの距離を保っていたが、プレッシャーがあまりに強くなりすぎて、しばらくひとりになりたいとオクサナが冷静に告げたとき――五回ほどあった――にはやさしい態度を見せた。「一日休暇をとれ」あるときロンドンで、彼はこう言った。「市内を見てまわれ。それから、これから使う偽名を考えるように。オクサナ・ヴォロンツォヴァは死んだんだからな」

十一月には、訓練はほぼ終わった。オクサナはパリ市内の流行最先端地区であるベルヴィルのそばのみすぼらしい一つ星ホテルに泊まり、パリ西部近郊にある都市開発地区ラ・デファンスの目立たないオフィスビルに日参して、そこでインド系の若者からステガノグラフィーというコンピュータ・ファイルに秘密の情報を隠して送る技術の秘訣を学んだ。そして最終日、コンスタンティンがあらわれてホテルの料金を支払い、セーヌ川左岸のヴォルテール通りにあるアパートにオクサナを連れていった。

二階にある住居は、素朴な家具を最低限備えただけの質素な部屋だった。ここの住人は六十がらみの険悪な顔つきをしたとても小柄な婦人で、完全に黒ずくめの服を着たこの婦人を、コンスタンティンはファンティーヌさんだと紹介した。

ファンティーヌはオクサナをじろじろと見つめた。そして表情はいっさい変えずに、室内を歩きまわるようにと言った。色あせたTシャツとジーンズとスウェットジャケットという姿を気恥ずかしく思いながら、オクサナは言われたとおりにした。ファンティーヌはしばらくそれを観察し、コンスタンティンのほうを向いて肩をすくめた。

そして、オクサナの変身の最終仕上げの段階がはじまった。オクサナは通り二本向こうの四つ星ホテルに移り、毎朝、例のアパートの二階の部屋でファンティーヌと朝食を共にした。毎朝九時に、車がふたりを迎えにきた。初日に、ふたりはオスマン通りのギャラリーラファイエット・パリ本店に行った。ファンティーヌは百貨店じゅうの売り場をまわり、次々と試着を命じ――普段着用、カジュアル系、盛装用――オクサナが気に入ろうが入るまいが関係なく、それらを買った。オクサナが目を引かれた、身体に沿うタイトで一見華やかな服には、ファンティーヌは目もくれなかった。

「わたしがあなたに教えるのはパリっ子スタイルよ、あなた《シェリ》。モスクワの街娼みたいな着こなしはもう身についてるでしょ」

夕方、車にはショッピングバッグがうずたかく積まれ、オクサナはこの情け容赦のない鑑識眼の持ち主である導師に同伴することが楽しいと思えてきた。それから一週間ほど、ふたりは靴の店や高級ブティック、オートクチュールやプレタポルテのファッションショーをまわり、サンジェルマン・デプレにある老舗百貨店や、パリ市立ガリエラ美術館・モード＆コスチューム博物館を訪ねた。どこに行っても、ファンティーヌは手厳しいコメントを繰り出した。これはシックでクレバーでエレガント。あっちはどうにもダサい、趣味が悪い、救いがたいほどヒドい。ある日の午後、ファンティーヌはオクサナをヴィクトワール広場にある美容室に連れていき、オクサナが言うことにはいっさい耳を貸さずに自分の指示したとおりのことをするようにと美容師に命じた。終わると、ファンティーヌはオクサナを鏡の前に立たせた。オクサナは無造作な感じにカットされたショートヘアを片手でかきあげた。ファンティーヌが自分のために選んだこの風貌が気に入った。デザイナーズブランドのライダーズジャケット、ボーダーTシャツ、ローライズのジーンズにアンクルブーツ。どう見ても……ボーイッシュなパリっ子だった。

　その日の夕暮れ、ふたりはフォーブール・サントノレ通りにある香水のブティックを訪れた。「選びなさい」ファンティーヌは言った。「でもよくよく慎重にね」オクサナは十分ほどかけて上品な店内をゆっくりと見てまわり、ガラスの商品展示キャビネットの前で足を止めた。店員はしばらくオクサナを見守ったあと、「よろしいでしょうか《ヴー・ペルメテ》、お客様《マドモワゼル》？」と静かに言い、ほっそりした小さなガラス瓶を差し出してきた。瓶の首には真紅のリボンが巻いてある。オクサナは慎重に、琥珀色の高価な液体を手首につけた。春の夜明けのようなさわやかな香りが立ち昇ったが、ベースノートには何か底の知れない深みがあり、それが彼女の内側の奥深いところにあるものと響きあった。

「その香水の名前は〈ヴィラネル〉です」店員が言った。「ルイ十五世の公妾だったデュ・バリー夫人が大好きだった香りです。一七九三年に夫人がギロチン処刑されたあと、香水製造業者が赤いリボンをつけるようになったんです」

「それじゃ気をつけなきゃね」オクサナは言った。

二日後、コンスタンティンがホテルに迎えにきたときに、オクサナは言った。「あたしの偽名だけど。決めたよ」

パレルモ、ヴェルディ広場。敷石にヒールの音をかすかに響かせながら広場をつっきったヴィラネルは、シチリア島で、いや、実質的にイタリアで最大の歌劇場の堂々たる威容を見上げた。広場に立ち並ぶヤシの木の葉が暖かな微風にそよぐ音がかすかに聞こえる。大きな正面入り口の階段の両側を、ブロンズのライオン像がかためている。ヴィラネルはシルクのヴァレンティノのイヴニングドレスを着て、肘の上まであるフラテッリ・オルシーニの観劇用長手袋をつけていた。ドレスの色は赤だが、ほとんど黒に見える暗い色合いだ。かなり大きめのフェンディのショルダーバッグの細いチェーンが肩にかかっている。夕暮れの光に照らされたヴィラネルの顔は青白く、湾曲した長いヘアクリップが髪をアップにまとめていた。鏡張りのエントランス・ホールに群がるヴェルサーチェやドルチェ&ガッバーナに身をかためた社交界の名士たる紳士淑女たちに比べれば多少華やかさに欠けるとはいえ、ヴィラネルもじゅうぶんゴージャスに見えた。マッシモ劇場の公演初日はいつも祝祭のようだ。そして今夜の演目はプッチーニの『トスカ』——きわめて有名なオペラだ。主役が地元のソプラノ歌手、フランカ・ファルファーリャだという点でも、この初日は見逃せなかった。

ヴィラネルはプログラムを買い、エントランス・ホールをつっきってロビーに入っていった。ロビーは早くも人で埋まっていた。静かな会話の声や、グラスがチリンと鳴るかすかな音に混じって、高価な香水の芳香が漂う。華やかな壁掛け照明が、やわらかなレモン色の光で大理石の装飾に色味をつけている。バーでミネラルウォーターを頼んだとき、やせた黒髪の人物にじっと見られていることに気づいた。

「もうちょっと……おもしろいものをおごろうか?」飲み物代を支払うヴィラネルに、男は声をかけた。「シャンパンでも?」

ヴィラネルは微笑んだ。男は見たところ、三十五歳プラスマイナス一、二歳。気難しそうなイケメン。シルバーグレーのシャツには非の打ちどころがなく、軽量のブレザーはブリオーニのもののようだ。イタリア語のざらつくような響きはシチリアなまりのもので、目つきには威嚇するようなぎらつきがあった。

「いいえ、けっこうよ」オクサナは言った。「でもありがとう」

「当てさせてくれ。あんたはイタリア語をしゃべってるが、見るからにイタリア人じゃない。フランス人か?」

「まあね。いろいろと複雑なのよ」

「で、プッチーニのオペラは好きなのか？」

「もちろん」オクサナはささやく。「でもいちばん好きなのは『ラ・ボエーム』よ」

「そりゃあんたがフランス人だからだ」男は手を差し出した。「レオルーカ・メッシーナだ」

「シルヴィアーヌ・モレルよ」

「で、どうしてパレルモに来てるんだ、マドモワゼル・モレル？」

オクサナはこの会話を終わらせたかった。離れようか。でもこいつはついてくるだろう。そうなればいっそうまずいことになる。「友だちといっしょに来てるの」

「誰だ？」

「あなたの知らない人よ、残念ながら」

「おれが誰を知ってるか聞いたら、きっと驚くぜ。それにいいか、ここにいる全員がおれを知ってるぞ」

ヴィラネルは不意に横を向き、明るい笑みを顔に浮かべると、エントランスに向かって手を振った。「失礼するわね、セニョール・メッシーナ。友だちが来たわ」これでは説得力がないか。人込みをかきわけてじわじわと進みながら、ヴィラネルはちょっと反省した。だが、あのレオルーカ・メッシーナにはどことなく、暴力に長く慣れ親しんできた感じがまとわりついていた。自分の顔はぜひとも忘れてもらいたいと思わずにはいられなかった。

グレコは来るだろうか。ヴィラネルは人込みのなかを漠然と歩きまわりながら、すれちががう人々の顔をチェックした。当地にいるコンスタンティンの協力者が劇場の事務職員たちに慎重に賄賂を贈って聞き出した話によると、かのマフィアのボスは大事な初日の夜はほとんどやってくるということだった。いつも開演ぎりぎりにやってきて、同じボックス席にひとりきりで座り、ボディガードたちはすぐ外側で待っている。が、今夜本当に来るかどうかは、いらだたしいことに、はっきりと知ることは不可能だった。とはいえ、何といっても彼のお気に入りのファルファーリャが主役なのだ。やってくる確率は高い。

コンスタンティンの配下の者たちは、けっこうな額を払って、グレコのお気に入りの桟敷ボックスに隣するボックスを確保していた。それは最前列のボックスで、舞台にほぼ隣接する位置にあった。ヴィラネルは真紅のフラシ天張りのボックスに入っていったが、幕が開くまであと十分というときになっても、左隣のボックスには誰もいなかった。ボックス席というのは、私的な場所であると同時に公共の場所でもある。金色の椅子に腰かけ、胸の高さにある緋色の布張りの手すりを前にして、ヴィラネルは観客席に座る全員を見ることができると同時に、見られてもいる。仕切りごしに身を乗り出せば、両側のボックスの正面をのぞきこむこともできる。とはいえ、客席の照明が消えると、ボックス席はすべて内部が見えなくなり、秘密の世界と化す。

誰にも見られることのない秘密の世界の暗闇で、ヴィラネルはショルダーバッグを肩から下ろし、ゲムテックのサイレンサーをつけたルガーの軽量オートマティック拳銃を取り出し、〇・二二インチの低速弾の弾倉を装填した。その拳銃をバッグに戻し、床に置く。

ヴィラネルとして生まれ変わってから九か月のあいだに、彼女はふたりの男を殺した。どちらの案件もコンスタンティンからの一語だけのメールからはじまり、続いて詳細な背景を知らせる資料――フィルムクリップ、くわしい身上書、監視記録、行動予定等々――が知らない情報源から送られてくる。どちらも計画期間は四週間ほどあり、そのあいだに武器を調達し、期待できる後方支援についての情報をもらい、その案件にふさわしい身分の提供を受ける。

最初のターゲット、ヤーゴス・ヴラチョスは、おそらくは〝汚い爆弾《ダーティ・ボム》〟をアテネで爆発させるという目的で、東欧の放射性コバルト60を買いつけていた。彼がピレウスの港で車を乗り替えているときに、ヴィラネルはロシア製狙撃銃VSSを使い、三百二十五メートルの距離からその胸にSP5弾を一発ぶちこんだ。その一瞬まで、彼女は倉庫の屋根に張った防水シートの下にひと晩じゅう隠れていた。安全なホテルの部屋に戻ってからこの一部始終を思い返し、ヴィラネルは強烈な、心臓がどくどくとはずむほどの高揚を感じた。抑制された銃声のピシッという乾いた音、遠くの衝撃音、スコープ内で崩れ落ちる姿。

二番目のターゲット、ドラガン・ホーヴァットはバルカンの政治家で、人身売買ネットワークを運営していた。彼が犯した過ちは、仕事であつかっている商品を家に持ち帰ったことだった。それはジョージアの首都トビリシ出身の、ヘロインに耽溺した十七歳のきれいな少女だった。どういうわけかホーヴァットはこの少女に夢中になり、ヨーロッパの各国首都をめぐる豪勢なショッピングツアーに連れ出した。このカップルが週末を過ごすお気に入りの都市がロンドンで、ある晩遅い時間に、ベイズウォーターの横丁で、ヴィラネルはでれでれと笑みを浮かべているホーヴァットにぶつかった。彼は、太腿の大腿動脈を切断されたことに、すぐには気づかなかった。歩道に倒れて失血死する彼を、ジョージア人の若い愛人はヘロインでラリッた目でずっと見ていた——その日の午後、ナイツブリッジで彼が買ってやった金のブレスレットをぼんやりといじくりながら。

この二件の殺しのあいだ、ヴィラネルはパリのアパートで暮らしていた。市街を探索し、この街が差し出してくれるさまざまな愉しみをつまみ食いし、次々と情事を楽しんだ。こうした情事は常に同じ行程をたどった。こちらから性急に追いかけ、二日ほど昼夜分かたずに貪りあい、それから唐突にすべての接触を断つ。彼女はただ、相手の前から消え失せるのだ——入りこんできたときと同じように、すばやく、煙に巻くように。

ヴィラネルは毎朝ブローニュの森でランニングし、モンパルナスの柔術の道場で稽古をし、サン・クルーの高級射撃クラブで射撃の練習をした。そのあいだ、見えない手がアパートの家賃を払い、デイトレードをおこなってくれ、その儲けはソシエテ・ジェネラル銀行の当座預金口座に振り込まれた。「好きなように使うといい」コンスタンティンは言った。「だが絶対に目をつけられないようにしろ。楽しく暮らすのはいいが、やりすぎるな。絶対に痕跡を残すな」

ヴィラネルはそのとおりにした。表面上いっさい波風を立てなかった。次々と居場所を変えるプロたちの色のない軍隊の一員となったのだ。みな、それぞれ独立して仕事をしながらも、互いに目を配っている。自分が執行する死刑をいったいどういう権威筋が決定するのか、ヴィラネルは知らなかったが、コンスタンティンには訊かなかった。答えてもらえるとは思えなかったし、実を言えば、本気で知りたいとも思わなかったからだ。ヴィラネルにとって大事なのは、自分が選ばれたということ。つまり、ずっと抱いていた自分はほかの人々とはちがっているという確信をわかってくれた全能の組織に道具として選ばれたということだ。彼らはヴィラネルの才能を認め、彼女を選び出して、世界の最下層からもっとも高い層へと引き上げてくれ、そこが彼女の居場所となっている。ターゲットを襲う猛獣、進化の道具、世間の道徳など適用されないエリートたちの一員、それがヴィラネルだ。そう実感することで、彼女の内部に大きな黒い薔薇の花のようなものが開き、彼女のあちこちにあいているうつろな穴がすべて満たされていた。

ゆっくりと、マッシモ劇場の客席が埋まっていく。ゆったりと椅子の背にもたれかかってプログラムを読むヴィラネルの顔は、ボックス席の仕切りの陰に隠されている。開演時間がきて照明が暗く落とされ、客席のざわめきが引いていく。指揮者がお辞儀をして好意的な拍手を浴びているとき、隣のボックスに静かに人が座る気配がした。ヴィラネルはそちらを向きはしなかった。が、第一幕がはじまったとき、熱心に舞台を見ようとするかのように身を乗り出した。

一分、また一分と時が過ぎる。時間の歩みは這うようにのろかった。プッチーニの音楽がヴィラネルを包みこんだが、感動は覚えない。彼女の意識はすべて、左側のボックスにいる見えざる人物に集中していた。あえてそちらを見ないようにしていたが、男の存在が有害でこの上なく危険な脈動のように感じられた。ときおりうなじにひやりと冷たいものを感じ、男が自分を見つめていることが知れた。ついに『神の賛歌《テ・デウム》』の調べが消えて第一幕が終わり、緋色と金色の幕が下りた。

幕間に入って照明がつき、客席の話し声が高まってきても、ヴィラネルはオペラに魅入られたかのように身動きもせず座っていた。それから、いっさい横に目を向けたりせずに立ち上がり、ボックスを出た。通路のつきあたりに立ち、退屈そうだが警戒した目つきをしているボディガードふたりの姿を目の端でとらえる。

悠然とした足取りでロビーに入っていき、バーでミネラルウォーターを注文する。グラスを手に持つが、口はつけない。向こう端からレオルーカ・メッシーナがこちらに向かってくるのが見えた。見ていないふりをして、ヴィラネルは人込みにまぎれこみ、エントランス・ホールに出た。外に出る。劇場の階段からはまだ昼間の熱が消え去ってはいなかった。海上の空は薔薇色で、頭上の空は暗い紫色をしている。六人の若者が通りざまに口笛を吹き、地元の方言で称賛のコメントを投げてきた。

第二幕がはじまる直前に、ヴィラネルはボックスに戻り、席に着いた。今回も左側のグレコにちらとも目を向けないように気をつけた。食い入るようにじっと舞台を見つめ続ける。

この歌曲は実にドラマティックな話を描いている。歌手トスカは画家のカヴァラドッシと愛しあっているが、カヴァラドッシは脱獄した政治囚の逃亡を助けたことで罪に問われる。警視総監スカルピアに逮捕されたカヴァラドッシは死刑を宣告される。だが、スカルピアはトスカにある取り引きをもちかけた。トスカが彼に身体を与えれば、カヴァラドッシを釈放するという取り引きを。トスカはそれに同意するが、いざスカルピアが近づいてくると、隠し持っていたナイフで彼を殺す。

　幕が下りた。ヴィラネルは拍手を終えるとグレコのほうを向いてにっこりと笑いかけた。まるで、はじめて彼を見るというように。ほどなく、ボックスのドアがノックされた。ボディガードのひとり、がっしりした男が、無作法ではない口調と態度で、もしよろしければドン・サルヴァトーレといっしょにワインを一杯いかがだろうかとたずねた。ヴィラネルはちょっとのあいだためらってみせ、それから礼儀正しくうなずいた。通路に出ていくと、ボディガードその二が彼女を頭のてっぺんからつま先まで眺めまわした。バッグはボックスに置いてきたので手には何も持っておらず、ヴァレンティノのドレスはアスリートのような筋肉のついた細身の身体にぴったりと沿っていた。ボディガードふたりはわかったような顔で目を見かわした。これまで何人もの女をボスのもとに運んでいることは明白だった。がっしりした男がボックスのドアを指し示した。「どうぞ《ベルファヴォーレ》、お嬢さん《シニョリーナ》……」

　ヴィラネルが入っていくと、グレコは立ち上がった。いかにも高価そうなリネンのスーツを着た、中肉中背の男だった。だが、死をはらんだ静けさを身にまとい、顔に笑みを浮かべていても目は笑っていなかった。「不躾を許していただきたい」彼は言った。「だが、あなたの鑑賞のしかたに目を留めずにはいられませんでした。同じオペラ愛好家として、フラッパトを一杯いかがかと思いましてね。わたしの自家農園のブドウでつくったものでね。品質は保証しますよ」

ヴィラネルはお礼を述べ、よく冷えたワインを試すようにひと口飲んで、自己紹介をした――シルヴィアーヌ・モレルです。

「サルヴァトーレ・グレコです」彼の声にはようすをうかがうような調子があったが、ヴィラネルの眼差しはちらとも揺るがなかった。その名前が示す人物について彼女はまったく何も知らないと、彼にはっきりと知れたはずだ。ヴィラネルはワインを褒め、マッシモ劇場を訪れたのはこれがはじめてだと告げた。

「で、ファルファーリャをどう思います？」

「すばらしいわ。演技もいいし、ソプラノが抜群にすてき」

「彼女を気に入っていただいてうれしいな。わたしは幸運なことに、彼女のトレーニングを、ささやかながらちょっと手伝ってるんですよ」

「あなたの眼識の確かさを拝見できてうれしいです」

「イル・バチオ・ディ・トスカ」

「すみません、何て？」

「ケスト・エ・イル・バチオ・ディ・トスカ。『これがトスカのキスよ！』トスカがスカルピアを刺すときに言う言葉です」

「ああ、そうでした！　すみません、わたしのイタリア語は……」

「とてもお上手ですよ、シニョリーナ・モレル」またもや、彼は口元にだけ氷のような笑みを浮かべた。

ヴィラネルは謙遜するように首をかしげた。「そうは思えませんわ、シニョール・グレコ」頭の一部では会話を操り、別の一部では実行する手段と方法、タイミング、逃走ルート、脱出計画を計算していた。現在、ターゲットと一対一で向き合っているが、こちらはひとりきりだ。だがそれは、コンスタンティンがしょっちゅう明言しているように、いつものことだ。他人を関わらせるのは、全体像をさとられないようなごく瑣末なこと以外、絶対にしてはならない。援護も陽動作戦も、表だっての助けも望めない。もしつかまったら、それで終わりだ。彼女をこっそり監獄から出してくれるスマートな手引きもなければ、外で待っていて空港に送ってくれる車もない。

ふたりは話を続けた。ヴィラネルにとって、言語は流動的だ。たいていの時間はフランス語でものを考えているが、目が覚めてロシア語で夢を見ていたと気づくこともよくある。ほとんど眠りかけているときに、耳のなかで血流がわんわん鳴り響き、止めようのない潮流となっていろんな言語でわめきながら押し寄せてくることが、たびたびあった。そういうときには、パリのアパートでひとりきり、何時間もネットサーフィンをして——通常は英語で——感覚を麻痺させることにしていた。そして今は、頭のなかではシチリアなまりのイタリア語でシナリオを演じている。わざわざその言語を選んだわけではないが、頭のなかでそれが鳴り響いているのだ。自分のなかに、今もオクサナ・ヴォロンツォヴァのままの部分はあるのだろうか？　彼女は今もまだ存在しているのだろうか――来る夜も来る夜も孤児院で、おねしょで濡れたシーツに横たわり、復讐の計画を夢想していたあの幼い女の子は？　それともヴィラネルがずっといただけなのだろうか、進化によって選ばれた道具として？

グレコは彼女をほしがっている。育ちがよくて感受性が強く、大きな目でじっと彼を見つめる若いパリジェンヌをヴィラネルが演じるにつれ、彼の欲望がどんどん大きくふくらんでいく。それがわかった。グレコはワニのようだ――じりじりと水際に近寄ってくるガゼルを浅瀬に隠れて待ち受けている。いつもどういう手順を踏むのだろう？　ヴィラネルは考えた。どこかグレコの馴染みの店でディナーをとるのだろうか――慇懃なウェイターたちをはべらせ、ボディガードふたりは近くのテーブルで待ち受けるのだろう。そのあと、運転手つきの車でどこかの街中のつつましいアパートにでも？

「初日の夜は必ず、このボックスはわたしのために取っておかれてるんだ」グレコは言った。「グレコ家はハプスブルグ朝よりも前から、パレルモの貴族だったんだよ」

「そうでしたら、ここに来られたわたしは運がよかったのね」

「最後の幕までいるんだろう？」

「喜んで」ヴィラネルがささやいたとき、オーケストラの演奏がはじまった。

第三幕が繰り広げられているあいだ、ヴィラネルはまたもや熱心に舞台を見つめながら、計画していた瞬間が来るのを待ち受けた。それは、偉大なる愛のデュエット『アマロ・ソル・ペル・テ』と共にやってきた。最後の響きが消え去ると、観客は割れんばかりの拍手をし、「ブラヴァー、ブラヴィー！」とか「ブラヴィー！」とか「フランカ！」と叫び声が劇場いっぱいに響きわたった。ヴィラネルもほかの人々といっしょに拍手をし、目をきらめかせながらグレコのほうを向いた。グレコと目が合う。まるで衝動に駆られたというように、彼はヴィラネルの手を握り、そこにキスした。彼女はしばらくのあいだグレコの目を見つめていた。それからもう一方の手を上げ、髪を留めてある長い湾曲したクリップをはずした。長く黒い髪が肩までふわりと落ちた。手が青白い弧を描いて振り下ろされ、クリップがグレコの左目に深々と突き刺さった。

驚愕と痛みのあまり、彼の顔から表情が消えた。ヴィラネルは小さいプランジャーを押しこんで、大型動物用の麻酔剤、エトルフィンを致死量、前頭葉に注ぎ入れ、即座に麻痺させた。グレコを床に横たえ、あたりを見まわす。ヴィラネルのボックスには誰もおらず、その向こうのボックスでは老夫婦がオペラグラスで舞台に見入っている。劇場内のすべての目がファルファーリャとカヴァラドッシ役のテノール歌手に向けられていた。ふたりの歌手は次々と波になって押し寄せる拍手を浴びながら、身動きもせずに立っている。ヴィラネルは仕切りの向こう側に手をのばしてショルダーバッグを回収し、暗がりに引っ込んでルガーを取り出した。消音された二発の銃声はほかの人々には聞かれず、グレコのリネンのジャケットごしに撃ちこまれた〇・二二インチの低速弾は布にほつれひとつ残さなかった。

拍手の波が引いていくと、ヴィラネルは銃を背後に隠してボックスのドアを開け、心配そうな顔をしてボディガードふたりを手招きした。ふたりは入ってきて、雇い主のかたわらに膝をついた。そして二発がほとんど間を置かずに続き、ふたりともカーペットが敷かれた床に倒れた。ふたりの首のうしろにあいた穴からしばらく血が噴き出していたが、どちらも脳幹を断ち切られてすでに死んでいる。たっぷり何秒間か、ヴィラネルは殺しの強烈さと、ほとんど痛みに近い刺し貫くような満足感にどっぷりと浸った。いつもセックスに期待するのだが、けっしてもたらされることのない満足感に。一瞬、ヴィラネルはあえぎながら、ヴァレンティノのドレスに包まれたわが身をかたく抱きしめた。それからルガーをバッグにすべりこませ、肩をそびやかして胸を張ると、ボックスを出た。

「もうお帰りになるんじゃないだろうな、シニョリーナ・モレル？」

心臓が跳び上がった。狭い通路をヒョウのように不吉で優雅な身ごなしで近づいてくるのは、レオルーカ・メッシーナだ。

「残念ながら、そうよ」

「そりゃ残念だ。だが、おれの伯父とはどういう知り合いで？」

ヴィラネルは彼を凝視した。

「ドン・サルヴァトーレだよ。たった今、伯父のボックスから出てきただろ」

「さっき知り合ったの。それじゃ、失礼するわね、シニョール・メッシーナ……」

彼はちょっとのあいだヴィラネルを見つめ、それからきっぱりした足取りで彼女のわきを通りすぎると、グレコのボックスのドアを開けた。一瞬後に出てきたとき、彼は銃を手にしていた。ベレッタ・ストーム九ミリか、とヴィラネルは頭のどこかで判断しながら、ルガーを彼の頭に突きつけた。

少しのあいだ、どちらもまったく動かずに立っていた。それから、彼は目をすがめてうなずき、ベレッタを下ろした。「そいつをしまえ」

ヴィラネルは動かなかった。光ファイバーを用いた照星を彼の鼻のつけ根に向ける。シチリア人の三つ目の脳幹を切断するつもりだった。

「おいおい、じじいが死んで喜んでるんだぜ、おれは。わかるな？　今にも幕が下りてこの場所には人があふれ出る。ここから出たけりゃその銃をしまっておれについてこい」

本能がヴィラネルに従えと命じた。ふたりは足早に通路の突き当たりのドアを抜け、短い階段を下りて、一階正面の特別席を取り巻く真紅の布張りの通路に入っていった。「おれの手を取れ」命じられたとおりに、ヴィラネルはそうした。制服を着た案内係がこちらにやってくる。メッシーナが朗らかに挨拶し、案内係はにやりとした。「お早い撤収ですか、シニョール？」

「まあ、そんなところだ」

通路の突き当たりはグレコのボックスの真下で、両側の壁と同じ真紅の錦織りが張られたドアがある。ドアを開け、メッシーナはヴィラネルを小さなホールに引き入れた。毛布のようなカーテンを彼が両側に引き開けると、そこは舞台裏だった。両袖の深い薄闇のなか、オーケストラ・ピットから場内放送システムで流される大音響の音楽にふたりは包まれた。十九世紀の衣裳を着た男女が暗がりのなかを静かに動き、裏方たちが滞りない進行のために動きまわっている。メッシーナはヴィラネルの肩に腕をまわし、急ぎ足で衣裳ラックやつっかいで立てられている背景画のうしろを通り抜けて、円形ホリゾントとレンガの後ろ壁とのあいだの狭苦しいスペースに連れていった。舞台裏をつっきっているとき、マスケット銃の一斉射撃の音が聞こえた。カヴァラドッシが処刑されたのだ。

さらに通路をたどり、消火器や非常事態時の避難指示図が掛かっている色あせた壁の前を抜け、ついに楽屋口のドアからヴェルディ広場に足を踏み出した。車が行き交う音が耳に入り、頭上には暗い紫色の空が広がっていた。五十メートルほど離れた、ヴォルトゥルノ通りの保護柱のところに、シルバーと黒のツートンのMVアグスタのバイクが立っていた。ヴィラネルはメッシーナのうしろにまたがり、排気音の低いうなりと共に、夜のなかにすべり出た。

数分後、最初のパトカーのサイレンが聞こえてきた。メッシーナはわき道をくねくねとたどりながら東を目指した。MVアグスタは急角度で角を曲がったりカーブをまわったりする動きに敏捷に反応した。ときおり、港の明かりや黒いインクのような海面のきらめきが左側に垣間見えた。バイクと行き合う人々はちらりとふたり――獰猛な狼めいた風貌の男と緋色のイヴニングドレスの女――に目を向ける。だが、ここはパレルモだ。しげしげと見つめるような者はいない。街路は細く、頭上には洗濯物が吊り渡され、開いた窓から家庭の食卓のにおいと物音が漏れてくる。やがて、つぶれた映画館と、バロック様式の教会がある暗い広場に出た。

　メッシーナはバイクを停め、ヴィラネルを連れて教会のわきの路地に入っていき、ゲートの鍵をはずした。そこは壁に囲まれた墓地、死者の都市だった。代々伝わる墓石や霊廟が黒々と何列にも並び、夜の闇の奥に続いている。「あんたの弾を取り出したあと、サルヴァトーレはここに葬られる」メッシーナは言った。「そのあと遅かれ早かれ、おれもここに埋められるだろう」

「彼が死んだのを見てうれしいって言ったでしょ」

「あんたのおかげで、おれがこの手でやつを殺《や》らずにすんだからな。やつはけだもの《ウン・アニマーレ》だった。どうにも制御のしようがなかった」

「あなたが後釜にすわるの？」

　メッシーナは肩をすくめた。「誰かがすわるさ」

「よくあることって感じ？」

「まあ、そんなようなものだ。だが、あんたは？　誰に雇われてる？」

「そんなことが問題？」

「ああ、あんたが次におれを狙いにくるようならな」ショルダー・ホルスターからずんぐりした小型のベレッタを抜く。「今あんたを殺しとくべきかもな」

「どうぞやってみるといいわ」ヴィラネルはルガーを抜いた。

しばらくのあいだ、ふたりはにらみあった。それから、ヴィラネルは銃を構えたまま彼のほうに歩いていき、彼のベルトに手をかけた。「休戦する?」

セックスは短く激しかった。そのあいだずっと、ヴィラネルはルガーを手にしていた。終わったあと、銃を持った手を彼の肩に置いて身体を支えながら、彼のシャツの裾で身をぬぐった。

「で、どうする?」メッシーナは敵ながらあっぱれという目で彼女をじっくりと見た。薄暗いなかで、彼女の上唇のかすかなひきつれは、情事の前に想像したようなセクシーさではなく、肉食獣の冷酷さを彼女に加えていることに気づく。

「行っていいわ」

「また会えるか?」

「そうならないことを祈りなさい」

しばらくのあいだ、メッシーナは彼女を見つめ、それから歩み去った。MVアグスタのエンジンがうなりをあげ、夜闇の奥に遠ざかっていく。ヴィラネルは墓石が並ぶ坂を下っていき、柱のついた霊廟の前の小さな空き地に目を留めた。フェンディのショルダーバッグから、ブリケのライターとくしゃくしゃに丸めたブルーのコットンのワンピース、極薄のサンダル一足とランジェリー生地のマネーベルトを取り出す。マネーベルトには現金で五百ユーロと航空便のチケット、パスポートとクレジットカードがおさまっている。その名義はイリーナ・スコリク、ウクライナ生まれでフランス籍の女だ。

ヴィラネルは手早く着替え、ヴァレンティノのドレスとシルヴィアーヌ・モレル関連の書類すべてと、今までつけていた緑色のコンタクトレンズとブルネットのウィッグを積み上げた。炎は短いあいだよく燃えた。何ひとつ残らなくなると、イトスギの枝を使ってその灰を雑草のなかに掃き寄せた。

さらに坂を下ると、錆びついた出口ゲートがあり、そこから狭い路地に下っていく石段があった。路地は人通りの多い広い道に続いており、そこを通って西の中心市街地に向かった。二十分後、探していたものが見つかった。レストランの裏にある車輪つきの大型ゴミ容器。厨房の生ゴミがあふれている。観劇用手袋をはめながら、ヴィラネルはあたりを見まわして、誰にも見られていないことを確認し、両手をなかにつっこみ、ゴミ袋を六つほどひっぱりだした。そのうちのひとつをほどき、悪臭を放つハマグリの殻や魚の頭やコーヒーかすのなかにフェンディのショルダーバッグとルガーを押しこんだ。ゴミ袋を容器のなかに戻し、その上にあとの袋を積み上げる。最後に手袋がゴミのなかに消えた。作業にかかったのは三十秒足らず。それから悠々と、ヴィラネルは西に向かって歩き続けた。

翌日の午前十一時、イタリア国家警察のパオロ・ヴェラ捜査官はオリヴェラ広場にあるカフェのバーカウンターで同僚とコーヒーを飲んでいた。長い午前だった。それまでは夜明けからずっと、マッシモ劇場の正面入り口の立ち入り禁止線に張りついていた。今や犯罪現場となった大劇場に群がる人々は、おおむね敬意を払って距離を保っていた。公式発表はいっさいなされていなかったが、パレルモ市民はみな、ドン・サルヴァトーレ・グレコが暗殺されたことを知っているようだ。いろんな憶測が飛び交っていたが、共通しているのは身内の仕業だろうという見解だ。暗殺者は女性だというううわさもあったが、うわさはうわさでしかない。

「お、見ろよ、あれ」ヴェラは同僚にささやいた。グレコ殺しについてあれこれ考えていたのが、瞬時に消え去っていた。同僚は彼の視線を追って、カフェの外、人でにぎわう通りに目を向ける。ブルーのサンドレスを着た若い女性——見るからに観光客だ——が立ち止まって、ハトの群れがいっせいに舞い上がるのを見ていた。驚いたように口を開け、グレーの目が輝いている。無造作にカットされたショートヘアを朝の光が輝かせていた。

「ありゃ令嬢《マドンナ》か、それとも娼婦か？」ヴェラの同僚が言った。

「マドンナだな、疑う余地なし」

「それならおまえにゃ高嶺の花だよ、パオロ」

ヴェラはにんまりと笑った。しばし、まばゆく陽のあたる通りで時間が静止した。それから、ハトが広場の上を旋回し、若い女性もふたたび歩きはじめた。長い手足を振り、雑踏のなかに消えていった。

2

パリ、ルーヴル美術館。ヴィラネルはその南翼の窓ぎわのベンチに腰掛けていた。黒のカシミヤのセーターにレザースカート、ローヒールのブーツという格好をしていた。アーチ形の窓から冬の陽射しが降り注ぎ、白い大理石の彫像を輝かせている。『アモルの接吻で蘇るプシュケ』というタイトルのついた等身大のその像は、アントニオ・カノーヴァというイタリア人彫刻家が十八世紀最後の何年かをかけて彫ったものだ。

実に美しい作品だ。目を覚ましたプシュケは翼をもつ恋人に向けて、ちょっとのけぞるように両腕を上にさしのべている。一方アモルは彼女の頭と胸をやさしく支えている。あらゆる仕草が愛を語っていた。だが、この一時間というもの、観客たちがやってきては去っていくのを見守っていたヴィラネルには、カノーヴァのこの作品にはかなりどす黒い可能性が秘められているように思えた。アモルはプシュケを偽りの安心感へと誘いこんでいるのではないか、彼女をレイプしたいという下心を抱いて？　それともプシュケのほうが、受け身の姿勢と女らしさを装うことで、セックスを餌にアモルを操っているのだろうか？

不思議なことに、通りかかる観客たちはこの彫刻をタイトルどおりのロマンティックなものと受け止めているようだった。若いカップルが笑いながらこのポーズをまねしている。ヴィラネルはまじまじとそれを見つめ、女の子の眼差しがやわらいでいるようすや、まつ毛の震えがゆっくりになり、笑っていた唇がおずおずと半開きになるさまを目に留めた。この一連の光景を、外国語のフレーズのように頭のなかで繰り返し再現し、将来使うために整理してしまいこんだ。生まれてから二十六年のあいだに、彼女はこうした表情の膨大なレパートリーを手に入れていた。やさしさ、同情、悩み、うしろめたさ、驚愕、悲しみ……。そうした感情を本当に経験したことは一度もなかったが、そのすべてをシミュレートすることはできた。

「ダーリン！　ここにいたのね」

ヴィラネルは顔を上げた。アンヌ＝ロール・メルシエだった。いつものように遅刻して、顔いっぱいにばつの悪そうな笑みを浮かべている。ヴィラネルは笑みを浮かべてアンヌ＝ロールと投げキスを交わし、美術館の一階の踊り場にあるカフェ・モリアンに向かって歩きはじめた。「打ち明けたい秘密があるんだけど」アンヌ＝ロールがひそひそと言う。「ぜったい誰にも言っちゃダメよ」

アンヌ＝ロールはヴィラネルが友だちと言うにもっとも近い存在だ。出会ったのは、かなりバカげていることに、美容院だった。アンヌ＝ロールは美人で朗らかで、少なからず孤独だった――忙しいPR会社を辞めて、十六歳年上の裕福な男と結婚したせいだ。ジル・メルシエは財務省の首席官僚で、尋常でない長時間勤務をしている。最大の情熱を注いでいるのは、ワインセラーと、数は多くはないが貴重な逸品ぞろいの十九世紀の金時計のコレクションだ。

だが、アンヌ＝ロールは人生を楽しみたかった。ジルと彼の時計との暮らしには、楽しみというものが悲しいまでに欠如していた。そして今、カフェにたどりつくまでに、最新の情事――〈パラディ・ラタン〉キャバレーのブラジル人ダンサーが相手だ――について事細かにぶちまけていた。

「気をつけなさいよ」ヴィラネルは忠告した。「あなたは失うものが多いのよ。それにあなたのいわゆるお友だちのほとんどは、あなたが遊びまわってると知ったら直接ジルに告げ口するわよ」

「そのとおり、そうなるでしょうね」アンヌ＝ロールはため息をついた。ヴィラネルの腕に腕をからめる。「あなたってホントにやさしいのね、わかってる？　あなたはけっしてわたしを決めつけたりしない。そしていつもホントに心配してくれてる」

ヴィラネルは彼女の腕をぎゅっと握りしめた。「あなたのことが心配なの。あなたが傷つくのを見たくない」

実のところは、アンヌ＝ロールとつきあっているのは目的があってのことだ。彼女は有力な人脈を持ち、さまざまなハイクラスのものに特別優遇で接触できる。オートクチュールのファッションショーや、最高級レストランのテーブル席、最高級クラブの会員証。気軽につきあえる相手というだけでなく、女のふたり連れは、ひとりきりでいる女よりも格段に人目を惹かずにいられる。欠点といえば、アンヌ＝ロールは性的にとんでもなく奔放で、何かしらうかつな行為でジルの注意を惹くのは時間の問題ということだ。そうなったときに、ヴィラネルが妻の不貞の共犯者だという印象を与えたくはない。上級公務員に敵意を持たれるなど、もっとも避けたいことだ。

「で、どうして日経平均株価だか何だかの売り買いとか、デイトレーダーがするようなことをしてないの？」ようやくテーブル席に落ち着くと、アンヌ＝ロールが訊いた。

ヴィラネルはにっこりした。「どんな名トレーダーだって、一日くらい休みは必要よ。それに、あなたの新しいお相手の話を聞きたかったし」あたりを見まわす。銀色にきらめくナイフやフォークとグラス、生花や絵画、照明が放つ金色の光。縦に長い窓の向こうには、雪をはらんだ灰色の空が広がり、カルーセルガーデンにはほとんど人けがなかった。

食べながら、アンヌ＝ロールは新しい恋人《アムール》の話をし、ヴィラネルは丁寧に相槌を打ちながら耳を傾けた。だが、心はそこにはなかった。デザイナーズブランドのきれいな服を着ていい暮らしをするのもいいが、パレルモでの任務からもう何か月もたっていた。新たな活動でまた心臓がどくどくと激しく打つのを感じてみたくてしょうがない。それだけではない。自分にちゃんと価値があることを確認したかった。組織が自分をトップの人材だとみなしていることを。

今やはるか遠く離れたドブリャンカ拘置所の陰鬱な建物が、今でも目に浮かぶ。その価値はあったのか？　かつてそうコンスタンティンに訊かれた。結局悪の道に走ってしまった父親の仇を討つために人生をなげうった価値はあったのか。もちろん、そんな価値はなかった。でも、もう一度時間が巻き戻されたとしても、自分があの夜とまったく同じことをするのはわかっていた。

オクサナの父親は接近戦の指導教官をしたあと、〈ブラザーズ・サークル〉にフリーランスで雇われて働きはじめた。女を買いあさって酒に溺れ、仕事で家を離れるたびにオクサナを孤児院に置いていくなど、ボリス・ヴォロンツォフは理想的な父親というわけではなかったが、オクサナにとっては、母親が死んだあとの唯一の肉親だった。

誕生日や新年にプレゼントをもらったことはほとんどなかったが、ボリスは彼女に自分の身を護るすべを、そしてそれ以上のことを教えてくれた。森のなかの暮らしには記憶に残る日々があった。雪のなかで取っ組み合ったり、父親の古いマカロフ軍用ピストルでブリキ缶を撃ったり、スペツナズ支給のマチェーテでカバノキの幹をぶったぎったり。最初、彼女は重くて扱いにくいマチェーテが大嫌いだった。が、すべてはタイミングだと、父親が教えてくれた。ちゃんと正しく扱えば、刃の重量と振り抜いた勢いがおまえの代わりに仕事をしてくれるのだ、と。

父親を殺したやつは簡単に見つかった。誰もが知っていた。そこがポイントだ。ボリスは下手なやり方で〈ブラザーズ〉をだまして金をせしめようとした。やつらはボリスを撃って、死体を街路に捨て置いた。翌日の晩、オクサナはプシュキナ通りの〈ポニークラブ〉に入っていった。探していた三人の男はバーカウンターのそばに立ち、飲みながら談笑していた。オクサナが意味深な笑みを浮かべてそちらに近づいていくと、三人は黙りこんだ。軍放出品のジャケットにスーパーマーケットで売っているジーンズといういでたちは、娼婦《シュリューハ》には見えなかったが、行動はまさしく娼婦のようだった。

オクサナはしばらく三人の前に立ったまま、からかうような、おもしろがるような目でひとりひとりの顔を見ていった。それからすっとしゃがむ姿勢になり、両腕をうしろにまわして肩甲骨の間に吊り下げたホルスターからマチェーテを抜き、父親に教わったとおりにまっすぐ膝から上に突き上げた。〇・五キロのチタン仕上げのスチールの刃が目にも留まらぬ速さで宙を切り、薄く研ぎ澄まされた片刃が何の抵抗も受けずにひとり目の男の喉を薙ぎ、ふたり目の男の耳の下に深々と突き刺さった。三人目の男の手が腰にのびたが、遅すぎた。オクサナはすでにマチェーテを手放し、マカロフを抜いていた。周囲がパニックに陥って息を呑み、悲鳴が押し殺され、人々があとずさっていくのがうっすらと感じられた。

オクサナは男の開いた口をめがけて撃った。狭い店内に耳をつんざく銃声が響きわたり、しばらくのあいだ、男はただ立ち尽くしてオクサナを見つめていた。後頭部に開いた白い骨ののぞく穴から血と脳みそが飛び散っていた。やがて男の両足ががっくりと折れ、男はひとり目の男の横に倒れた。ひとり目の男はどういうわけかまだ膝立ちのままで、顎の下の血泡を噴いている傷口から、ミルクシェイクをストローで飲み干すときのような耳障りな音を漏らしていた。ふたり目の男もまだ死んではいなかった。じわじわと広がっていく赤い湖のなかに胎児の姿勢で横たわり、両足を弱々しく動かしている。手は刺さったままのマチェーテをつかんでいた。

オクサナは三人を眺めた。彼らがなかなか死なないことに当惑していた。本当に頭に来たのは、膝立ちになって、ストロベリー・マックフルーリーを飲み切るときのようなむかつく音を立てている男だ。男の横に膝をつく。コスモ・ルポのジーンズがどっぷりと血につかる。男の目からは光が失せようとしていたが、その目はまだ疑問の色をたたえていた。「あたしはボリスの娘だよ、くそったれ野郎」そうささやいてマカロフの銃口を男のうなじに押しつけ、引き金を引いた。またもやぎょっとするような大音響があがった。男の脳みそがいたるところに飛び散ったが、あのむかつく音はやんだ。

「ねえ《シェリ》！」

ヴィラネルはまばたきした。ふたたびカフェに焦点が戻った。「ごめんなさい、ちょっとぼうっとしてたわ……何て言ったの？」

「コーヒーでいい？」

辛抱強く待っているウェイターに、ヴィラネルは微笑みかけた。「エスプレッソの小をお願い」

「ねえ、正直なところ、あなたがそうやってどこかに行っちゃってるときって、いったいどこに行ってるんだろうって思うことがあるわ。わたしに話してない誰かを思ってるの？」

「ちがうわ。心配はいらないわ、あなたには一番に知らせるから」

「そうしてちょうだい。あなたってときどき、すごくミステリアスなんだもの。ねえ、もっといっしょに出かけましょうよ。ショッピングやファッションショーのことじゃないのよ。もっと……」アンヌ＝ロールはフルートグラスの露を帯びた柄を人差し指でなぞった。「もっとずっと愉しいこと。〈ル・ゼロ・ゼロ〉とか〈ランコンニュ〉に行きましょうよ。目新しい人たちに会わなきゃ」

バッグのなか、ヴィラネルのスマホが震えた。一語のメール。『要接触』

「もう行かなきゃ。仕事なの」

「ダメよ、ヴィヴィ、そんなのありえない。まだコーヒーも飲んでないじゃないの」

「飲まずに行くわ」

「あなたってホントにひどい」

「わかってる。ごめんね」

二時間後、ヴィラネルはパシー門の近くにあるペントハウスの書斎に座っていた。板ガラス窓の向こう、空は冷ややかな鋼鉄色をしている。

メールの内容は、ヴァル＝ディゼールのゲレンデ情報についての文章が数行と、このリゾート地のＪＰＥＧ画像が六枚添付されている。ヴィラネルはパスワードを引き出して、画像に埋め込まれた圧縮データにアクセスした。ひとつの顔が出てきた。さまざまな角度から撮られた顔写真。その顔を、メールの文と同じように記憶する。新しいターゲットだ。

英国保安局MI5の本部があるオフィスビル、テムズハウスは、シティ・オブ・ウェストミンスターのミルバンクにある。このビルの四階、最北端のオフィスで、イヴ・ポラストリはランベス橋と風で波立つテムズ川の水面を見下ろしていた。午後四時。たった今、妊娠していないことが判明して、内心では複雑な感情が渦巻いていた。

隣のデスクでコンピュータ端末を見ていた補佐のサイモン・モーティマーが、ティーカップを受け皿に置いた。「来週のリストが来たけど、目を通しとくかい？」

イヴは老眼鏡をはずし、目をこすった。目の使い過ぎだよ、と夫のニコは言うが、イヴはまだ二十九歳、ニコはほぼ十歳上だ。サイモンとはここ二か月ばかり、いっしょに働いている。この部署はP3と呼ばれており、警護業務分析課の分課として、英国を訪れる〝ハイリスク〟な人々に迫る脅威の査定や、その警護にロンドン警視庁と連携する必要があるかどうかの判定を業務としている。

いろんな意味で報われない仕事だ。ロンドン警視庁の資源は無限というわけではなく、有効な警護業務には莫大な金がかかるからだ。だが、誤った判断による指令は悲惨な結果を招く。イヴの元上司の分課長ビル・トレガロンがかつて――その地位から失脚する前に――こう言っていた。「生きて声高に主張する極端論者が頭痛の種だと思うなら、死んだやつを相手にしなきゃならなくなるまで待ってみるんだな」

「聞かせて」イヴはサイモンに言った。

「パキスタンの作家、ナスリーン・ジラーニ。今週の木曜日にオックスフォード・ユニオンで演説をする予定だ。彼女は殺害予告を受けている」

「信憑性は？」

「じゅうぶんある。彼女専任のチームをつくることに、ＳＯ１が同意したよ」

「続けて」

「レザ・モクリ、イランの核物理学者。こっちもフル・プロテクション態勢だ」

「了解」

「それとロシア人のケドリン。この男についてはよくわからない」

「よくわからないって、何が？」

「こいつのことをどの程度真剣に考えるべきかだよ。ヒースロー空港にイカれた政治理論家があらわれるたびに、ロンドン警視庁にお守りを頼むってわけにもいかないしな」

イヴはうなずく。メイクをいっさいしていない顔と、何の特徴もない茶色の髪をぐしゃっとアップにまとめているところを見れば、きれいだと思われることより重要なことがいろいろとある女性のように見える。一見、学者か、質のいい書店で働く店員のようだが、どことなく、それだけではないことを語る雰囲気——落ち着きぶりや揺るぎない視線——をたたえている。同僚たちは、イヴ・ポラストリがハンターだということをよく知っている。簡単には獲物を手放さない女だと。

「それじゃ、ケドリンの保護を申請したのは誰？」

「ユーラシアUK、彼の訪英を取り仕切ってる団体だ。ちょっとチェックしてみたけど、どうやら——」

「その団体なら知ってる」

「なら、おれが言わんとしたことはわかるよな。危険どころじゃなくイカれてるように見えるぞ。ヨーロッパとロシアの間の神秘的な絆とかいうたわごととか、米国の堕落した領土拡張主義者どもに対抗して団結すべきだという主張とか」

「わかってる。かなり過激よね。でもやつらは支持者に不足することはないのよ。そのなかにはクレムリンも入ってる」

「そしてヴィクトル・ケドリンはやつらの大事な看板だ」

「ケドリンは空論を唱えてるだけ。運動の顔よ。どうやらカリスマ的な人物みたいだけど」

「だが、ロンドンで具体的な危険が想定されているわけじゃない、そうだろ？」

「そうとは言い切れない」

「だってさ、誰から危害を加えられるっていうんだ？　アメリカ人どもは見るからにやつにかんかんになってるが、まさかハイ・ホルボーンにドローン攻撃を仕掛けたりはしないだろう」

「ケドリンはそのあたりに泊まるの？」

「そうだ、ヴァーノンっていうホテルだ」

イヴはうなずく。「あんたの言うとおりだと思う。ミスター・ケドリンにわざわざ保護命令を出す必要はなさそうね。でも彼の講演は聞きにいってみようかな——どうせどこかでユーラシアUKに忠誠を示す意見表明をするよね？」

「コンウェイ・ホールだ。今週の金曜日」

「わかった。わたしが担当する」

　サイモンは首を少し傾けて了解を示した。まだ二十代にして、この男は大都市に勤める公僕特有のちょっとふざけたような態度を身につけていた。

　イヴは専用の承認コードを入力して、重要度の高い《H》セキュリティ《S》脅威《T》リストを呼び出した。友好関係にある各種諜報機関——ロシアのFSBやパキスタンのCIDといった、ときどき協力しあうところも含めて——の間で共有されているこのデータベースには、国際的に活動しているプロの殺し屋たちが載っている。それも、地元の殺し屋たちや、よその国から来て銃を使ってはすぐ出ていく殺し屋たちではなく、政治家たちに使われ、真の富裕者でなければ払えない金額を要求するトップクラスの暗殺者たちだけ。記載事項が長く詳細な者もいれば、長年の監視や尋問の成果によりようやく判明したコードネームしか載っていない者もいる。

　この二年以上、イヴは著名人の殺人事件で未解決のものを集めた独自ファイルをつくっていた。そして常に舞い戻ってくるのが、バルカンの政治家ドラガン・ホーヴァットの事件だった。ホーヴァットの件は人通りの多さやその他さまざまな状況を考えても、ほかに類を見ない見事な手際だった。だが、彼がロンドン中心部で殺されたときに監視をしていたビル・トレガロンは救われなかった。チェルテナムの政府通信本部《GCHQ》に異動になり、彼の補佐だったイヴがＰ３の分課長になった。

ホーヴァットは愛人――イルマ・ベリゼという名前の、トビリシ出身のヘロイン依存の十七歳少女――を連れてロンドンに旅行に来たところを殺された。表向きは、ホーヴァットはハイランクの貿易業者のひとりとしてロンドンに滞在していたが、実際はほとんどの時間、イルマと共にショッピングをしていた。ふたりがベイズウォーターの薄暗い横丁にある日本食レストランを出たところで、急ぎ足の通行人がホーヴァットにどすんと強くぶつかった。ほとんど彼を打ち倒さんばかりの勢いだった。

日本酒ですっかり酔ってご機嫌だったホーヴァットは、最初、刺されたことに気がつかなかった。実際、太腿のつけ根から生温かい血がどくどくと噴き出ているのに気づく前、消えていく相手にあやまったくらいだ。驚愕のあまり大きく口を開け、彼は歩道に倒れこんだ。片手はむなしく、切断された大腿動脈を押さえていたが、二分足らずで死に至った。

十五分後に日本人の会社員のグループがレストランから出てきたときも、イルマはまだその場に立ち尽くしていた。ぶるぶる震えながら、何が起きたかも理解できずに。日本人グループは英語がお粗末で、イルマはまったく英語が話せず、誰かが救急通報をするまでさらに十分ほどかかった。イルマは激しいショックを受けており、最初のうちは、襲われたときのことは何も思い出せないと言い張っていた。だが、ロンドン警視庁の保安司令部ＳＯ15の捜査官がジョージア人通訳の助けを借りて辛抱強く聞き取りをしたおかげで、ついに重要な事実がひとつだけ引き出せた。ドラガン・ホーヴァットを殺したのは女だった。

プロの女性の殺し屋というのはたしかに珍しい。このHSTリストを使うようになってから、イヴが目にしたのはふたりだけだ。HSTのファイルによると、FSBは何年かのあいだ、海外の暗殺にマリア・ゴロヴキナという女性を使っていた。アテネ五輪に出たロシアの小口径ピストル射撃の一員で、クラスノダールのスペツナズ基地で秘密の訓練を受けたと考えられている。ファイルにはもうひとり、セルビア人の記載もあった。悪名高い犯罪組織ゼムン・クランに所属している、エレーナ・マルコヴィッチという名前の殺し屋だ。

どちらも、ホーヴァットを殺した犯人ではない。この政治家がロンドンで最期を迎えたときには、どちらもすでに死んでいたからだ。ゴロヴキナは一年以上前にブライトン・ビーチにあるホテルのワードローブで首を吊っているところを発見された。マルコヴィッチはその四か月前にベオグラードで、車爆弾で粉々に吹っ飛んだ。だから、もしイルマ・ベリゼの言っていることが正しければ、海外に新たな女の殺し屋がいるということになる。このことが、イヴの興味を非常にそそっていた。

まあ、百パーセントの確信があるわけではない。自分の手で他人の生命を奪うなんてありえないと思っているせいもあるかもしれないが、イヴは殺しが日常茶飯事という女性に魅了されていた。朝起きてコーヒーを淹れ、着る服を選び、外に出かけて冷血にまったく見知らぬ人間を殺す。そんなことができるのは、何らかのサイコパス的素質を持つ異常者ではないのだろうか？　生まれつきそういう性質なのだろうか？　それともどんな女性でも、ちゃんとプログラムされれば、プロの処刑人に変わるのだろうか？

ビルからP3を引き継いで以来、イヴは未解決の暗殺事件ファイルを慎重に、だが徹底的に調べて、女性が関わっている暗殺事件がほかにないか探した。その結果、二件をマークしていた。ひとつ目は、アレクサンドル・シモノフというロシアのオリガルヒ〔ロシアの新興財閥〕がドイツで射殺された事件。この男は石油とガスの独占販売権がらみの取り引きの一部として、チェチェンとダゲスタンの闘士たちに資金を流している疑いがあった。殺し屋はアルティンヴェスト銀行のフランクフルト本店の前でシモノフの胸にＦＮ Ｐ90サブマシンガンの弾丸を六発ぶちこんだが、防水のライダーズジャケットを着てフルフェイスのヘルメットをかぶっており、のちにＢＭＷのＧ６５０Ｘｍｏｔｏと判明したバイクに乗って走り去った。十数人いた目撃者はのちに事情聴取されたが、そのなかのふたりが、犯人は女性だった〝ような気がする〟と述べていた。

もうひとつの事件は、シチリアでサルヴァトーレ・グレコというマフィアのボスが殺された件で、政治がらみではないようだ。地元では、この殺しは直接的にせよ間接的にせよ、被害者の甥のレオルーカ・メッシーナの仕業ではないかとうわさされている。その事件以来、この甥がグレコ一家を率いているようだった。だがマスコミでは、共犯者——いわゆる〝赤いドレスの女〟——についての憶測も取り沙汰されていた。対マフィア捜査課《DIA》の捜査官によると、グレコはパレルモのマッシモ劇場で、オペラの公演のあと死体で見つかったということだ。〇・二二インチの低速弾を二発、至近距離から心臓に撃ちこまれていた。ボディガードふたりも同じボックスの床で死んでいた。どちらも脳底に一発ずつ撃ちこまれていた。

レオルーカ・メッシーナはその晩、劇場にいたことがわかっている。ある目撃者が、幕が上がる直前に、赤いドレスを着た目の覚めるような黒髪の美女と話をしているのを見たと証言している。ふたりはいっしょに座ったりしていたわけではないようだが、防犯カメラの映像に、第三幕が終わった直後、メッシーナが裏口を通って劇場から出ていくところが映っている。そして彼の二歩うしろに、ぼやけた人影が映っていた。赤いドレスの女だ。黒い髪が肩のまわりで揺れていた。顔は、あおぐかのようにかざしているオペラのプログラムに隠れてよく見えなかった。

絶対に偶然じゃない、とイヴは考える。この女はそこに防犯カメラがあることにしっかりと気づいている。だが、本当に奇妙なことは、DIAが公表していないところにあった。殺される前、グレコは左目に刺された特製の装置から注入されたと見られる強力な鎮静剤で動けないようにされていた。その装置の写真がオンラインの事件ファイルに出ており、その内部構造もくわしく載っていた。何か禍々しく見えるしろものだった。なかが空洞のカーブしたスチールの釘のなかに、液溜めの筒が入っていて、小さなプランジャーがついている。

どうしてグレコを撃つ前に、こんなふうに動けなくする必要があったのだろう？　その疑問がここしばらくずっとイヴの頭から離れなかった。はじめてこのファイルを読んだ日からずっと、答えに近づけたような気は少しもしない。暗殺がほとんど公共の場と言えるところで行われたことを考えると、手早くすませるのが道理というものではないか？　今にも見つかりそうな状況で、どうして犯人はだらだらと長引かせるようなことをしたのだろう？

　この疑問をずっと考えながら、イヴがフィンチリーのアパートに戻ったのは、八時数分前だった。夫のニコはいなかった。週に三回、夜に指導員をしているブリッジクラブに出かけたのだ。オーブンにピエロギ〔ポーランドの餃子のような料理〕を残してくれていて、イヴはありがたくそれを取り出した。料理はあまりしない。テムズハウスで長い一日を過ごして戻ってきて、何もないところから食事を用意する気にはとてもなれない。

　食べながら、ＢＢＣの八時のニュースを見る。東から寒冷前線がやってきているという注意（「お宅のボイラーがちゃんと作動するかご確認を！」）、経済関連のとんでもなくお寒い情報、それからモスクワの野外の大規模集会についての外電ニュース。そこには、雪で真っ白くなった広場にぎっしりと立って耳を傾けている群集に向けて情熱的にしゃべっている、顎ひげの人物が映っていた。ぼやけた説明字幕にロシア文字で、ヴィクトル・ケドリンと出ていた。

　イヴは椅子から前に身を乗り出した。ピエロギを刺したフォークが宙で止まった。これだけお粗末な画質でも、ヴィクトル・ケドリンの持つ磁力ははっきりとわかる。解説者のナレーションに隠れてしまっている彼の言葉を聞き取ろうと耳を澄ませたが、映像は捨てられた子ネコがチワワに育てられたという感動話に切り替わった。

　食べ終えると、イヴは仕事着からジーンズとセーターに着替え、ジッパーつきの防風ジャンパーをはおった。おしゃれとは言いがたい格好だが、それ以上考えるようなことはしない。

イヴはアパートを見まわした。狭い玄関ホールに腰の高さまで積み上げてある本の山。キッチンの物干しラックに掛けられている服の数々。もし妊娠したら、もっと広い住居が必要になる。そう心のなかでつぶやき、つかのま、ここから歩いて五分のところにあるネザーホール・ガーデンズに立ち並ぶ赤レンガづくりの高層マンション群に思いを馳せた。あのどれかのマンションの二階に住めるなら申し分ない。でもそれがイヴの手に入る可能性はと言えば、ニコがバッキンガム宮殿を手に入れるにも等しいものだろう。保安局の職員と教師の給料を合わせても、あんな場所の物件に手が届くはずがない。もっと広い家がほしければ、ずっと遠くの郊外に出ていかなければならない。たとえばバーネットあたり。あるいはトッターリッジ。イヴは目をこすった。引っ越しなんて考えるだけでどっと疲れる。

ジャンパーのジッパーを上げる。ブリッジクラブまで歩いて十分。歩きながら、東からやってきている寒冷前線のことを考える。必ず雹《ひょう》や雪が降るというわけではないだろうが、脅威にはちがいない。

今夜はウェスト・ハムステッド・ブリッジクラブのトーナメント開催日で、店にはぞくぞくと客が集まってきた。ゲーム室には天板に緑色のベーズを張った折りたたみテーブルとプラスチック製の椅子が並べられている。寒い通りを歩いてきたあとでは室内は暖かく、バーカウンターのまわりでは活発に会話が交わされていた。

夫のニコ・ポラストリはすぐに見つかった。初心者三人と模擬戦をしているところで、視線は注意深く、動きにはムダがない。遠目からでも、初心者たちのボディランゲージから、指導員のニコに印象づけようと必死になっているのがわかる。逆毛を立ててふくらませた金髪の女性が一枚を場に出した。ニコはちらりとそれを見てから手をのばしてそのカードを取り、慎重な笑みを浮かべて彼女の手に戻した。彼女は一瞬面食らった表情を浮かべたが、それからはっと手を口に当て、卓についていた全員が笑った。

ニコには、品よくユーモアを持って知識を授ける天性の才能がある。ノース・ロンドン校で数学を教えているが、そこでも生徒に人気がある。そこの生徒たちは一般にはやんちゃぞろいで知られている。このブリッジクラブでは、彼は四人の上級指導員のひとりなのだが、会員たちはあからさまに彼に認めてもらおうと競っていた。石頭のベテラン会員たちですら、見事にフィネスが成功したとか、ほぼ不可能と思われたコントラクトを達成したことを褒められて顔をほころばせている。

イヴがニコと出会ったのは四年前、はじめてこのクラブに入会したときだった。その当時はブリッジの腕を磨きたいというよりは、テムズハウスの内側ばかり見る緊張に満ちた巣箱から切り離された社会生活を見出したかったのだ。願わくば魅力的で知的な男性が登場してくるような社会生活を。イヴは内心、ぱっと見てハンサムとは言えなくとも人当たりのいい温厚な人物を思い浮かべていた。彼女に思いきった一歩を大きく踏み出させ、ウェストエンドのおしゃれなレストランにエスコートしてくれるような人物を。

会員の平均年齢が五十すぎというこのブリッジクラブでは、そのような男性にめぐりあえるとはとても思えなかった。引退した会計士や妻を亡くした歯科医たちとの出会いを望むなら、ここがぴったりの場所だっただろう。だが、四十歳より下の魅力的な独身男性は、ここにはほとんどいなかった。はじめてイヴがこのクラブにやってきたとき、ニコはいなかった。イヴとあとふたりの入会希望者は、クラブの事務長をしている白髪を青白く染めたミセス・シャピロの指導を受けた。

この経験に気をくじかれ、次の週はもう行かないでおこうかと考えた。でも、悩んだあげくに行ってみると、今回はニコが来ていた。忍耐強い茶色い目と十九世紀の騎兵のような口ひげをもつ長身の男は、イヴがドアを開けたときから担当を申し出て、テーブルにエスコートし、あとふたりのプレイヤーを呼び、イヴと組んで六ハンドのあいだいっさい口をきかなかった。だが、そのあとほかのふたりを無視して、緑色のベーズ張りのテーブルごしにイヴを見つめた。

「で、イヴ。いい知らせとあんまりよくない知らせ、どっちがいい？」

「まずはあんまりよくない知らせ、かな」

「よし。きみはこのゲームの基本はわかってるんだな。子どものころに習ったのかい？」

「両親ともブリッジをプレイしてたのよ」

「そしてきみはものすごく好きなんだな、勝つことが」

イヴは彼の視線を受け止めた。「そんなにわかりやすい？」

「ほかの人たちにはわからないかもしれない。きみはミスカ――ネズミのふりをするのが好きなようだが、ぼくにはキツネが見える」

「それっていいこと?」

「そうかもしれない。だがきみはいくつか間違いを犯してる」

「間違いやすいキツネ?」

「そのとおり。戦略的にゲームをやりたいと思うなら、一刻も早くすべてのカードがどこにあるか知る必要がある。そうするためには、相手方のプレイにもっとしっかり集中しないとね。ビッドを記憶して、四つのスートそれぞれの残り札を把握しなきゃならない」

「わかった」ちょっとのあいだ、イヴはこの知らせを噛みしめた。「で、いい知らせは?」

「いい知らせは、ここからほんの五分のところにすごくいいパブがあるってこと」

イヴは笑った。その年のうちに、ふたりは結婚した。


イヴの今夜のパートナーは十九歳ぐらいの青年だった。この秋にクラブに入会したインペリアル・カレッジの学生三人組のひとり。ちょっとマッドサイエンティストのような雰囲気をまとっているが、ものすごく腕のいいプレイヤーで、ウェスト・ハムステッド・ブリッジクラブではそれはなかなか貴重な美点だった。

最初のうちはためらっていたが、イヴはここで過ごす夕べを楽しみにするようになっていた。会員のなかには親の年齢ほどの人たちがいるが、それどころか祖父母の年代の人たちとプレイすることもある。でもみんな、プレイの腕はすばらしく、テムズハウスで苛酷な一日を送ったあとで、知的な対戦に頭を使うのは楽しかった。

イヴは今夜のパートナーにお礼を言った。全体で四位という好成績をおさめることができたのだ。彼はちょっとぎこちない顔で笑い、疲れたような足どりで帰っていった。戸口前で、ニコはイヴがジャンパーを着るのを、シャネルのコートを着るかのように手伝った。このちょっとした騎士道的行為はほかの女性会員たちに気づかれないわけがなく、彼女たちはうらやましそうにイヴをチラ見していた。

「で、そっちはどんな一日だった？」アパートに帰る道中、彼の腕にしっかりと腕をからめ、イヴは訊いた。雪が降りはじめたところで、顔にふれた雪に目をしばたたく。

「十一年生の男子たちは微分学をもっとよく理解してくれそうだよ、全員が午前二時まで寝ずに起きてやるのが〈ファイナルファンタジー２〉ならぬ〈ファイナル漸減《アトリッション》２〉だったらだけどね。まあ、そうはいかないかな。そっちはどうだった？」

イヴはためらった。「ひとつ問題を出してあげる。今日はずっとそれを考えてたの」

ニコはイヴの仕事の性質を知っていて、あれこれ根掘り葉掘り聞き出そうとすることはない。夫のそういう心根は自分の雇い主たちにとって非常にありがたいものだろうなと、イヴはよく考える。だが同時に、テムズハウスの無機質な廊下を彼が歩いている図を想像すると、恐怖に満たされる。そこは彼女の世界だが、それがニコの世界になってほしいとは思わなかった。

ポーランドのクラクフ大学で純粋数学と応用数学の修士号を取ったあと、ニコはマチックという友人といっしょにおんぼろのバンでヨーロッパをまわる旅に出かけた。ふたりはバンで寝泊まりしながら、各地のトーナメント——ブリッジ、チェス、ポーカー、その他賞金が出るものは何でも——を渡り歩いた。そして一年半後、百万ズウォティを超す金を手に、引退した。マチックは自分の取り分を一年もたたずに使い果たした——大半はワルシャワのマゾビエツカ通りにある〈パシャ・ラウンジ〉の女の子たちに費やされていた。ニコはロンドンを目指した。

「聞かせて」ニコは言った。

「いいわよ。オペラ公演のあと、ボックス席の床に死んだ男が三人倒れていた。ボディガードふたりとマフィアのドン。全員撃たれてたんだけど、ドンはまず動けないようにされていた。片方の目に強力な鎮静剤を打たれて麻痺させられてたの。どうしてだと思う？　どうして彼はボディガードたちみたいにただ撃たれただけじゃないの？」

ニコは一分ほど何も言わなかった。「最初に殺されたのは誰？」

「ボディガードたちだと思う。撃ったのはドンの甥だと考えられてるけど、サイレンサーを使ってた。至近距離から、小口径の拳銃で」

「胴体を撃たれたのかい？」

「ドンはそうよ。ボディガードふたりは首のうしろ。きれいなものよ。とてもプロっぽい」

「そして注射器だか何だかか。強力な鎮静剤。それについて何かわかってる？」

「見せてあげる」

イヴはバッグから写真のコピーを取り出した。雪が舞う街灯の下で、ふたりはしばし足を止めた。

「おぞましいしろものだ」ニコは口ひげについた雪を払った。「でも賢い。おそらくその甥じゃないな。女が関わってるんじゃないか？」

イヴは夫を見つめた。「どうしてそんなことが言えるの？」

「人を殺すときにまず問題になるのは、武器を持ったままボディガードのわきをすり抜けることだろ。ボディガードってのはタフで経験を積んだやつらだから」

「そうね」

「一方これなら……」ニコは写真を持ち上げる。「やつらはこれには目もくれないだろう」

「どうして？」

ニコはコートのポケットに手を入れ、ペンを取り出した。「ほら、ここにこういうふうにワイヤーをくっつけて、こっちの金具にパチンとはめると、何になる？」

イヴはたわんだコピー写真を見つめた。「うわ、何てこと。どうして気づかなかったんだろう？」声がかすれていた。「これ、ヘアクリップね。女が使うくそヘアクリップだ」

ニコは彼女を見やった。「ほら、女がからんでるだろう？」

シャルル・ド・ゴール空港のビジネスクラス専用ラウンジで、ヴィラネルはスマホでメールチェックをしていた。暗号テキストで確認されたのは、コンスタンティンは予定どおりロンドンのグレイズ・イン・ロードの〈ラ・スペツィア〉というカフェで午後二時にヴィラネルと会うつもりだということ。スマホをバッグに戻し、コーヒーを飲む。ラウンジは暖かく、なめらかなモールドシートは白とグレージュの落ち着いた色合いだ。周囲の壁には木の葉の形のイルミネーションが点々と散っている。ガラス張りの外壁の向こうに見える滑走路も、溶けかけた雪も空もみな灰色で、ほとんど見分けがつかない。

ヴィラネルはマノン・ルフェーブル名義の偽造パスポートを使っていた。フランスの投資情報ニュースレターの共同執筆者で、提携を考えているオンライン編集者と会うためにロンドンに向かうという設定だ。膝丈のトレンチコートにスキニージーンズ、アンクルブーツという目立たない服装に、まったくのノーメイクで、冬だというのにグレーのレンズのアセテートのサングラスをかけている。空港にはカメラマンが大勢集まるし、顔認識ソフトで武装した警察関係のプロたちもどんどん増えている。

エールフランスの男性客室乗務員がラウンジにあらわれ、ビジネスクラスの乗客たちに搭乗の案内をした。ヴィラネルはエアバスの前方通路《フロントアイル》側席を予約していた。そして今は窓側席の男と目を合わせないように気をつけていた。機内誌をパラパラとめくっているその男が彼女に話しかけようと決意したのが見てとれたからだ。彼女は男を無視し、4Gタブレットとイヤフォンを取り出した。そしてほどなく、あるビデオクリップに夢中になった。

そのビデオクリップは、二発の拳銃弾を弾道が見えるように透明なゼラチンのブロック――人体組織を模して設計された試験用媒体だ――に発射して比較するというパフォーマンスをスローモーションで撮ったものだった。一発はロシア製、もう一発はアメリカ製だ。どちらもホローポイント弾で、ターゲットの身体を貫通するのでなく、体内に残って多大な衝撃を与えるように設計されている。にぎやかな都会の環境で任務を遂行することが多いヴィラネルにとって、この情報は興味深いものだった。ヴィラネルがやりたいのは一撃必殺の殺しだ。貫通した弾丸で二次被害が起きるというようなリスクを冒すわけにはいかない。

ふたつのホローポイント弾の優劣を決めかね、ヴィラネルは顔をしかめた。ロシア製の弾は射入時に膨張し、体内で爆発するときに被覆《ジャケット》が花びらのように反り返っていく。一方、アメリカ製の弾は変形はしないものの、弾丸が横転して、進むにつれてすさまじい傷口を広げていく。どちらもそれぞれ、実に多くの長所がある。

「電子機器のスイッチを切っていただけますか、マドモワゼル？」

今度は女性の客室乗務員だった。ダークブルーのテーラード・スーツがシックだ。

「もちろんよ」ヴィラネルはクールな笑みを浮かべ、スクリーンを消してイヤフォンをはずした。

「いい映画だったんですか？」窓側席の男が声をかけるきっかけをつかんだ。

この男にはラウンジにいたときから気づいていた。三十代後半、ちょっと怪しげなハンサム——デザイナーズブランドの服を着た闘牛士《マタドール》みたいな。

「実を言うと、ショッピングしてたの」

「自分のを？」

「いいえ、ほかの人のを」

「それは特別な人？」

「ええ。サプライズのプレゼントよ」

「その人はラッキーだな」男はダークブラウンの瞳でまっすぐヴィラネルを見つめた。「きみ、ルーシー・ドレイクだよね？」

「すみませんが、何て？」

「ルーシー・ドレイクだろう？　モデルの」

「ごめんなさい、ちがうわ」

「でも……」男は機内誌を取りあげ、ページをめくって香水の広告ページを広げた。「これ、きみじゃないの？」

ヴィラネルはそのページを見た。たしかに、そのモデルは薄気味悪いほど自分によく似ていた。でも、ルーシー・ドレイクの目は突き刺さるようなグリーンだ。広告の香水の名前は〈プランタン〉だ。春。ヴィラネルはサングラスをはずす。彼女の目はロシアの真冬のように凍てついたグレーだ。

「どうも申し訳ない」男は言った。「間違えてたようだ」

「間違えられて光栄だわ。この人、きれいだもの」

「そうですよね」男は手を差し出した。「ルイス・マルティンです」

「マノン・ルフェーブルよ」ヴィラネルは彼との間のひじ掛けに置かれた機内誌に目を落と

す。「訊いてもいいかしら、どうしてこのモデルの名前をご存じなの？」

「ぼくはその業界の人間なんだ。妻といっしょに〈テンペスト〉っていうエージェント会社をやってる。パリ、ロンドン、ミラノとモスクワに支店があるんだ」

「それじゃ、このルーシー・ドレイクはあなたの会社の子なのかしら？」

「いや、彼女はたしか〈プルミエ〉の所属だったと思う。今はもうそれほど仕事をしてないんだ」

「そうなの？」

「どうやら女優を目指してるようでね。今やってるような雑誌や広告の仕事をやればやるほど、女優の道から遠ざかると思ってるようだ」

「才能はあるの？」

「モデルの才能はある。それはきみが思ってるよりもはるかに稀有なものなんだ。だが、女優となると……」マルティンは肩をすくめた。「でもさ、自分の本当の才能の価値を過小評価してる人がどんなに多いか、知ってるかい？　そういう人たちは絶対になれない何かになろうと夢見てるんだ」

「あなたはスペイン人なの？」詮索されそうな気配を感じて、ヴィラネルは話題を変えた。

「そうだよ、でもスペインですごすことはほとんどない。主に住んでるのはロンドンとパリだ。ロンドンは知ってるかい？」

ヴィラネルはしばし考えた。エセックスの沼地で、丸腰でのハードな戦闘訓練で過ごした六週間は入れていいのだろうか？　ノースウッドの曲がりくねって見通しのきかないドライブコースのヘアピンカーブを猛スピードで走ってすごした二週間は？　テムズ川に突き出す半島、アイル・オブ・ドッグズで引退した泥棒から錠前破り術を習った一週間は？

「少しだけ」ヴィラネルは答えた。

さっきの客室乗務員がシャンパンを持って戻ってきた。マルティンはそれを受け取ったが、ヴィラネルはミネラルウォーターはないかとたずねた。

「モデルになること、ぜひ考えてみないか」マルティンが言う。「きみのその頬骨と冷たい視線は才能だ」

「それはどうもありがとう」

「今のは褒めたんだよ、本当に。何の仕事をしてるんだい？」

「金融関係よ。そんなに華やかなものじゃないわ、残念ながら。で……あなたの奥さんって元モデル？」

「エルビラかい？　うん、元はね。しかもすごい売れっ子だった。でも最近はぼくが顧客の相手をして、彼女は事務部門を仕切ってる」

話は予測どおりの経過をたどった。話の矛先がもうひとりの自分、マノン・ルフェーブルのほうに向かわないようにガードしつつ、ヴィラネルはマルティンが〈テンペスト〉についてくわしく語るよう仕向けた。ヴーヴ・クリコを二杯飲んで三杯目を半分空にし、マルティンは上機嫌で自分のことをべらべらしゃべった。同時に、ヴィラネルに歯の浮くような褒め言葉を乱発しはじめた。

一瞬、この男はMI5か、フランスの対外治安総局、DGSEの諜報員ではないかと考える。でも、ヴィラネルはロンドン行きの便を予約していたわけではない。オスマン通りの百貨店ギャラリーラファイエットの前で適当なタクシーに手を上げ、空港に着いてから航空券を現金払いで買ったのだ。A1高速道路のサービスステーションにぎりぎりで入ることを含めて、監視をまく基本的な方策をあれこれ講じており、パリから尾行はされていないと断言できる。それにマルティンは彼女より先にチェックインをすませ、ラウンジにいた。何より、彼女の直感——自分の生死がかかっているときには高度に研ぎ澄まされている——が、この男は偽装しているわけではないと告げていた。この男は本当に、見えているとおりの、ムダにいい格好をしている女たらしなのだ。マルティンのような自己愛型の男についてのジョークがある。曰く、彼らはいつも、自分はちゃんとコントロールできていると考えている——仕事も、会話も、セックスの最中も。

ヴィラネルの思考はパレルモのあの夜に移ろっていった。レオルーカ・メッシーナのことに。彼は状況をコントロールできてはいなかった。実際、すぐ発射できる状態のルガーを持っている女とうれしそうにファックしていたのだから。あの一件は、それなりに実にロマンティックなものだった。

コンスタンティンはグレイズ・イン・ロードに面したカフェのドアのほうを向いて、カウンターの前のテーブル席に座っていた。〈イヴニング・スタンダード〉紙のスポーツ面を広げ、カプチーノを飲んでいる。ヴィラネルが足踏みをしてブーツから雪を落とし、店に入っていくと、コンスタンティンは顔を上げた。感情をあらわさない視線を向け、向かいの席を顎で示す。そのやりとりに、何か変わったドラマが起きそうだと感じさせるところはいっさいない。古着屋で買ったコートにニット帽という格好の若い女に目を留める者もいない。ヴィラネルは紅茶を注文し、ふたりは傍からは聞きとれない会話をはじめた。もし盗聴を試みている人物がいても、店内に流れているうなるようなローファイの音楽とガジアのエスプレッソマシンの蒸気を噴く音に邪魔されてもどかしい思いをするだろう。

大勢の客が出入りするなかで三十分間、ふたりは口早のロシア語で、詳細な計画と武器について話しあった。コンスタンティンはヴィラネルが立てた計画にほころびがないかテストすべく、次々と難点をあげつらっていったが、ついにはうまくいくだろうと認めた。それから二杯目のカプチーノを注文し、瞑想にふけるような面持ちでカップをかき混ぜた。

「パレルモの件が悩みのタネだ」コンスタンティンは言った。「おまえがやったこと――メッシーナのバイクに相乗りして真夜中の市街地を突っ走ったことだが、あれはあまりに無謀だった。ひどい事態になってたかもしれないんだぞ」

「即興でやったのよ。あたしは全部コントロールできてた」

「いいか、よく聞いてくれ。完全な安全など絶対にないんだ。それに、誰にせよ完全に信頼できる人間など、絶対にいない」

「あんたでも？」

「いや、ヴィラネル、わたしのことは信頼していい。だがおまえはどこか、いつも不信に凝りかたまっていて、危険はないかと探している。おまえのどこかが、完全にわたしを信頼しようとしていない。わたしはおまえに生きのびてほしいんだ、いいな？　おまえがこの仕事に抜群の腕を持っているからというだけじゃない、ただ……」

　コンスタンティンは言葉をとぎらせた。ヴィラネルを心配する気持ちに、ほんの一瞬、私情が混じったことに当惑したようだった。最初から――チュソヴァヤ川のほとりのあの小屋で会ったときから、彼はヴィラネルの氷のような外見の奥底で渦巻く、セックスと死についての相反する傾向を感じとっていた。彼女を突き動かしているやむことのない飢えが彼女を滅ぼしかねないとわかっていた。一瞬、彼女がほとんど無防備な存在のように見えた。

「続けて」

　コンスタンティンはにぎやかなカフェ内を見渡した。「いいか、今のところ、おまえが存在していることすら誰にも知られていない。だが今週起きることで、すべてが変わるかもしれない。英国人は実に執念深い民族だ。ちょっとでも手がかりを与えたら、保安局が総力を挙げておまえを追うだろう。そしてやつらが手を引くことはない」

「それじゃ相当重要なんだね、この案件は？」

「きわめて重要だ。われわれの雇い主たちは軽々に判断を下したりはしないが、この男は排除されなければならない」

メラミン製のテーブル板にこぼれた紅茶だまりに、ヴィラネルは人差し指でVの字を書いた。「ときどき思うけど、それって誰なのかな。その、われわれの雇い主たちって」

「それは歴史がどう書かれるべきかを決めている人々だ。われわれは彼らの兵士なんだよ、オクサナ。われわれの仕事は未来を形づくることなのだ」

「オクサナは死んだよ」ヴィラネルはつぶやく。

「そしてヴィラネルは生き残らねばならない」

ヴィラネルはうなずいた。冬の薄暗いカフェのなかでも、その目がぎらりと輝くのが見てとれた。


メイフェアのサウス・オードリー通りにそびえるマンションの高みで、ヴィラネルは西のほうを見ている。床から天井までの全面窓の向こうに広がる夕暮れの空は赤みがかった褐色に染まり、木々は灰色をしている。窓ガラスに音もなく雪が降りかかっている。

最上階にある居室は投資銀行グループの名義で登録されている。テレビセットと最新鋭の音響システムがあるが、使うことはないだろう。キッチンには食材が完璧にそろっているが、ほんの少し減らすだけで出ていくことになるだろう。これから四十八時間のほとんどを、ヴィラネルはここですごす。今しているように、革張りのイームズの椅子に座り、じっと待つのだ。孤独の刺すような痛みを歓迎する瞬間もときおりあるが、ほとんどの時間、感じているのは平板な空白——幸せでも不幸でもない無感覚だった。彼女はじわじわと潮が満ちてくるのを感じていた。来るべき案件を繰り返しシミュレートする。コンスタンティンは彼の役割を果たすだろうが、最終的には彼女とケドリンとその瞬間だけになる。

人差し指を口にあて、例の傷痕のかすかな盛り上がりにふれる。父親がカリフを家に連れてきたとき、彼女は六歳だった。前の飼い主に拒絶された猟犬は、そのときすでに重篤な病に侵されていた母親に、献身的にくっついて離れなかった。オクサナは自分もカリフに愛してもらいたいと思った。そしてある日、鋼鉄製のフレームのベッドに上がった。母親が痛みに苛まれながら昼夜を過ごしているベッドだ。薄い毛布の上で丸くなっていた犬にぎゅっと顔を押しつけた。カリフは獰猛なうなり声をあげて鋭い歯をむきだし、オクサナに襲いかかった。

大量の血が流れた。オクサナの裂けた唇は、隣の住居から駆けつけた医学生が麻酔なしで縫い、治りが遅かった。ほかの子どもたちからじろじろと見つめられた。傷があまり目立たなくなったころには、母親は死に、父親はチェチェンに行き、オクサナ本人はサハロフ孤児院のろくでもない環境に預けられていた。

この上唇を形成外科で整形し、本来どおりの完璧な曲線を取り戻すことも簡単にできたが、そうしなかった。その傷痕は以前の彼女が残している最後の名残なのだ。それを消し去る気にはなれなかった。

どこからともなく、昏い欲求がじわじわと這い出てくるのが感じられた。白い革の上に横向きにころがり、両腿をきつく閉じあわせ、小ぶりな乳房を両腕で抱きしめる。数分間、彼女は目を閉じて、そうして横になっていた。彼女は自覚していた。飢えだ。それは満たしてやるまでぎりぎりと締めつけてくるだろう、そうわかっていた。

シャワーを浴び、着替え、髪をうしろになでつける。エレベーターに乗って音もなく一階に下り、通りに出る。新たに舞いはじめた雪が顔にふれるのを感じ、まばたきする。車が次々と、かすかなタイヤの音を立てて通りすぎていくが、通行人はあまりいない。ティルニー通りの角にヒョウ柄のフェイクレザーのコートを着てスパイクヒールをはいた娼婦がひとりじっと立ち、辛抱強い目をドーチェスター・ホテルの前庭に向けている。ヴィラネルは衝動のおもむくままに北に向かって歩き、サウス・オードリー通りからヒル通りに曲がってアーチをくぐり、ひときわ狭くなった道をたどって、ほとんど中庭ほどしかない小さな四角い広場に出た。その一辺を占めているのは、まばゆい照明に照らされた画廊のショーウインドウで、その向こうで招待客だけの内覧会が開かれていた。ウインドウ内に、唯一のスポットライトを浴びている作品があった。四角い台座にのったイタチの剝製で、カップケーキ用のスプリンクルをまぶされている。

ヴィラネルはそれを凝視した。色とりどりのスプリンクルは旺盛に増殖している細菌のように見えた。その展示品だか彫刻だか何だかを見ても、彼女には何も伝わってこなかった。

「お入りになります?」

黒のカクテルドレスを着て、美しいブロンドの髪をシニヨンにまとめた三十代後半の女性が、画廊のガラスドアから半ば身を乗り出していた。外の冷気を寄せつけまいと、半分閉めたドアを押さえている。

肩をすくめて、画廊に足を踏み入れた。即座にその女性が目に入らなくなる。そこはいかにも裕福そうな招待客たちでごった返していた。壁に掛けられた絵画を見ている客はほんの数人で、ほとんどは絵に背を向けてグループで歓談しており、その間をカナッペやよく冷えたプロセッコ〔イタリア産の白のスパークリングワイン〕のボトルを持ったケータリング・スタッフが静かにまわっている。トレイのひとつからさっとグラスを取り、ヴィラネルは片隅に陣取った。絵画のほとんどは、引き延ばされた報道写真や不明瞭にぼかした映画の断片を素材に描かれたもののように見える。どれも没個性的で、ちょっと不吉な感じを醸しだしている。人の顔が黒く沈んでいるものが多い。ベルベット襟のコートを着た男が手近な絵の前に立っていた。車の後部座席にいる女性の習作で、パパラッチのレンズを避けようとするように片腕を上げた女性の驚愕した顔がカメラのフラッシュに照らし出されている。

それを見ている男の表情——意識を集中するあまりにかすかにしかめられた顔、揺るぎない眼差し——を観察し、それを模倣する。この一杯を飲み終えるまでは、誰の目にも見とがめられたくなかった。少なくとも、誰にも近づいてきてほしくなかった。

「何を考えてるの?」

先ほど招き入れてくれた女性だ。ベルベット襟のコートの男は離れていった。

「あれは誰なの?　あの絵の彼女」

「そこがポイントよ、誰も知らない。プレミア上映会にやってきた映画スターかもしれないし、判決を受けにきた有罪確定の殺人犯かもしれない」

「もし殺人犯だったら、手錠をはめられてて、法廷には護送車でやってくるはずよ」

女性はじっとヴィラネルを見た。シックなパリジャンふうにカットされたショートヘアとバレンシアガのライダーズ・ジャケットを見てとり、笑みを浮かべる。「それは経験から言ってるのかしら?」

ヴィラネルは肩をすくめた。「彼女はきっと、燃え尽きた女優よ。そしてたぶんパンツをはいてないわね」

長い沈黙が漂う。女性がふたたび口を開いたとき、声の響きが微妙に変わっていた。「あなた、お名前は?」

「マノンよ」

「それじゃ、マノン。この催しはもうあと四十分続くわ。そのあと、わたしは画廊を閉める。それがすんだら、あなたといっしょにバークリー通りに行って、〈ノブ〉でブリのお刺身を食べようかと思うんだけど。どうかしら?」

「いいわよ」ヴィラネルは言った。

彼女はサラという名前で、一か月前に三十八歳の誕生日を迎えていた。彼女は概念芸術《コンセプチュアル・アート》の話をした。ヴィラネルはあいまいにうなずいてはいたが、その内容を聞いてはいなかった。言葉そのものを聞いているわけではないが、サラの声の抑揚が好きだった。

そして具体的な理由があるわけではないものの、サラの目のまわりの小じわや彼女の真剣さに、ある種の感銘を受けていた。彼女はほんのちょっとだが、アンナ・イヴァーノヴナ・レオノヴァを思い出させた。あの産業地区中等学校の教師、ヴィラネルがかつて模倣でない本物の愛着を形成した、父親以外のただひとりの大人の女性。

「おいしい?」サラが訊いた。

ヴィラネルはうなずいて微笑み、虹色の光沢を帯びた生魚の薄切りをしげしげと見つめ、それから感慨深げに嚙みしめた。まるで海を食べているようだ。ふたりを取り巻くやわらかな照明の光が、ぴかぴかに磨かれたアルミニウムの表面や黒漆と金の器や皿に陰影を添えている。ささやくように静かな音楽が流れ、会話の声が波のように聞こえる。サラの唇が言葉を形づくり、サラの目がヴィラネルの目を見つめる。でもヴィラネルに聞こえているのはアンナ・イヴァーノヴナの声だ。

二年のあいだ、アンナ・イヴァーノヴナは生徒の非凡な学才に気づいて温かく育み、その生徒の不躾でほとんど社会性のないふるまいにも際限ない忍耐を見せて対応していた。そしてある日、いなくなった。学校から帰宅しようとして夜遅いバスを待っているときに襲われ、強姦されたのだ。病院で、アンナは犯人について警察に話すことができ、ローマン・ニコノフという十八歳の元生徒が逮捕された。そいつは以前、この未婚の教師に〝本物の男はどういうものか〟見せてやると息巻いていた。ところが警察側が法廷での弁論をしくじり、その結果、法廷手続き上の問題によりニコノフは釈放された。

「マノン！」サラのひんやりした手が自分の手を取るのが感じられた。「何を考えてるの？」

「ごめん、ぼんやりしちゃってた。あなたを見てるとある人を思い出すの」

「誰？」

「学校の先生よ」

「いい先生だったんでしょうね」

「いい先生だった。あなたに似てた」本当はそうではない。まったく似ていなかった。どうしてそう思ったのだろう？　どうしてそんなことを言ってしまったのだろう？

「あなたはどこで育ったの、マノン？」

「サンクルーよ、パリ郊外の」

「ご両親といっしょに？」

「父といっしょに。母はわたしが七歳のときに死んだの」

「あらまあ。お気の毒に！」

ヴィラネルは肩をすくめた。「もうずっと昔の話よ」

「いったいどうして……」

「ガンよ。今のあなたより二歳若かったわ」つくり話は今やヴィラネルの人生の一部だった。いろんな服を着ては脱いで、次に使うためにハンガーに掛けておくのと同じだ。

「本当にごめんなさい」

「いいのよ」サラの手の下からそっと手を抜き、ヴィラネルはメニューを開く。「ねえ、見て! 野イチゴの酒ゼリーだって。これは食べなきゃ」

ムリャンカ川のわきの森で去勢してやったときのローマン・ニコノフの表情が暗くて見えず、ずっと心残りだった。だが、あの瞬間は覚えている。泥のにおい、あいつのリガ・モペットの排気ガスのにおい。頭を押しつけてヴィラネルに無理やり膝をつかせようとするあいつの手の感触。彼女がナイフを抜いて金玉をたたき切ったときの、喉に詰まったような叫び——川面の上をはるか遠くまで運ばれていった悲鳴。

サラの住居は画廊の上の小さな部屋だった。手を取りあって画廊に戻っていくふたりの足跡が、積もったばかりの雪に黒々と残っていく。

「ねえ、絵のことはいいんだけど、あれは何なの?」ヴィラネルは画廊のウインドウに展示されているあのわけのわからない作品を指さした。

サラはドアのわきのキーパッドに暗証番号を打ち込む。「ああ、それ……イタチの剝製はジョークでもらったプレゼントよ。スプリンクルはキッチンにあったの。だからいっしょにしてやった。けっこう楽しいでしょ、そう思わない?」

ヴィラネルはサラに続いて、狭い階段を上っていった。「それじゃ、意味はないのね?」

「あなたはどう思う?」

「何も思わない。どうだっていい」

「それはどうして——」

ヴィラネルはさっと身をひるがえしてサラを壁に押しつけ、彼女の口を唇でふさいで黙らせた。お決まりの展開だったが、サラは驚いていた。

ずいぶんあと、サラが目を覚ますと、ベッドの上にヴィラネルが上体を起こして座っていた。やせた細い上半身が夜明けの光を背に、黒いシルエットになっている。サラは手をのばし、彼女の腕を肩から下になぞって、三角筋と二頭筋のしっかりした曲線を味わった。「あなた、何をしてくれるって言ってたんだっけ？」

「そんなことは言ってない」

「もう行くの？」

ヴィラネルはうなずく。

「また会える？」

笑みを浮かべ、サラの頬に手をふれた。手早く服を着る。外の小さな広場にはバージンスノーが積もり、沈黙に沈んでいた。サウス・オードリー通りのアパートに戻ると、ヴィラネルは服を乱暴に脱ぎ捨て、ものの数分で眠りに落ちた。

目が覚めると正午を過ぎていた。キッチンには、フォートナム・アンド・メイソンの朝食用ブレンドコーヒーが半分ほど入ったフレンチプレスがあり、玄関ドアのわきにはさまざまな大きさのキャリーバッグが並んでいた。コンスタンティンが置いていったのだ。

道具を点検する。べっ甲縁にペールグレーのレンズが入った眼鏡。フードに毛皮の縁取りがあるパーカ。ポロシャツ襟のついた黒いセーター、チェックのスカート、黒いウールのタイツにジップアップ・ブーツ。すべてをつけて歩きまわり、その外見に心をなじませる。この服装をさらになじませなくてはならない。冷めかけたコーヒーを飲み、アパートを出てパークレーンを渡り、ハイドパークに向かった。

空は今日も褐色で、葉を落としたブナとオークの並木が黒っぽい灰茶色に突き立っている。まだ午後も早い時間だが、陽射しはすでに弱まってきていた。ぬかるんだ雪が両脇に積みあがっている道を、ポケットに両手をつっこみ、うつむいた姿勢で、足早に歩いた。歩いている人はほかにもいたが、ヴィラネルはほとんどそちらに目を向けなかった。ときおり薄闇から彫像がぼうっとあらわれるが、雪に埋もれているため輪郭もぼやけている。サーペンタイン池にかかる欄干つきの橋の上で、しばらく足を止める。ひびのはいった板ガラスのような氷の下の水は、いっさい光のない黒だ。暗黒の王国。今日のような日は、催眠にかかったように引きこまれそうな気がする。

「飛びこみたい?」

ヴィラネルははっと振り向いた。自分の思考がそのままこだまして聞こえたことに驚いていた。三十歳ぐらいのやせぎすの男だった。高価そうなツイードのコートの襟を立てている。

「水泳をするつもりなんかなかったわ」

「言わんとしたことはわかってるだろう。『眠るのか――おそらくは夢を見る……』」男の眼差しは揺るぎなく、凍りついた水路のように黒かった。

「あなた、シェイクスピア崇拝者?」

男は欄干の雪を袖で払い、肩をすくめる。「シェイクスピアは戦地ではいい伴侶だ」

「兵士なの？」

「元はね」

「今は？」

男は目を上げ、遠くで輝くケンジントンの街灯りに向けた。「研究職だよ、言うなればね」

「ああ、それはよかった……」ヴィラネルは手袋をはめていない手をこすりあわせ、息を吹きかけた。「そろそろ暗くなってきたわ。わたしもそろそろ」

「家に帰るんだな？」にやついた笑みが、これはここだけの冗談だと暗に告げていた。

「そのとおりよ。さようなら」

男は片手を上げた。「じゃあ、また」

パーカの背を丸め、ヴィラネルは歩み去る。今のはただ、妙に浮かれた変人が言い寄ってきただけだ。ただし、あの男は浮かれた変人ではない。あの人を殺しそうな英国風のいんぎんさは、単なるナンパという以上の恐ろしさを感じさせなくもない。そしてどことなく見覚えがある。前にどこかで会っているということはあるだろうか？　おそらくは、どこに行ってもほぼ無意識にやっている、監視をまく行為の最中で？　あの男はＭＩ５？

急角度で南に曲がりながら、橋のほうをちらりと振り返る。男の姿は消えていたが、その存在はまだ感じられた。いちばん近くの出口を目指して北に向かい、振り切りランニング――どんな尾行も振り切るように工夫されている――をおこなう。ついてくる者はなく、方向を変える者もなく、ヴィラネルのペースに合わせてスピードを上げる者もない。だが、向こうが――何者かは知らないが――本気なら、第一班が徒歩で尾行し、第二班が監視をおこなって、第一班がまかれた場合に引き継ぐ用意をしているはずだ。

ヴィラネルは東に曲がり、ベイズウォーター通りを歩いてマーブル・アーチに向かった。疾走まではいかないが、尾行者がスピードを上げなくてはならない速さで走る。バス停のところで足を休めるふりをしてちょっと止まり、あたりを慎重に見まわして、路上絵描きのような目立たない偽装をしている人間はいないかチェックする。わかりやすい尾行は見当たらなかったが、もしMI5のA4チームに目をつけられているとしたら、相手もそう簡単に尻尾をつかませないだろう。

息を整えながら、マーブル・アーチの低路交差《アンダーパス》ネットワークに向かう。ここはいくつも出口があり、尾行を発見してまくにはうってつけだ。カンバーランド・ゲートの階段を下り、エッジウェア・ロードのわきに出てくる。スポーツ用品店の入り口あたりでぶらぶらし、全面ガラスのウインドウに映るアンダーパスの出口を見守る。彼女に目を向ける者はいないし、足取りを乱す者もなかった。マーブル・アーチの入り口に向かい、アンダーパスを通る百メートル余りをかなりの速足で歩き、スピーカーズ・コーナーで折り返して地下鉄の駅に向かった。西行きのセントラル線のホームで、やってきた二本を見送り、ホームを見渡してほかに残っている者はないか調べる。この線は人通りが多く、あやしい人物が何人かいた。グレーの防風ジャケットを着てバックパックを背負っている若い女性。リーファージャケットを着た顎ひげの男。手をつないでいる中年カップル。

三本目の列車に乗り、クイーンズウェイまで行って、閉まりかけたドアから無理やりホームに出た。ホームをつっきって、東行きの列車でボンド・ストリートに戻り、地上に出てデイヴィーズ通りでタクシーを拾った。それから十分間、メイフェアをぐるぐるとまわるように走らせる。グレーのBMWがちょっとのあいだついてきたが、カーゾン通りでいらだたしげにエンジンをふかし、東に曲がっていった。一分後、黒のフォードKaがサイドミラーに映り、三回脇道に入ったあともまだついてきていた。クラージス・ミューズの転回困難な狭い道に入ったとき、ヴィラネルは運転手に五十ポンド札を渡し、口早に指示を出した。三十秒後、タクシーはドリフトして道をふさぐ形で急停止し、エンジンを切った。ヴィラネルは後部ドアから外に出た。フォードのコンパクトカーが怒ってけたたましいクラクションを鳴らすのが聞こえたが、レンガ壁にはさまれた細い道を追いかけてくる者はなかった。五分後に折り返して戻ったとき、そのあたりには誰もいなかった。

結局、誰にもつけられてはいなかったのだろう。あとでサウス・オードリー通りのアパートに戻ったときに、ヴィラネルはそう自分に言い聞かせた。そんなことをして何の得がある？　もし英国の諜報部が、あたしが何者で何をやっているかを知っていたとしたら、それで一巻の終わりだ。逮捕されることはない。特殊部隊の戦闘チーム――おそらくはE部隊――がやってきて、市営のゴミ焼却場で火葬にされるだけだ。コンスタンティンによると、それが英国のやり方だ。そしてこれまで英国人を見てきたところでは、彼の言葉を疑う根拠はひとかけらもない。

だが、E部隊の登場するシナリオではなさそうだ。ヴィラネルはすみやかに思考を切り替え、この午後に出会った男によって誘発された懸念を消し去った。白い革張りのイームズの椅子の上でヒョウのように丸くなり、薄れゆく光のなかにピンク色の〈アレキサンダーⅡ・ブラックシー〉シャンパンのグラスを掲げた。このシャンパンは特に名高いわけでも高価なわけでもないが、以前のもうひとつの暮らしでは夢見ることさえできなかったものすべてを象徴していた。

そしてそれは今の気分にぴったりだった。この部屋に引きこもった今、彼女の意識はすでに、翌日の行動の一刻ごとの細かな手順に集中していた。期待感が、シャンパンの表面にふつふつとわいてくる泡のように、ぴりぴりとわきあがってくる。それに、けっして完全に消え去ることのない強烈な飢えの痛みも。白い革の上で、身体を丸くしてはほどく動きを繰り返した。外に出て、もうちょっとセックスをしたほうがいいのかもしれない。そうすれば二、三時間はこの衝動を消す助けになるだろう。


イヴはうめいた。「今、何時?」

「六時四十五分」ニコがぼそぼそつぶやく。「毎日同じ、この時間だよ」

イヴは夫の肩甲骨の間の温かな谷間に顔を埋め、眠りの最後の名残を貪った。エスプレッソマシンの咳きこむような音が、BBCラジオ4のニュース番組〈トゥデイ〉の控えめな口調に重なっている。夜のあいだに、イヴはヴィクトル・ケドリンの保護チームをSO1に要請しようと決めていた。

「コーヒーが入ったぞ」ニコが言う。

「わかった。もう二分ちょうだい」

バスルームから戻ってくるとき、一か月前にニコがイーベイで買ったフロントがガラスの背の低い冷蔵庫にむこうずねをしたたかぶつけた。これが初めてではない。

「ちょっと、ニコ、頼むわ。この……シロモノ、ここに置く必要がある?」

ニコは目をこすった。「朝、コーヒーにミルクがいらないって言うんならいいんだよ、ネズミちゃん《ミスカ》。それにほかのどこに置けって? キッチンには隙間ひとつないんだぜ」

ブラインドが下りていることを確認して——このブラインドはしばしば、突然前触れもなく巻き上がる——イヴはネグリジェを頭から脱ぎ、下着に手をのばした。「たかがちっちゃなミルクパックを冷やすのに、医療用の冷蔵技術は必要ないって話よ。だいたい、キッチンに隙間ひとつないのは、あなたのモノでぎゅうぎゅうだからよ」

「おや、突然ぼくのせいになった?」

「だって、スウェーデンの料理本全集とか? あの太陽光発電の電子レンジとか……」

「料理本はデンマークのだ。それにあの電子レンジは電気代の節約になるんだ」

「それはいつの話よ? ここはロンドンの北西区域《NW3》よ。一年のうち十一か月はろくすっぽ陽が射さないのよ。あなたのモノをいくらか捨てるか、もっと広いところに引っ越すかしかないわね。広くてずっと条件の悪いところにね」

「引っ越すのは無理だ」

イヴは手早く服を着る。「どうして？」

「ハチがいるからね」ニコはシルバーグレーのシャツにダークブラウンのネクタイを締めている。

「やめてよ、ニコ。あの最悪なハチの話をはじめさせないで。おかげでわたしは庭に入れなくなったし、近所の人たちは刺されて死ぬんじゃないかって怖がってるし……」

「ハチミツだよ、ミスカ。ハチミツ。今年の夏には巣箱ひとつにつき十五キロ収穫できるはずだ。デリカテッセンとも話をつけてるし、それに――」

「そうだね、すべて将来実を結ぶのよね。あなたの経済五か年計画よね。でもわたしたちが向き合わなきゃならないのは、今この場所なのよ。こんなんじゃとても暮らせない。こんな環境じゃちゃんとものを考えることができないもの」

ふたりは『最新天文学《アストロノミー・ナウ》』のバックナンバーの山と、『オシロスコープ実験装置／ブラウン管』と書かれたひどく古くてへこんだ段ボール箱をまたぎながら小さな踊り場をつっきり、階段を下りた。

「局はきみを働かせすぎてると思うよ、イヴちゃん《イヴシュカ》。頭を冷やして落ち着いてくれよ」ニコは廊下の鏡でネクタイの結び目をチェックし、棚から問題集をひと山集めると、使い古した小型の旅行かばんに放りこんだ。「今夜のトーナメントまでに帰ってこられるだろうね？」

「そうする」ＳＯ１チームがケドリンの警護につくなら、彼の講演だか政治集会だか何だかに出席する必要はないだろう。

イヴはコートを着こみ、テムズハウスが親切にもつけてくれた最新鋭の警報器をニコがセットする。玄関ドアを閉め、ふたりは手をつないで白い息を吐きながら、早朝の薄明のなかを地下鉄のフィンチリー・ロード駅に向かって歩いていった。


テムズハウスのＰ３のオフィスで、サイモン・モーティマーは表情の読めない顔で受話器を置いた。「ケドリンのことで考えを変えたもっともな理由を教えないと、許可は出そうにない。あまりに急すぎる」

イヴは首を振った。「そんなのバカげてる。ＳＯ１なら半日前の要請でも簡単にチームを派遣できるはずよ。この対応ののろさの原因はこっち側にあるの？　それとも向こう側？」

「こっち側だよ、おれに言えるかぎりではね。ためらわれたんだよ、ＳＯ１の派遣を、その……」

「何よ？」

「向こうが言うには、〝女性の直感〟による要請で出すのは」

イヴはサイモンを見つめた。「マジ？」

「マジ」

イヴは目をつぶった。

「明るい面を見ればだ、あんたの懸念は向こうに知ってもらえた。言ってみりゃ、まあ、責任逃れの言い訳はできるってことだ」

「あんたの言うとおりだとは思う。でも本当に、〝女性の直感〟って？　わたしがメモに書いたのは、ケドリンに脅威が及ぶ可能性を見くびったことに不安を感じる、ってだけよ」

「で、考えを変えた理由は何なんだ？」

イヴはスクリーンに〈イズベスチヤ〉紙の記事を呼び出した。「ほら、これはケドリンが先月エカチェリンブルクでしたスピーチの一部よ。翻訳するわね。『われらが不倶戴天の敵、われわれが死ぬまで戦う相手、絶対に降伏しない相手、それはありとあらゆる形のアメリカの覇権だ。汎大西洋主義だの、自由主義だの、欺瞞に満ちた』――本当にヘビみたいにくねくねしたもの言いだよね――『人権とかいうイデオロギーだの、金融エリートの独裁だの だ』」

「ずいぶんありふれた言い草だな？」

「同感。でも、ロシアや旧ソ連とその同盟国の人口のけっこうな数が、ケドリンを一種の救世主《メシア》だとみなしてる。で、メシアってのは有効期間はそんなに長くはない。あまりに危険すぎるからね」

「まあ、やつがコンウェイ・ホールで言いたいことを言って、さっさと退散してくれることを願うのみだね」

「そう願うわ」イヴは目をこすった。「そろそろ行かなきゃ。あんまり気は進まないけど……」〈イズベスチヤ〉のページを閉じる。「サイモン、ちょっと訊いていい？」

「もちろん」

「あんたはさ、わたしの、その、服装を何とかしたほうがいいと思う？　さっきの女性の直感発言の件で、わたしは間違ったメッセージを送ってるんじゃないかって不安になってるんだけど」

サイモンは顔をしかめた。「まあな、あんたはそんなことはこれっぽっちもやってないよ。それに、しょっちゅう言ってることだけど、テムズハウス流儀の基本方針は自由裁量だ。でもまあ、あんたの場合、あえてマークス・アンド・スペンサーの定番服とデニム売り場よりちょっとましな店に行っても、害はないと思うぞ」ちょっと不安そうにイヴを見る。「ダンナはどう言ってるんだ？」

「ああ、ニコは彼独自のファッション世界に住んでるから。彼、数学教師なの」

「ああ」

「うちの部署をナメてもらいたくないのよ、サイモン。こっちは重大な決断をしてるんだから、こっちの言うことを真剣に受け止めてもらわなきゃ」

サイモンはうなずく。「明日の午後、用があるかい？」

「特にはないけど。どうして？」

「まあさ、よけいな世話を焼きたいわけじゃないが、いっしょにショッピングに出かけてもいいぞ？」

ヴァーノン・ホテルはハイ・ホルボーンの北側の、灰色の石塀に面した六階建ての建物だ。ここの客の大半は、建物と同じように何の特徴もない人たちで、フロントマネージャーのジェラルド・ワッツは、目の前に立つ、ハッとするほど魅力的な若い女性を見てうれしかった。女性はフードが毛皮で縁どられたパーカを着ており、グレーがかった眼鏡の奥から彼を見る目はまっすぐで、きらめきを宿していた。フランス語のかすかな気配と東欧を思わせるなまり――ヴァーノン・ホテルのフロント係を務めて五年になるジェラルドは、こういったことを見抜くのは玄人なみだと自任している――というわずかな瑕疵《かし》がかえって魅力的だった。

彼女の名前は、クレジットカードの情報を受け取ったときに、ジュリア・ファニンだとわかった。結婚指輪ははめていなかった。バカげたことだが、ジェラルドはそれがうれしかった。四一六号室のカードキーを渡したときに、指がふれあった。気のせいだろうか、何かいたずらっぽい笑みがちらりと見えたような？　ポーターのひとりに手を上げて、スーツケースをお持ちして部屋にご案内してくれと指示しながら、エレベーターに向かって歩いていく彼女のお尻が優雅に揺れるのを、彼は見守る。

レッドライオン・スクエアにイヴが着いたのは、七時四十五分だった。コンウェイ・ホールに入ると、なかにいるのは二百人強というところだろうか。ヴィクトル・ケドリンの話を聞きに来た人々の大半は、すでにメインホールで着席していた。ウッドパネル張りの壁の前に立ってしゃべっている人たちもいれば、ギャラリーに向かっている人たちもいる。ほとんどが男性だが、男女のカップルもちらほら見え、ケドリンの顔写真がプリントされたTシャツを着た若い女の子たちもそこそこいる。そしてそのほかに、もっと謎めいた人々がいた。男女共に、音楽的な響きがあったり、神秘主義的だったり、政治的だったり、もしくはその三つ全部を満たしているスローガンがプリントされた真っ黒な服を着ている。

イヴは周囲を見回し、ちょっと場違いだと感じたが、危険を感じるほどではなかった。ホールにはぞくぞくと人が増えている。さまざまなタイプの人々がいたが、みな満足げに平和的に共存していた。ここにいる人々に何か共通点があるとしたら、それはおそらく、みなアウトサイダーだということだろう。ケドリンの聴衆とは、権利を奪われた者たちが結託した集団なのだ。ギャラリーへの階段を上りながら、右手側の最前列に、ステージと演台を見渡せる席を見つけたとき、ブリッジのトーナメントに行けなくなったと告げる電話をしていないことに気がつき、うしろめたい思いに襲われた。バッグを探ってスマホを出す。

現在の居場所は伏せ、ただ行けないとだけ告げる。いつものように、ニコはわかったと言った。彼は決して、イヴの仕事の内容や、家を留守にしたり深夜まで帰ってこなかったりすることについて質問しない。だが、夫が失望していることはわかった。妻のことでクラブに詫びなければならないのは、今回がはじめてではない。何か埋め合わせをしなきゃ、と自分に言い聞かせる。彼の忍耐は無限ではないし、それを強いることもできない。そのうち週末にいっしょにパリに行ってもいいかもしれない。ユーロスターに乗って、どこかの小さなホテルに泊まって、手をつないで街を歩くのだ。雪のパリはさぞかしロマンティックにちがいない。

場内の照明が消え、暗くなった。ステージの演台の前にポニーテールの男が歩いてきて、マイクの調整をした。

「みんな、会えてうれしいよ。ぼくの英語があんまりうまくないことはおわびする。でも今夜ここで、サンクトペテルブルグ大学から来たぼくの友人で同志を紹介することができて本当にうれしく思ってる。さあ、みなさん……ヴィクトル・ケドリンだ」

ケドリンは堂々たる体躯の人物だった。顎ひげを生やし、着古したコーデュロイ・ジャケットにフランネルのズボンをはいている。彼が出てくると拍手が起こり、歓呼の声も二、三あがった。イヴはバッグからスマホを出し、演台を前にした彼の写真を一枚撮った。

「外は寒いね」ケドリンは言った。「でも断言する、ロシアはもっと寒いってね」笑みを浮かべる。目は枯れ葉の茶色だ。「だからきみらには春の話をしたい。ロシアの春の話を」

魅了された沈黙。

「十九世紀のこと、アレクセイ・サヴラソフという画家がいた。そして彼はきみらの国の風景画家ジョン・コンスタブルを崇拝していた。もちろん、ロシアの優秀なアーティストの例に漏れず、サヴラソフもアルコールと絶望に屈し、一文無しで死んだ。でも、とてもすばらしい風景画の連作を、彼は産み出した。もっともよく知られているのが、『カラスたちが戻ってきた』と呼ばれている作品だ。これは実にシンプルな絵だ。凍りついた池。遠くに僧院。地面には雪。だがシラカバの木々にカラスたちが巣をつくっている。冬はもう終わり、春が来ようとしているんだ。

そしてわが友よ、これはぼくからのきみらへのメッセージだ。もうすぐ春が来る。ロシアの中心部では、変化が熱望されている。そしてヨーロッパにも、まったく同じことが感じられるんだ。資本主義による専制、堕落した自由主義による専制、アメリカによる独裁から自由になりたいという切望をね。〈伝統〉ある古きよき世界と〈精神〉を取り戻したいと切望してる。だからきみらに言う。ぼくらに加われ。合衆国がポルノだの生き血を吸う株式会社だのむなしい消費者主義だのにふけりたいというなら放っておいてやれ。〈量の時代〉にふけらせておいてやれ。ヨーロッパとロシアは手を組んで新しい〈帝国〉をつくりだすんだ。われわれの〈伝統〉に忠実な、古い信仰に忠実な〈帝国〉を」

イヴはずらりと並んだ聴衆を見渡した。熱を帯びてぎらついた眼差し、うんうんと同意する無言のうなずき、ケドリンが約束している黄金時代を信じたいという切望。最前列の真ん中に、黒いセーターにチェックのスカートという格好の若い女性がいた。イヴより二、三歳若く見え、遠目にも美しかった。衝動的にイヴはスマホを出し、その女性の顔をひそかにズームアップし、写真を撮った。唇を半開きにし、熱のこもった目でケドリンを見上げている横顔が撮影された。

スピーチのペースはどんどん上がっていった。ケドリンはさらに、新しい帝国——そう、千年帝国だ――を夢見ていた者の話もしたが、ナチスについてはその残忍な人種差別主義と高尚な意識の欠如から否定した。ただ、ナチスドイツの武装親衛隊《ヴァッフェンSS》は例外とするよ、彼らの苛烈な理想主義には大いに学ぶものがあるからね、とケドリンは言った。ここで耐えきれなくなった聴衆がひとり出た。中年の男が立ち上がり、ステージに向かってわけのわからないことを叫びはじめた。

ものの数秒で、ホールの奥の物陰から軍服風の服装の男がふたり出てきて、わめく男をつかみ、なかば引きずりながら出口に向かった。三十秒後、まばらな声援を受けて、ふたりはさっきの男なしで戻ってきた。

ケドリンは輝くような笑みを浮かべた。「いつだってひとりはああいうのが出るもんだ、ねえ?」

結局、彼は一時間近くしゃべり、北半球に対する独自の不可解かつ権威主義的なビジョンを開陳した。イヴはぞっとしながらも興味をそそられていた。ケドリンはカリスマ性があり、悪魔のように説得力があった。今夜ここに集まった人々のなかから本物の信奉者たちを彼はつくりだすだろう。それは疑う余地がない。彼はまだヨーロッパではあまりよく知られていないが、ロシアではどんどん増えている信奉者たちを意のままに操っている。そして献身的な街頭《ストリート》のごろつき《ファイター》たちのちょっとした軍隊が彼の意志を実現させる用意をしているのだ。

「そういうことで、わが友よ。はじめたときと同じ言葉で終わるとしよう、このシンプルなメッセージで。もうすぐ春が来る。ぼくらの時代の夜が明けようとしてるんだ。カラスたちが戻ってきたんだ。ご清聴ありがとう」

一斉に、聴衆が立ち上がった。歓呼の声が上がり、足が踏み鳴らされ、拍手がわき起こるなか、ケドリンは身動きせずに演壇に立っていた。それから、小さく会釈し、ステージから立ち去った。

ゆっくりとホールから人が引いていくのを、イヴはギャラリーから見守った。観客たちはみな、まるで夢から覚めたかのように茫然としていた。二分ほどして、ポニーテールの司会者を連れ、反抗者を排除したふたりの兵隊にはさまれて、ケドリンが観客席にあらわれた。即座に崇拝者たちが彼を取り囲み、かわるがわる言葉をかけ、握手を求める。その集団のわきのほうで、あの最前列の女性がじっと待っていた。ネコめいた輪郭の鋭い顔にかすかな笑みが浮かんでいる。わたしがあんな服を着たら、きっと図書館の司書に見えるよね、とイヴは思う。なのにどうしてあのファシストのお姫様はオードリー・ヘップバーンみたいに見えるんだろう？

ケドリンも彼女に目を留めていたようで、彼女にこう言うかのような視線を送った——ちょっと待っててくれ、この人たちを片づけたら、あとはきみだけに注意を向けるよ。ほどなく、スキンヘッドの兵隊ふたりの好奇心を隠しきれない目に見守られながら、ふたりはじっくりと話しこんだ。彼女のボディランゲージ——魅力的な角度でかしげた頭、小ぶりだが形のいい胸を突き出す感じ——が疑う余地なくはっきりと、あなたのお役に立てるわよと告げていた。だが最終的には、彼女は握手をし、パーカのフードをかぶると外に出ていき、夜闇のなかに消えていった。

　イヴは最後のほうにホールを出た。バス停のそばでじっと待ち、ケドリン一行がホールから出てくると、適切な距離をあけてあとをつけた。数分後、四人はレッドライオン通りのアルゼンチン・ステーキレストランに入っていった。明らかに予約を入れていたようだ。

　今夜はもうこれで終わりにしようと決め、イヴは地下鉄のホルボーン駅に向かった。もう九時半で、ブリッジのトーナメントには間に合わない。だが、ウォッカとクランベリージュースをちびちびやりながらニコのプレイをしばらく見物するぐらいの時間はある。ちょっとネジをゆるめる必要があった。何にせよ、今日は妙な一日だった。


　九時四十五分を少し過ぎ、ロシア人どもがしっかり腰を落ち着けたのを確認して、ヴィラネルはステーキレストランを見張っていた場所から、ホテルに戻った。毛皮で縁どられたフードで顔を隠したままロビーからエレベーターに向かう途中で、フロントデスクでまだ勤務についているジェラルド・ワッツに微笑みかけ、革手袋をはめた手を軽く振ってみせる。

　四一六号室に入ると、スーツケースを開け、手術用手袋を取り出して、今はめている革手袋と替えた。それから、ポリエチレンのジッパー袋から指の爪ほどの大きさのマイクロトランスミッターと〈ブル・タック〉粘着ラバーを取り出し、パーカのポケットに入れて部屋を出た。階段を使って五階に上がり、五二一号室の前の壁に掛かっている絵をまっすぐに直すふりをする。それを終えると、さらに階段で六階に上がる。ここの階段は屋上への出口に通じていた。ドアに鍵はかかっておらず、外に出たヴィラネルはすばやく屋上のチェックをおこない、集合煙突〔二本以上の煙突を屋根の上でひとつに集合したもの〕と非常梯子の位置を記憶した。それから急がずにゆっくりと、四階に戻っていった。

部屋に戻ると、ｉＰｏｄサイズのＵＨＦ受信機のスイッチを入れ、インイヤー式ヘッドフォンの片方を耳にはめた。予期していたものは何も聞こえず、かすかな周辺雑音がするだけだ。受信機をポケットに入れ、ヘッドフォンの片方をはめたまま、スーツケースから防水ケースを取り出す。ケースのなかで、特製の発泡スチロールの型枠におさめられているのは、ヴィラネルがコンスタンティンに注文した武器だった。ポリマー製のＣＺ75九ミリ拳銃とＩｓｉｓ2サプレッサー。ヴィラネルは戦闘用武器ではトリガーの軽いものが好みだ。このＣＺのトリガーの重さはダブルアクションでは二キロ、シングルアクションでは一キロに調整されていた。

ホテルでの暗殺には複雑な要素がからみあう。ターゲットを仕留めるのは簡単だ。ただ、それを迅速に、音を立てずに、巻き添え被害をつくらずにおこなうのは難しい。銃声が聞こえてはならないし、驚きや苦痛の大声が上がってはならない。弾丸が隣室との境の石膏ボードの壁に当たってはならないし、もちろん、その壁の向こう側にいる客に当たってはならない。

サプレッサーをつけたあと、このチェコ製の拳銃にロシア製の〈チェルナヤ・ローザ〉——〈黒い薔薇〉——ホローポイント弾を装填した。この弾丸は酸化銅のジャケットがついており、衝撃でそのジャケットの六個のセクションが花びらのようにはがれていく。このために貫通性が低くなり、強大な衝撃波が生じて、銃弾が体内を進む際に体組織のダメージが大きくなる。九ミリ弾においては、〈黒い薔薇〉のストッピングパワーは抜群だ。

　ヴィラネルは呼吸を整え、じっと待った。来るべき事態の一部始終を見ているかのように思い浮かべ、さらにまた見直す。考えうるかぎりのあらゆるシナリオをすべて再生する。ヘッドフォンを通じて、ホテルの客たちが五階の廊下で交わすおやすみなさいの声や笑い声、ドアが閉まる音が聞こえる。一時間半を超えたころ、ずっと待っていたものがついに聞こえた。ロシア語の会話だ。

「五分だけつきあってくれ。〈スターラヤ・モスクワ〉のボトルがあるんだ。明日のための打ち合わせをしなきゃならないからな」

　ヴィラネルは考える。全員が酔っぱらえば酔っぱらうほど、都合がいい。でもあまり遅くまでいられても困る。ぼそぼそと同意の声が聞こえ、ドアが閉まる音が続いた。

　ふたたび、ヴィラネルは待った。午前一時をまわったころ、護衛チームがようやく、騒々しく部屋を出ていった。ケドリンはどれぐらい酔っぱらっているだろう？　コンウェイ・ホールで会ったあの目の大きな若い女性のことを彼は覚えているだろうか？　ヴィラネルはホテルの電話を取り上げ、五二一号室をダイヤルした。間延びした声が出た。「はい《ダー》？」

　ヴィラネルは英語で言った。「ミスター・ケドリン？　ヴィクトルさん？　ジュリアです。講演のときにお話しした。あとで電話するって言ってくれたでしょ。その……もうずいぶんあとになっちゃってるんだけど」

沈黙。「今どこにいる?」

「ここよ。このホテルに」

「わかった。おれの部屋の番号はおれが教えたんだよな?」

「そうよ。今から行くわ」

パーカを着こむ。スーツケースの中身は今や、透明ビニールの証拠品袋だけだ。それを開けて中身をスーツケースのなかに振り落とし、スーツケースをクロゼットにしまう。証拠品袋はパーカの内ポケットに押しこむ。それから、最後に室内をひととおり見渡し、部屋を出る。CZ75のサプレッサーをつかんで持ち、拳銃の本体が袖のなかに隠れるようにした。

五二一号室の前に立ち、ドアを軽くノックする。ちょっと間があり、ドアが数センチ開いた。ケドリンは顔が真っ赤で髪は乱れ、シャツはウエストまで上半分がはだけていた。目をすがめて、ヴィラネルを見る。

「入ってもいい?」首を横にかしげ、彼を見上げた。

ケドリンはふざけ半分にうやうやしいお辞儀の仕草をした。おざなりに手で薙ぐような仕草をして、ヴィラネルを招き入れる。部屋のつくりはヴィラネルの部屋とだいたい同じだが、ずっと広かった。天井から、趣味の悪い金キラのシャンデリアが下がっている。「上着を脱げよ」ケドリンはどすんとベッドに腰を降ろした。「それから酒を注げ」

ヴィラネルはパーカを脱いで安楽椅子の上に落とした。CZ75はまだ袖のなかに隠したままだ。サイドテーブルには、空になった〈スターラヤ・モスクワ〉ウォッカのボトルと使用済みのグラスが四つ載っている。冷蔵庫を見てみると、冷凍室に免税品の〈ストリチナヤ〉ウォッカのハーフサイズのペットボトルが入っていた。そのボトルのキャップを開け、グラスふたつになみなみと注いで、ケドリンと目を合わせ、グラスの片方を手渡した。

「カンパーイ」ろれつのあやしい声で言うケドリンの目は、ヴィラネルの胸に注がれている。

「乾杯しようぜ。愛に。美に！」

ヴィラネルは微笑む。「われらが荒廃した祖国に乾杯しよう……」ロシア語で言う。「そして人生の邪悪さにも……」

ケドリンはまじまじと彼女を見つめた。驚きと憂愁を顔に浮かべ、アフマートヴァの詩の先を続けた。「われらが共に抱いている孤独に乾杯しよう」ウォッカをあおる。「そして……」

棒が折れるような音がして、ケドリンは死んだ。左の鼻孔のわき、射入口からつかのま血が噴き出た。

「……そしてきみに乾杯」ケドリンの上にベッドカバーをかぶせながら、ヴィラネルはつぶやき、詩の対句を完成させた。すばやくパーカをかぶり、ドアに向かう。部屋を出たとき、ケドリン御一行様のひとりと鉢合わせした。胸板の厚いボディガードは安物のコロンのにおいをぷんぷんさせ、怖い顔でにらみつけた。

「しいいいッ」ヴィラネルは押し殺した声で言った。「ヴィクトルは眠ってるわ」

つるつるのスキンヘッドが目をけげんそうにすがめた。彼の直感が、何かがおかしいと告げているのだ。何かまずいことが起きていると。彼はヴィラネルのうしろをのぞき、グロック19が手ではなくショルダーホルスターにおさまっていてはとうてい遅すぎると気づいた。ヴィラネルは男の鼻のつけ根に二発撃ちこんだ。膝から崩れ落ちる男のフライトジャケットの前をつかみ、部屋の戸口から突き倒す。男はうしろ向きに倒れ、廃棄処分が決まったどでかい牛肉のかたまりみたいにホテルのモノグラム模様のカーペットに横たわった。

一瞬、死体をもっと奥の見つかりにくい場所に引きずりこもうかと考えたが、それは時間の節約にはならず、かえって時間を食うことになりそうだ。そのとき、部屋の電話が鳴り、ここを離れなければならないとわかった。階段に向かう途中、もうひとりのスキンヘッドとポニーテール男とすれちがい、彼らがケドリンの部屋に走っていく足音が聞こえた。ドアのなかをひと目見るなり、ふたりはヴィラネルを追いかけて廊下をどたどたと走ってきた。

ヴィラネルは階段を駆け上がり、六階からさらに上に向かって、夜の屋上に走り出た。屋上はバージンスノーが積もって真っ白で、階段からのドアにかんぬきをかける彼女のまわりで吹雪が逆巻いた。視界は一、二メートルしかない。時間の余裕は、おそらく十五秒ほどだろう。

ドアが割れ、かんぬきが外側に吹っ飛んだ。ふたりの男が飛び出てきて、右と左に分かれた。氷のように冷たい風にドアがあおられて揺れている。屋上に人けはなかった。階段から手すりまで足跡が続いており、その先は吹雪の吹き荒れる暗黒だった。

罠ではないかと疑い、ふたりは集合煙突のうしろに身をひそめた。それから、きわめてゆっくりと、若いほうの男がヒョウのような身ごなしで雪の積もった屋上を手すりまで這っていき、その先をのぞいて、慎重にポニーテールを手招きした。女の姿がかろうじて見える。彼らに背中を向け、風にあおられてパーカがはためいている。どうやら女は集合煙突をじっと見ているようだ。

ふたりの男は銃を撃ち、消音された七発がパーカのフードを貫いた。ほっそりした姿が倒れないのを見て、ふたりは凍りついた。何かに気づいた恐怖に支配される一瞬があり、それからふたりの頭がほぼ同時にびくんと震えた。ヴィラネルがふたりの背後の非常梯子から二発撃ったのだ。

ふたりは恋人同士のようにたがいにもたれあいながら倒れた。非常梯子から上にあがり、煙突のパイプに結びつけたパーカの袖をほどきながら、ふたりが死ぬのを見守った。いつものように、それは魅力的だった。〈黒い薔薇〉弾が小脳の内部で花開き、記憶や本能や感情を破壊しながら這い進んでいく。脳の機能は残るはずがないのに、なぜか火花のようなものがしつこくしがみつき、やがて、どうしようもなく薄れていく。

屋上で吹雪の檻のなかに立ち、あの力がわきあがってくる感覚を味わっていた。ヴィラネルが待ち望んでいたあれだ。セックスで得られそうだと期待するが、実際は殺しでしか得られないあの無敵の感覚。この一件の渦巻く中心にただひとりで立っているという実感。ふたりの男の死体を足元に、周囲を見まわし、街並みが根源的な三つの色に溶けていくのを眺める。黒と白と赤。闇と雪と血。そういう観点で世界を理解するには、ロシア人の血が必要なのかもしれない。

その土曜日は、イヴ・ポラストリの人生で正真正銘の最悪の日だった。気をつけていた最中に四人の男が射殺されたのだ。A級の暗殺者がロンドンで野放しになっている。MI5の上司たちはかんかんになっていた。クレムリンも負けず劣らずそうなっているだろう。内閣府ブリーフィングルーム《COBRA》との危機管理委員会が開かれ——言うまでもないことだが——彼女のテムズハウスでのキャリアは最悪の危機的状況になった。

オフィスから電話があり、ヴィクトル・ケドリンがホテルの部屋で射殺されているのが見つかったと告げられたとき、イヴはまだベッドにいた。最初は気を失うかと思ったが、それからよろよろとバスルームに向かい、廊下がニコの自転車でふさがれているのを見るや、自分の素足の上に吐いた。ニコがやってきたときには、イヴはネグリジェを着たまま床にうずくまり、土気色になってがたがた震えていた。ニコがキッチンにイヴを連れていき、いっしょに座っていると、サイモンから電話があった。そしてヴァーノン・ホテルで落ち合うことに同意した。イヴはどうにか服を着替え、車でホテルに向かった。

レッドライオン通りには人だかりができており、犯罪現場を示すテープとふたりの巡査がかろうじて食い止めていた。この現場の捜査指揮官はゲイリー・ハースト主任警部だ。イヴとは知り合いで、虎視眈々と待ちかまえているカメラレンズから引き離すように、そそくさとイヴをホテルのなかに連れていった。フロント前の受付エリアで、イヴを壁ぎわの長椅子に連れていき、サーモスの魔法瓶から砂糖たっぷりのお茶をカップに入れ、イヴがそれを飲むのを見守った。

「どうだ？」

「ええ、ましになったわ。ありがとう、ゲイリー」イヴは目を閉じた。「ああ、なんてことなの。くその嵐だわ」

「まあ同感だな」

「で、何がわかってるの？」

「死体が四つ。至近距離から射殺。四人とも頭を撃たれている。間違いなくプロの仕業だ。被害者その一、ヴィクトル・ケドリン、ロシア人、大学教授。自室で死んでるのが発見された。彼といっしょに発見されたのが被害者その二、二十代後半、雇われの用心棒と思われる。それから屋上で、被害者その三とその四。その三はヴィタリー・チュヴァロフと思われる。ケドリンの政治的同志のようだが、ほぼ確実に組織犯罪とつながりがある。その四はもうひとりの用心棒だ。ケドリン以外は全員、グロック19を持ってた。屋上のふたりは七発撃ってた」

「その武器はここで調達したんだよね、きっと」

主任警部は肩をすくめる。「簡単にできるからな」

「彼らはもめごとを予想してたってことね」

「そうかもな。もしかしたら、銃を持ってりゃ安心できるってだけかもしれんが。装備をかためて上に行きたいか？　テムズハウスの男が上できみを待ってるぞ」

「サイモンが？」

「そうだ」

「行くわ。どこで着替えればいい？」

「あっちに更衣場所がある」そちらを指さす。「一分後におれも上に行く」

更衣場所で、イヴは白の〈タイベック〉の防護服とマスクと手袋とブーツを渡された。いざ装備がかたまると、恐怖が洪水のように突きあげてきた。射殺死体の写真は山ほど見てきたが、本物の死体はまだ見たことがない。

だが、イヴは耐えた。淡々と落ち着いて立っているサイモンの横で、細部まで記憶しようと心掛けた。射入口の盛り上がって灰色にくすんだ縁、黒ずんだ血の細いすじ、うつろな表情。ケドリンは見えなくなった目を天井に向け、顔をかすかにしかめて、何かを思い出そうとしているようだった。

「あんたはベストを尽くしたんだ」サイモンが言う。

イヴは首を振った。「もっと強く主張するべきだった。そもそも最初に正しい決断をするべきだったのよ」

サイモンは肩をすくめた。「あんたは懸念を知らせたじゃないか。そしてそれを却下されたんだ」

イヴが言い返そうとしたとき、ハースト主任警部がイヴの名を呼び、階段のてっぺんから手招きした。

「あんたも知りたかろうと思ってな。ジュリア・ファニン、二十六歳。今朝の早い時間にホテルを出た。ベッドは使用されてないが、四階の部屋に空のスーツケースが残されてる。今、鑑識が調べてる」

「フロント係は何て言ってる?」イヴは訊いた。

「なかなかの美人だったと言ってるよ。館内の防犯カメラの画像を調べてみよう」

どす黒い確信がイヴを包みこんだ。〈タイベック〉の防護服の下でスマホを探す。講演会で撮った女性の写真を呼び出した。「この女性かしら?」

主任警部はしげしげとそれを見た。「どこで撮ったんだ?」

講演会のことを話していると、主任警部の電話が鳴り、彼は片手を上げて話を止めた。眉間にしわを寄せ、黙って耳を傾けている。

「わかった」彼は言った。「彼女が昨日チェックインするときにホテルに見せたクレジットカードは、一週間前にガトウィック空港で盗まれたものだとわかった――本物のジュリア・ファニンからな。だが指紋は手に入ったし、スーツケースからDNAが出るかもしれん。それにじきに館内の防犯カメラの画像が手に入るだろう。あんたはまだしばらくいられるか?」

「いつまででもいるわよ」イヴはサイモンを見やった。「残念ながらショッピングに行くのは当分先になりそう」

その日の午後、イヴはテムズハウスでの会議に出て、ケドリンの保護は必要ないと決定したあとで気を変えたことについて事細かに訊かれ、警察に訊かれたことの報告を求められ、最後に十日間の自宅待機を命じられた。ということは、そのあとオフィスに戻ったときには、降格か配置換えになっているだろう。

家に帰っても、どうも落ち着くことができなかった。やるべき家事は山ほどあった――片づけ、日用品の備蓄、掃除、整理整頓――が、そのどれにも取りかかることができなかった。そのかわり、雪の積もったハムステッド・ヒースをあてもなく散歩し、そのあいだもひっきりなしにスマホをチェックした。ニコには最低限の状況を伝えただけで、彼もそれ以上つっこんで訊いてはこなかったが、何も手助けできないことに傷つき、いらだっていることはよくわかった。もうずっと前から、諜報活動の機密保持という側面が、結婚生活に緊張をもたらしていることはわかっていた。恐ろしいのは、少しずつじわじわと蝕んでいくというところだ。イヴの沈黙が、ニコとの信頼の土台をじわじわと腐食させていた。

結婚生活の早い時期にふたりが培った暗黙の取り決めは、勤務時間中はテムズハウスとその仕事に全面奉仕し、一日の仕事が終わると家に帰ってきてニコと向き合う、というものだ。ふたりが共に過ごす時間――夕べのひとときから夜にかけての親密な時間――は、ふたりで共有できない部分よりも断然大事なものだった。

だが、ケドリン殺しはイヴの暮らしのあらゆる面に、毒素のように広がっていた。夜になると、ニコのかたわらにすべりこんで昼間にできた亀裂をセックスで埋めるかわりに、明け方近くまで起きてインターネットをサーフし、新たな殺人事件が報告されていないか調べ続けた。

日曜日の新聞各紙は事件について好き勝手な憶測を並べていた。〈オブザーバー〉紙はモサドが関与している可能性があるとにおわせていたし、〈サンデー・タイムズ〉紙は、ケドリンはクレムリンの指示で排除されたのではないか——その理由は、ファシスト色を強め、それを隠さないことに大統領が困惑しはじめてきたからだ——という推測を載せていた。だが警察は、最小限の事実しか発表していない。容疑者の女性についてはまったく出ていなかった。そして水曜日の朝、トーストがこんがりと茶色くなりはじめたときに——いつもならニコが朝食をつくってくれるのだが、この日はすでに仕事に出かけていた——ハースト主任警部から電話があった。

スーツケース内で見つかった髪の毛のDNA分析が大急ぎで進められ、英国のデータベースでヒットし、持ち主の女性がヒースロー空港で逮捕されたという話だった。そしてパディントン・グリーン警察署に来て、同定を手伝うことはできるかと問われた。

もちろんできる。電話を切ったとき、煙感知器の警報音が鳴り響いた。イヴは燃え尽きたトーストをサラダトングでつまんで流しに捨て、キッチンの窓を開けてほうきの柄で警報器をつついて消そうとむなしい努力をした。わたしは本当にこんな家事には向いてない、と暗いては、そういうことも起こりそうにないが。

い気分で考える。おそらく妊娠していなくてよかったのだ。まあ、こういう風向きになって

パディントン・グリーン警察署は美的要素のかけらもない実用本位の建物で、すえた空気と不安のにおいを放っている。地下一階は厳重警備の留置所になっており、テロリストではないかと疑われている者たちが入れられている。面会室は壁が灰色に塗られ、棒状蛍光灯で照らされていた。マジックミラーが張られた壁が一面ある。イヴとハーストは尋問相手と向かい合って座った。ケドリンの講演会にいたあの女性だった。

彼女を見たら激しい勝利の喜びを感じるだろうと、イヴは思っていた。だが、コンウェイ・ホールでのときと同じように、その美しさに衝撃を受けた。この女性は二十代半ばと思われ、高い頬骨の楕円形の顔に、つややかな黒髪のボブが揺れている。ブラックジーンズにグレーのTシャツというシンプルな服装だが、Tシャツがほっそりした腕と小ぶりながら形のいい胸を際立たせている。彼女はちょっと疲れたように見え、少なからず困惑しているようだったが、だからといって優雅さが減じているわけではない。イヴは不意に、自分のくたくたに着古したパーカとぼさぼさの髪を意識した。何を差し出したら、ああいうふうに見えるようになるのだろうと考える。もしかして脳みそ？

ハーストは自分と〝内務省から来たおれの同僚〟を紹介し、ボイスレコーダーのスイッチを入れて被疑者に正式な通告をおこない、彼女は弁護士は不要と答えた。彼女を見ながら、

イヴは突然、何かおかしいと直感した――この女性はわたしと同じだ、人殺しなんてできるはずがない。警察の捜査は頓挫するだろう。

「名前を言ってください」ハーストが言う。

女性はボイスレコーダーのほうに前のめりになった。「わたしの名前はルーシー・ドレイクです」

「職業は？」

彼女はちらりとイヴに目を向けた。その目は、蛍光灯の下でも、あざやかなエメラルド色をしていた。「女優です。女優業とモデル業」

「それでは、先週の金曜日の夜、レッドライオン通りのヴァーノン・ホテルで何をしていましたか？」

ルーシー・ドレイクは考えこむように、すぐ目の前、テーブルの上で組み合わせた両手を見ていた。「最初からはじめていいですか？」

自分も警察も完全に弱点を衝かれたことにがっくりしながらも、イヴはその手口のあざやかさに舌を巻かずにはいられなかった。

すべてのはじまりは、わたしのエージェントが受けた一本の電話でした、とルーシーは説明した。依頼人はプロダクション会社の者だと名乗り、人間の行動のさまざまな側面についてのテレビドキュメンタリー・シリーズを制作しているということだった。依頼では、一連の社会実験でいろんな役割を演じる、魅力的で自信に満ちた若い女優が必要とされていた。撮影はロンドンとロサンジェルスで五日以上かかる予定で、採用されれば日当四千ポンドが支払われるということだった。

「何もかもが、ちょっと漠然としてました」ルーシーは言う。「でも日当がもらえるうえに、テレビ番組に出て顔が売れることを思えば、それほど心配はしていませんでした。そしてあの日の午後、クイーンズ・パーク――そこに住んでるんです――から地下鉄に乗って、セント・マーティンズ・レーン・ホテルに行きました。そこで面接があったんです。ディレクターがいて――ピーター・何とかって人で、たぶん東欧系だと思います――カメラマンが全員のビデオを撮っていました。ほかにも何人も女の子が来てて、ひとりずつ呼ばれました。

わたしの番が来ると、ピーターから、ぼくを相手にふたつのシーンのロールプレイをしてくれと頼まれました。ひとつはホテルにチェックインして、フロント係をわたしに夢中にさせること、もうひとつはある講演会のあとに、講演者に近づいて誘惑すること。悩殺的なアプローチをして魅了してほしいが、娼婦のような印象を与えてはダメってことでした。とにかく、わたしは精いっぱいやりました。それが終わると、ピーターは階下のキューバ風喫茶室で何でも好きなものを頼んで待っていてくれと言ったんです。だからそうしていると、四十分後に彼が下りてきて、おめでとうと言いました。全員見終わったよ、きみを採用するって」

それから二日間、ルーシーがやれと言われたことすべてに〝ピーター〟が立ち会った。

ルーシーは体のサイズを調べられ、〝衣裳〟はぴったりサイズにつくられた。それは、変更も取り換えもいっさい利かないと言われた。金曜日の午後、彼女はジュリア・ファニンという名前でヴァーノン・ホテルにチェックインし、スーツケースを部屋まで運びこんだ。クレジットカードとスーツケースはピーターが用意した。また、スーツケースは何があろうとけっして開けてはならないと言われた。

スーツケースを部屋に置いて、ルーシーは歩いてコンウェイ・ホールに行った。レッドライオン・スクエアの角を曲がり、午後八時のヴィクトル・ケドリンの講演会のチケットを買った。講演会が終わると、ケドリンに近づいて悩殺をこころみ、その夜遅くに彼のホテルで会う約束を取りつけることになっていた。それがすんだら、広場の角でピーターと落ち合って、彼女のホテルの部屋のカードキーを彼に渡し、タクシーでクイーンズ・パークの自宅に帰ることになっていた。

その翌朝の早い時間にピーターが車で迎えに行き、ヒースローまで送ると、ルーシーは言われていた。それから、飛行機でロサンジェルスに飛び、向こうのスタッフと落ち合ってホテルに泊まり、撮影の第二段階に向けて指示を受けるのだと。

「で、実際にそうなったんですか？」ハーストが訊いた。

「はい。彼は朝六時にやってきて、ファーストクラスのロサンジェルス行き往復チケットをくれました。わたしは九時前発の飛行機に乗りました。空港で運転手と落ち合い、シャトー・マーモン・ホテルに連れていかれました。そこで、撮影は中止になったが、どうぞホテルに滞在していただきたいというメッセージを受け取ったんです。だから俳優エージェントをいくつか訪ねて、昨日の昼にヒースローに帰る飛行機に乗りました。そしてそこで、その……逮捕されたんです。殺人の罪とかで。本当にびっくりしました」

「本当に？」ハーストが言う。

「ええ、本当に」ルーシーは鼻にしわを寄せ、面会室を見まわした。「あの、ここってホントに変なにおいがしますよね、なんか焦げたトーストみたいな」

一時間後、イヴとハーストは警察署の裏口の階段の上に立ち、駐車場から警察の表示のないＢＭＷが出ていくのを見守っていた。ハーストは煙草を吸っている。コンウェイ・ホールで撮った完全無欠の横顔に、イヴは最後の一瞥を投げた。

「あのピーターって男について、何かひとつでも役に立つ手がかりが得られると思う？」

「ないだろうな。ルーシーが何時間か眠ったら、フォトフィットでのモンタージュ写真作成に協力を頼むだろうが、希望は持てんだろう。何もかもあまりにみごとに計画されてた」

「で、本当に彼女が関与してると思ってはいない？」

「ああ。思ってない。彼女の話の裏をきっちり取るのは当然だが、おれとしちゃ、彼女の罪は世間知らずだったってことだけだろうと思うぞ」

イヴはうなずく。「彼女は心から、本当の話だと信じてた。オーディションに受かって、華々しくテレビにデビューして……」

「ああ」ハーストは煙草を湿ったコンクリートの段に踏みつけた。「ピーターってやつは彼女をうまく操った。おれたちのこともな」

イヴは顔をしかめる。「それじゃ、スーツケースのなかからルーシーの髪の毛が二本出てきたことはどう考える？　彼女が開けてないんだったら？」

「おれの考えじゃ、ピーターか彼の仲間の誰かが、にせのオーディション中に髪の毛を取ったんだろうな。おそらくは彼女のヘアブラシから。そしてわれらが犯人の女がルーシーの部屋に入って、髪の毛をスーツケースに入れたんだろう。で、あんたに訊きたい質問がある。なぜロサンジェルスなんだ？　すでに役割を果たした彼女に、どうしてわざわざ地球を半周させなきゃならなかったんだ？」

「それは簡単」イヴは言う。「殺人事件のニュースが報道されるまで、彼女を確実に遠ざけておくためよ。彼女がオンラインで読むかラジオで聞くかして、警察に駆けこんで知ってることをぶちまけるリスクを冒したくなかったのね。だから、土曜日の朝に殺人が発覚するまさしくその時刻に、彼女がロスに発つ——十一時間のフライトをする——ように仕向けたのよ。そうすることでルーシーがどことも連絡を取れないようにするだけでなく、完璧な誤導を警察に仕向けて、本当の犯人の女とその一味が痕跡を隠して消え失せるための時間をかせぐこともできた」

ハーストはうなずいた。「そしていったんサンセット大通りのこじゃれたホテルに入ってしまえば……」

「そのとおり、期限いっぱい滞在するよね。まあ、可能性として、もしかしたらケドリンのニュースを見るとか読むとかするかもしれないけど、それは地球の向こう側で起きてることだからね。ハリウッドには彼女が会いたいエージェントがいっぱいいる。頭はそのことだけになるでしょうね」

「そしてやつらがやるべきことをやって、DNA検査の結果が出るころ、彼女を皿に載せてわれわれに差し出すってわけだ」ハーストはやれやれというように首を振る。「やつらの厚顔さには舌を巻くよ」

「うう、まあ、厚顔かどうかはともかく、問題の女はわたしたちの縄張り《シマ》で四人の外国人を撃ち殺した。戻ってもう一度、館内の防犯カメラの画像を見ることはできる？」

「もちろんだ」

映像は一本の無音のループに編集されていた。パーカを着たルーシー・ドレイクがスーツケースを引いて、ホテルのロビーに入っていき、チェックインする。ボディランゲージはあからさまに煽情的だ。ルーシーは四階でエレベーターから出て、四一六号室に歩いていく。ホテルを出るルーシーはスーツケースを持っておらず、歩きながらパーカのフードをかぶっている。

「よし、ストップ」イヴは言う。「それでルーシーは終わったってことでいいよね？ ここから先は、パーカの女が殺人犯よ」

「そうだな」とハースト。

十六倍のスローモーションでフィルムを流した。気が遠くなるほどゆっくりと、まるで糖蜜のなかを動いているかのように、フードをかぶった人物はホテルに入り、フロントデスクのほうにぼやけた手を上げてみせ、カメラの枠の外に消えた。顔は見えない。ホテルの廊下で撮られたどのフィルムを見ても、顔は確認できなかった。

「ケドリンの部屋の前に盗聴器をつけるところを見ろ」ハーストが言う。「カメラに映ってることを知ってるが、気にしちゃいない。おれたちが特定できないことを知ってるんだ。認めたかないが、イヴ、この女は優秀だ」

「盗聴器かほかのどこかから指紋は出なかったの？」

「よく見てみろ。医療用手袋をしてる」

「くそったれめ」イヴは声をころしてつぶやいた。

ハーストは片眉を上げた。

「この女は殺人鬼よ、ゲイリー。そしてわたしのキャリアを台無しにした。絶対つかまえてやる、生きてようが死んでようが」

「幸運を祈るよ」ハーストは言った。

クレベール通りの自宅マンションで、ジル・メルシエとその妻アンヌ＝ロールは賓客をもてなしていた。ディナーの席に着いているのは、経済財務省の貿易担当大臣と、フランスの大手ヘッジファンドの取締役、パリでピカ一の美術オークション会社の副社長だ。これだけの面々をもてなすにあたり、万事粗相のないように、ジルは相当な苦労をしていた。料理はシャンゼリゼの〈フーケ〉からのケータリング、ワイン（ピュリニィ・モンラッシェの二〇〇五年物、オーブリオンの一九九八年物）は自身が慎重に管理している自前のワインセラーから出したもの。適切なほの暗さに調整したスポットライトが金時計のコレクションを収めたキャビネットと、トゥルヴィルの浜辺を描いたウジェーヌ・ブーダンの二点の油彩画に当てられている。油彩画のほうは副社長がどちらも偽物と見抜き、若い男性の連れにそっと耳打ちしていた。

男たちの会話は予想される域を出ずに進んでいた。移民問題、社会主義者たちは財政のことを何も知らない、ロシアの億万長者たちがヴァルディゼールやレ島《イル・ド・レ》の別荘の値段を吊り上げている、来るオペラ座のシーズンの話。その一方で、妻たちと副社長の連れの男性はセリーヌのフェーベ・フィロ・コレクションの新作や、ファストファッションのプライマークのパジャマのすばらしさ、ライアン・ゴズリングが出る最新の映画や、ヘッジファンドの取締役の妻が運営しているチャリティー舞踏会の話で盛り上がっていた。

アンヌ＝ロールから男女の数合わせのために招待されたヴィラネルは、うんざりしていた。大臣が、テーブルの下で何度もヴィラネルの膝に膝をすりつけながら、デイトレーダーの活動についてあれこれ訊いてくるのに、ヴィラネルはあいまいな一般論で答えていた。

「で、ロンドンはどうだったね？」大臣が訊く。「わたしは十一月に行ったよ。きみはとても忙しかったのかい？」

「ええ、仕事っていつも殺人級ですもの。でも、ロンドンはすてきだったわ。雪のハイドパーク。クリスマスのライティング、お店のきれいなショーウインドウ……」

「そして夜には？」大臣の質問が意味ありげに宙に漂う。

「夜は本を読んで早めにベッドに入ってたわ」

「ひとりでかね？　プライマークのパジャマを着て？」今度は、手が膝にのびてきた。

「はっきり言いますね、残念ながらわたしはおもしろみのない女なの。仕事と結婚してるんです。でもこんなことをお訊きしていいのかしら、奥様の髪を手がけてるのはどなたなのかしら？　あのレイヤード・スタイル、すごくすてき」

大臣の笑みが薄れ、手が離れた。時間がじりじりと進んでいき、グラスと皿が満たされ、おかわりされ、エリゼ宮のうわさ話と共に十五年もののアルマニャックがまわされた。ようやく夕べのひとときはお開きとなり、客たちはコートを取り上げた。

「ちょっと」アンヌ＝ロールがヴィラネルの腕をつかんだ。「わたしたちも行きましょ」

「本気？」ヴィラネルはジルに目をやりながら、小声で訊いた。ジルはボトルにコルク栓をしながら、ケータリング業者にあれこれ指示をしている。

「本気よ」アンヌ＝ロールはひそひそと言った。「今すぐこのマンションから出ていかないと、大声で叫び出しそうよ。それにあなたったら、すっかりドレスアップしちゃって。せっかく冒険に乗り出したがってる女の子がいるのに……」

五分後、ふたりはヴィラネルの銀色のアウディ・ロードスターに乗り、けっこうなスピードで凱旋門のわきをまわっていた。寒く、澄みきった夜で、細かな雪が空を銀色に光らせている。ロードスターはルーフを下ろし、スピーカーからエロイーズ・レティシエが大音量で流れていた。

「どこに行く?」勢いよくシャンゼリゼ大通りに乗り入れながら、ヴィラネルはどなった。氷のように冷たい風が髪の毛をなびかせている。

「どこだっていいわ」アンヌ＝ロールは叫び返した。「ただ車に乗ってたいだけ」

ヴィラネルは声をあげて笑いながらぐいとアクセルを踏みつけた。ふたりの女は銀色にきらめくパリの夜闇の奥に突進していった。

強制休暇が終わる前々日、イヴの名前が記された封筒がアパートの郵便受けに入っていた。ペルメル街のトラベラーズ・クラブの印が入った便箋に記された手書きのメッセージは、ななめに傾いたイタリック体で用件だけをしたためた短いもので、署名はなかった。

『明日(日曜日)午前十時三十分に地下鉄のグージ・ストリート駅の上のビルの二階にあるBQオプティクス社のオフィスにおいでいただきたい。この手紙を持ってこられたし。他言無用にて』

何度も読み返した。トラベラーズ・クラブの便箋ということは、差出人は保安局か外務省の関係者ということになる。手書きで直接配達したということは、eメールを信頼していないことのあらわれだ。もちろん、ただの悪ふざけという可能性もあるが、誰がわざわざそんなことをするだろう？

翌日の九時半、キッチンのテーブルをパンフレットの海にして座っているニコを残し、イヴは出かけた。ニコは、屋根裏部屋を改装して水耕栽培のミニ農園にするのにかかるコストと利益を算定していた。低エネルギーのＬＥＤ照明を吊るし、チンゲン菜とブロッコリーを育てようとしているのだ。

ＢＱオプティクス社の入り口はトトナム・コート・ロードに面していた。地下鉄のグージ・ストリート駅を出たときにそれに気づき、イヴは通りを渡って、〈ヒールズ〉家具店の前から五分間その場所を観察した。地下鉄駅と一階に並ぶオフィスは茶色のタイルが張られ、陰気な居住ブロックが上に載っている。二階のオフィスはどれも人けがないようだ。

だが、入り口の横のベルを押すと、すぐさま招き入れられた。階段を上がって二階に行くと、人材派遣会社の本部があり、そこからさらに狭くなった階段が上にのびていた。ＢＱオプティクス社のドアは少し開いていた。ちょっとバカげていると思いつつも、ドアを押して開けると同時に、さっとうしろに身を引く。しばらく待ったが何も起きない。すると、オーバーコートを着た長身の人物が埃っぽい光のなかに出てきた。

「ミス・ポラストリかね？　おいでくださってありがとう」

「ミセスです。で、そちらは？」

「リチャード・エドワーズだ、ミセス・ポラストリ。申し訳ない」

イヴはこの男を知っていた。そしてびっくりした。ＭＩ６の前モスクワ支局長で、今はロシア部局の局長だ。諜報活動の世界では非常に古株の人物だった。

「そしてこのわざとらしい演出。それも謝ろう」

イヴは困惑したまま、首を振った。

「入って腰を降ろしてくれ」

オフィスは暖房がなく埃っぽい。窓は汚れで白っぽく曇っている。家具は年季の入ったスチールデスク――コスタコーヒーのテイクアウト・カップがふたつ載っている――と、錆の浮いた折りたたみ椅子が二脚だけだ。

「ミルク入り、砂糖なし、でよかったかな」

「完璧です、ありがとう」ひと口飲む。

「テムズハウスでのきみの立場を知っているよ、ミセス・ポラストリ」

「イヴでけっこうです」

うなずく男の目は、窓から入る薄暗い光のなかで厳粛に見えた。

「時間を節約しよう。きみはヴィクトル・ケドリンが正体不明の女性に殺された事件を防げなかった責任を負わされている。きみは最初、ケドリンの保護を警察に要請しないと決定したが、そのあと気を変えた。が、そちらの決定は認可されなかった。間違いないかね？」

イヴはうなずいた。「だいたいは、そうです」

「わたしの得た情報によると、そしてまあ、きみがわたしの言葉を信じてくれるならばだが、そうなったのは管理部の融通の利かなさや部門予算が足りないといったことのせいではない。

テムズハウスのある分子、実を言えばヴォクソールクロス〔英国の秘密情報部の本部がある〕のある分子たちが、ケドリンの保護はしないでおくべきだと決定したのだ」

イヴは男を見つめた。「あなたが言ってるのは、諜報組織の上層部が共謀して、彼を殺すのを助けたってこと？」

「まあ、そういうようなものだ」

「でも……どうして？」

「端的に言えば、わたしも詳細を知らない。だが、そういう圧力があったことは確かだ。これがイデオロギーの問題なのか腐敗や堕落のせいなのか、ロシア人がゆすりに利用できる《コンプロ》スキャンダル《マート》と呼ぶもの――まあ基本的には脅迫だが――のせいなのかはわからない。だが、ケドリンの口が封じられるのを見たがっている人々や組織はいくらでもいるだろう。彼が提案しているのは、妥協の余地なく西側の資本主義に敵対する、ファシズムを信奉する新たな全体主義国家なんだから。すぐそうなるというわけではないだろうが、ちょっと先を見てみると、陰湿な未来が待っていそうだ」

「それじゃあなたは、その真の原因の人たちは、どこかの親西側、親民主主義集団に属してるって考えてるんですか？」

「そこまで絞る必要はない。他の極右集団が自分たちなりのやり方で対処することを決意したという可能性も十分ある」男はトトナム・コート・ロードの車の流れを見つめる。「先週、昔ロシアの外務大臣だった人物に接触した……まあ、昔のスパイのネットワークを通じて、と言っておこう。わたしは彼に、ケドリンは英国内で殺されたのだから、われわれはその犯人を見つけると断言した。彼はそれを承諾はしたが、こちらが犯人を見つけるまで、双方の国家間の外交は険悪な状態になるだろうと明言した」

　振り返り、イヴと向きあう。「イヴ、明日の朝テムズハウスに行って辞表を出してほしい。それは受け取られるはずだ。それからはわたしのために働いてほしい。ヴォクソールクロスではなくこのオフィスで——どうやらここがわれわれの所有になっているようだからね。きみには秘密情報部《SIS》の幹部級の俸給が出て、補佐がひとりとIT系技術者のフルサポートがつく。そしてきみの任務は——どんな手段を使ってでも遂行してもらうことになるのだが——ヴィクトル・ケドリンを殺した犯人を見つけることだ。この件に関しては、きみのチーム以外の誰とも話しあってはならないし、報告する相手はわたしのみにしてもらう。追加の人員が——監視チームとか、武装援護要員とか——必要なら、それはわたしに諮《はか》ってほしい。わたしだけにだ。活動中は、常に敵地にいるように行動しろ。モスクワルール〔冷戦時代にソ連で働くスパイのために生まれたと言われている経験則に基づくルール〕だ」

　イヴの思考は跳弾のようにあちこちを駆けめぐった。「どうしてわたしに？　だってあなたには——」

「乱暴な言い方をすれば、わたしの知るなかで買収などに応じそうにない唯一の人物がきみだからだ。この腐敗がどこまで広がっているか、わたしにはわからない。だが、きみの記録をつぶさに見てみたところ、きみは職務と一体化している人間だという判断に至った」

「ありがとうございます」

「礼には及ばない。これはきつくて危険な仕事になるだろう。誰かはわからんがこのケドリンを殺した犯人――それにこの二年ほどでこれに似た、国際的に目立つ人物の暗殺事件がいくつも起きている――彼女は深いところに身を潜めていて、とてつもなく厳重に守られている。もしこの仕事を引き受けるとしたら、きみも同じことをしなくてはならん。深いところに身を潜めるんだ」彼は何もない寒い部屋を見まわした。「長い冬になるだろう」

イヴはその場にじっと立っていた。世界の動きが緩慢になったような感覚に襲われ、目まいがした。強烈に張りつめた沈黙が一瞬のうちにすぎた。

「やるわ」イヴは言った。「その女を狩ってやる。どんな代償を払ってでも」

リチャード・エドワーズはうなずいて、手を差し出した。もう二度と同じところには戻れない――そうイヴは知っていた。

キリング・イヴ　1
コードネーム・ヴィラネル

3

大同路《ダートンロード》の雨じみのついた建物からファットパンダが出てきたのは、夜の七時ごろだった。上海の六月はうだるような蒸し暑さとひっきりなしの豪雨に見舞われる時期だ。車道も歩道も濡れて光り、乗用車やトラックが排気ガスで路面の水を震わせながら走っている。濡れたアスファルトから熱気がゆらゆらと立ち昇っていた。ファットパンダは若い男でも精悍な男でもない。シャツはすぐに汗で背中に張りついた。

だが、この日はいい一日だった。彼と〈白龍《ホワイトドラゴン》〉の仲間たちはベラルーシのタラチン・エアロスペース社にピンポイント攻撃を仕掛けて成功し、ついさっき、同社のデータをすべて吸い出して、パスワードとプロジェクト・ファイルを盗み出し、最機密情報をネットにさらして喜ぶという、実に痛快な仕事をしたばかりだった。

グループを組んでから八年のあいだ、〈ホワイトドラゴン〉は百五十近くの軍事系や企業系の組織をターゲットに攻撃していた。最初のうちは主に合衆国だったが、最近はロシアやベラルーシが多くなっている。ほとんどの犠牲者と同じように、タラチン社も形ばかりの抵抗をしただけだった。一週間前、ある準社員に、会社の保安責任者を偽装し一通のeメールを送った。そのメールで彼に、新しいファイアーウォールについての情報を教えると告げ、リンクをクリックするように誘った。リンク先にはゼロTダウンローダーという、ファットパンダが設計したリモートアクセス・ツールが仕込まれており、タラチン社のオペレーション・ファイルを乗っ取れるようになっていた。

ジェット戦闘機に関わる設計の機密情報だから、北京にいるファットパンダの上官たちに特別な興味を持ってもらえるだろう。〈ホワイトドラゴン〉は、外部の人々が思っているような、単なるハッカーとアナーキストが無償で活動する破壊チームではない。彼らは中国人民解放軍のエリート・サイバー戦部隊であり、外国の企業や軍事情報システムやインフラ施設をターゲットにした攻撃に従事しているのだ。大同路の見たところ何の変哲もないこのビルの内部には、高速光ファイバー配線と強力なコンピュータ・サーバーがずらりと列をなし、精密な空調設備のおかげで何もかもが適切に冷却されている。このチームのリーダーであるファットパンダの正体は張雷《ジャン・レイ》中佐であり、グループの名前を決めたのも彼だ。中国の象徴からとった。月のように白い龍は、非常に強い超自然的な力をあらわしている。死の予兆であり、警告でもあるのだ。

職場から帰宅する大勢の人やべたつく暑さを無視して、ファットパンダは夕もやの漂う浦東《プードン》新区をのんびりと歩きながら、上海市自慢の摩天楼群を惚れ惚れと見上げる。そそり立つガラスの円柱のような上海中心《シャンハイタワー》、銀色とブルーの細長い上海環球金融中心《ワールドファイナンシャルセンター》、巨大な仏塔のような金茂大廈《ジンマオタワー》。地上に目を向ければ、路傍のゴミ容器をホームレスたちがあさっていたりして、全然華々しくないが、ファットパンダは気にしてはいない。

いろんな意味で、彼は異彩を放つと言っていいほど賢い男だった。超強力なサイバー戦士なのはたしかだ。だが、なまじ成功したせいで、彼はきわめて重要な戦略上の過ちを犯していた。敵を見くびったのだ。彼と仲間たちが外国の企業の知的財産を荒らしてまわり、何テラバイトという機密データを北京に送っているあいだ、世界じゅうの諜報機関や民間の警備会社たちも手をこまねいていたわけではない。分析家たちがそれぞれにデータを積み上げ、IPアドレスを特定して〈ホワイトドラゴン〉のマルウェアを解析・調査し、彼らの入力行為を丹念に調べあげて略奪者グループの動向を追っていた。

ファットパンダとその仲間の正体の情報も、彼らがつかんだ情報も、上層部にまわされていた。だが現在のところは、西側の政府もロシア政府も、国家主導による人民解放軍のデータ窃盗への苦情を真っ向から北京に申し立てるリスクを冒してはいない。外交に悪影響が出る危険があまりに大きいからだ。だが、民間組織はそういった微妙さをそれほど気にはしなかった。〈ホワイトドラゴン〉の略奪の被害に遭った会社や組織は、この数年で数十億ドルもの損害を出していた。そして、個々の政府よりも力を持つ人々が集まった集団が、そろそろ行動すべきときだと決定していた。

二週間前、米国マサチューセッツ州ダートマスの近くにある海辺の私有地で〈トゥエルヴ〉の会合があり、張雷中佐が票決の対象になった。ベルベットの巾着袋に入れられた魚はすべて赤だった。

そして一週間前、ヴィラネルが上海に入った。


ファットパンダは浦東新区のディーゼル排気ガスと人込みのなかを、東昌路《ドンチャンロード》フェリーターミナルに向かっていた。かつて監視をまくためにいろんなテクニックを訓練されたことがあったが、本気でちゃんと実践していたのは最初の数年だけだ。今は自分の縄張り《シマ》にいる。敵たちは遠い別の大陸におり、彼には透明同然のパスワードの向こうでちらちらするユーザーネームでしかない。自分の行為がわが身に死をもたらすかもしれないと、真剣に考えたことはなかった。

おそらくはそのせいで、フェリーに足を踏み入れるとき、ほんの数メートルうしろにいたビジネススーツの若い男に気がつかなかった。その男はオフィスから尾行していて、スマホに短く何か言ってから、東昌路を急ぎ足で進む人波のなかに消えた。だがことによると、単に張雷中佐の意識がよそに飛んでいただけかもしれない。このサイバースパイの王子さまには彼だけの秘密があったからだ。それについては、仲間たちにさえ何も知らせていない。フェリーが黄浦江《ホワンプーリヴァー》の汚染水の上を進みはじめるにつれ、ぞくぞくするどす黒い期待が彼の心を満たしてゆく。

彼は前方に目を向けていたが、そこに広がる外灘《バンド》のきらめく夜景のパノラマ――租界時代の歴史建造物が立ち並ぶ、一キロほどのウォーターフロント——は目に入っていなかった。彼の視線は無関心にかつての銀行や商館の並びをよぎっていく。これら租界時代の記念碑とも言える建物群は、今は贅沢なホテルやレストランやクラブに改装され、裕福な観光客や金融界のエリートたちの遊び場となっている。彼の目的地はこのきらめく表側の向こうにあった。

サウスバンド・ターミナルでフェリーを降りたファットパンダは、周囲をざっと見まわしたが、今度も彼の行動を監視している諜報員に気づかなかった。ホテル従業員の制服を着た若い女性だ。十五分後、彼はバンドをあとにし、狭い路地が交差しあう旧市街を急ぎ足で歩いていた。この地区は買い物客や観光客でごった返し、モペットの排気ガスと屋台の料理の油っぽいにおいがたちこめていて、麗々しいバンドあたりとは雲泥の差だ。狭い裏通りには洗濯物や無数の電線が垂れ下がり、女性たちがしゃがんで番をしている屋台には雨に濡れた商品が山積みになっている。竹竿で日除けを掛けた小さな店では偽物の骨董品やレトロなお色気カレンダーが売られている。ファットパンダが角を曲がると、スクーターにまたがったポン引きが薄暗い照明の店内のほうを身振りで示す。そこには若い売春婦たちが並び、ひそひそ話をしながら待っていた。

ファットパンダは足を速め、心臓をどきどきさせながらその誘惑を振り切って急いだ。彼の目的地は、東風路《ドンフエンロード》の角にある三階建てのビルだ。入り口で、四桁の数字の暗証番号を打ち込むと、ドアが開き、受付には中年女性がいる。その張りついたような笑みには、大がかりな顎顔面手術を受けたと思わせるものがあった。

「梁《リャン》さまですね」女性はノートパソコンを見ながら、朗らかに言った。「どうぞお上がりください」梁が彼の本名でないことを彼女は知っている。だが、東風路のこの館では、ある種のエチケットが尊重されているのだ。

一階はおおむねお手軽なセックスのお楽しみに使われている。階段を上るファットパンダの目に、わずかに開いたドアの隙間からちらりと見えたのは、ピンク色に照らされた部屋とベビードール型のランジェリーを着けた少女だ。

二階ははるかに専門性が高い。ファットパンダを出迎えたのは、冴えた色合いのグリーンと白のミニスカート型の制服を着た、にこりともしない若い女性だった。アップにまとめた髪に糊の利いたキャップをつけ、手術用のマスクと、動くたびにかさかさと音がする透明ビニールのエプロンをして、消毒剤の無機質なにおいをさせている。胸の名札には、『呉《ウー》看護師』とあった。

「遅刻だよ」女は冷ややかに言った。

「すみません」ファットパンダはぼそぼそと言った。すでに興奮のあまり身体ががたがたと震えている。

ウー看護師は眉をひそめ、ストレッチャーとたくさんのモニターと換気装置しかない部屋に彼を導いた。天井の直付け照明の下で、アルミニウム製トレーに載ったメスや開創器やその他の外科手術用の道具が鈍いきらめきを放っている。

「服を脱いで横になりな」女は命じ、ピンク色の病院着を顎で示した。病院着はファットパンダのでっぷりと肉のついた腰のあたりまでしかなく、ストレッチャーに横たわると性器が丸出しになる。その心もとなさに彼は心の底からぞくぞくした。

彼の両腕から始めて、ウー看護師は厚手の綿布にベルクロがついた拘束具を手早くつけてゆき、胸と両太腿と両足首を金具できつく留めつけて、まったく身動きできないようにした。最後の金具で彼の喉を留め、ウー看護師は黒いゴム製の酸素マスクで彼の鼻と口を覆った。呼吸はシュウシュウと浅く速いものになる。

「わかってると思うけど、これはすべてあんたのためなんだからね?」ウー看護師は言う。「あんたに必要な処置のなかには、かなり苦しくて痛いものがあるかもしれないよ」

ファットパンダは酸素マスクのなかから、かろうじてかすかなうめき声を漏らした。パニックに駆られた目がきょろきょろと動く。一瞬、彼の顔からほんの数センチのところでウー看護師のビニールエプロンがめくれ、ミニスカートの下から実用本位の――おそらくは軍隊支給品の――ボクサーショーツに包まれたふっくらした股間がのぞいた。

「さて、はじめるよ!」ウー看護師が言い、ファットパンダの耳にラテックスの手袋をはめる音が聞こえた。「あんたは膀胱の流れをよくする必要がある。だから今から剃毛してカテーテルを入れるよ」

ファットパンダの耳に水が流れる音が聞こえ、陰毛にせっけんの泡が塗られ、血のような生温かさを感じた。手術用のメスで毛が剃られてゆき、ほどなく、彼のペニスは怒張してそそり立ち、マリオネットのようにわななきはじめた。メスを置き、三層の手術用マスクの上の目に何か考えるような光をたたえていたウー看護師は、トレーから固定鉗子を取り上げた。彼にしっかりと見せつけてからその鋭い歯で陰嚢の根元をがっちりとはさんだ。ファットパンダは崇拝するような目で彼女を見上げ、痛みのあまり滂沱の涙を頬に伝わせた。またもや、まるで純然たる偶然のように、ウー看護師のやわらかそうな股間がちらりと映った。カチンという金属質の音が響き、鉗子が持ち上げられるのを感じた。次の瞬間、会陰部を引き裂くような灼熱の激痛が襲ってきた。

「ほら、あんたがあたしにさせたこと、見てみなよ」ウー看護師はいらだったようにつぶやき、赤く染まったメスを掲げてみせた。「これから縫わなくちゃね」

殺菌パックを破って開け、モノフィラメント縫合糸を取り出し針に通す。最初のひと針目が通ったとき、ファットパンダはあえぎ声を漏らし、ウー看護師がぎゅっときつく外科結びをしたときに、快楽とはほとんど関係なく身を震わせた。その無礼な態度に顔をしかめ、ウー看護師は氷をいっぱいに入れたソラマメ形の皿からクロムメッキのプローブを取り、ファットパンダの直腸に強引に突っ込んだ。彼の目はかたく閉じられている。彼は今や、一種のゾーンに入っていた。暗く渦巻く潮流のなかで恐怖とエクスタシーが出会うゾーンだ。

それから突然、音もなく、ウー看護師は消えた。ファットパンダの目がぼんやりと動き、限られた視界をゆっくりと見ていく。もうひとり、別の人物が視界に入ってきた。ウー看護師と同じように、その女性も手術着を着て、キャップとマスクをつけ、手袋をしている。だが、ファットパンダをじっと見ている目はウー看護師のようなやわらかな茶色ではなく、ロシアの真冬のような冷たいグレーだ。

ファットパンダはぼんやりした驚きの目で彼女を見た。新しい手術医が出てくるなど、シナリオにない、予期せざる逸脱だ。

「お気の毒ですが、非常に深刻な事態になってしまいました」女医は英語で話した。「だからわたしが呼ばれたのです」

ファットパンダの目は恐怖に満ちた期待で輝いた。白人《グウェイポ》の外科医。このクリニックは本当にすばらしい。

ヴィラネルは男の表情から、自分が言ったことを彼が理解していることを知った。まあ、ここ十年のほとんどの時間を国際的企業の機密ファイルを読んで過ごしてきた男が英語に堪能でないと思っていたわけではない。足元の袋から、アルミニウム製のシリンダーを取り出す。長さは二十三センチほどだ。酸素ボンベからファットパンダのラバーマスクに空気を流すチューブをはずし、シリンダーにくっつける。

純粋な一酸化炭素は無味無臭の気体だ。人体内部のヘモグロビンはそれを酸素と見分けることができない。このガスの冷たい流れが鼻孔に入った瞬間、ファットパンダは現実感がするするとほどけていくのを感じた。二十秒後、彼の呼吸は止まった。

男が死んだと確信すると、ヴィラネルはラバーマスクを再び酸素ボンベにつないだ。ジャン・レイ中佐ほどの特殊技能者なら、間違いなく徹底的な検死解剖を受けることになり、真の死因が速やかに明らかになるだろう。だが、混乱の種をまいておくに越したことはない。

膝をつき、倒れているウー看護師の身体を調べる。ラテックスの手袋をはめた手で彼女の口をふさぎ、皮下注射針を首に突き刺し、慎重に計算された量のエトルフィンを流しこむ。若い上海人女性はかすかに驚きの声を漏らしたが、それからぐったりとヴィラネルの腕のなかにうしろ向きに倒れた。数分後、彼女はまだ驚いたような顔のままだったが、呼吸はしっかりしていた。半時間もすれば意識が戻るだろう。

しゃれっ気を添えるべく、ヴィラネルはウー看護師のボクサーショーツを脱がせてファットパンダの頭にかぶせた。それから、その日の午後に現金で買った安物のスマホを取り出し、さまざまな角度から撮影した。実物以上によく撮れたものはなかったが、あらかじめ書いておいたコメントと共に、中国の名だたるブロガーや反体制派の六人に送信した。北京の権力層はこの一件を隠蔽しきれないだろう。

全世界の高級娯楽場に共通のハウスルールがあるとすれば、それは、やってきた客と出ていく客が顔を合わせることは絶対にないということだ。〈東風館《ドンフェンハウス》〉には出口につながる裏階段があり、ヴィラネルはそこで手術着を脱いで着替えた。外に出ると、通りは蒸し暑く、観光客や家族連れがひしめいている。野球帽をかぶり小さなバックパックを背負う若い西洋人の女性に目を留める者はどこにもいない。聞き込みが進めば——これから何日も、何週間も、旧市街の細い通りや路地裏で必死の聞き込みがおこなわれるだろう——ひとりかふたりは、ニューヨーク・ヤンキースのロゴが入った野球帽や、ポニーテールにしたダークブロンドの髪を思い出すだろう。そしてその女性のほっそりした印象から、容疑者はアメリカ人の女だというわさが生まれるだろうが、諜報機関や警察にはもどかしいことに、女の顔を思い出せる者はひとりもいないだろう。

十分ほど歩いてから、スマホとバッテリーとSIMカードをそれぞれ別のレストランの大型ゴミ容器に捨てる。手術着と手袋、マスク、ナースキャップはアルミニウム製の一酸化炭素シリンダーといっしょに、石を詰めた網状の買い物袋に入れ、黄浦江のヘドロのなかに沈めた。

数時間後、上海フランス租界の高級マンションの十階にある部屋で、ヴィラネルは猫足のバスタブにゆったりとつかり、ついさっき実行した殺人について思い返していた。マダガスカルジャスミンの精油を垂らしたお湯は香り高く、壁紙は翡翠色、シルクのカーテンはかすかな風に揺れている。

こうした場合にはいつものことだが、ヴィラネルの感情の波は満ち引きを繰り返す。今回も仕事をうまくこなせたという満足感。丹念な調査、創意に富む実行計画、そしてスマートかつ静かな実行。ほかに誰が、ファットパンダをあんなにスマートに、何の面倒もなくやすやすと殺せる？ ヴィラネルは脳内でファットパンダの最期の瞬間を再生する。目が合ったときのあの驚き。それから、暗黒の深淵に吸いこまれはじめたときの、あの奇妙な諦念。

自分の役割が重要であることに満足感もあった。まわり続ける世界の静止した中心に立ち、自分が運命の手先だと知っている。そう思うと、浮き浮きと気分が高揚した。自分が呪われてはいないこと、恐るべき力の恩恵に浴していることを知っている――それはオクサナ・ヴォロンツォヴァとして生きていた、恐ろしく恥辱に満ちた年月を埋め合わせるものだった。

数ある恥辱のなかでも、いまだにもっとも痛烈な痛みを感じるのは、あのフランス語教師アンナ・イヴァノーヴナ・レオノヴァに拒絶されたことだ。二十代後半の独身女性だったアンナは、問題児の生徒の早熟な語学の才能に少なからず畏怖の念を抱いていた。オクサナの無礼で乱暴な態度はいっさい気にせず、狭苦しい灰色のペルミから広い世界に目を向けさせようと考えていた。それで、週末には小さなアパートの自宅で個人授業をして、コレットやフランソワーズ・サガンの作品について論じあい、一度など、チャイコフスキー劇場で『マノン・レスコー』を一緒に見たこともあった。

オクサナはそういう厚意に困惑した。これまで誰ひとりとして、彼女のためにそんなに時間を割いてくれた人はいなかった。アンナがオクサナに与えていたのは、無私の行為、何か愛に近いものだった。知識として、オクサナはそういう感情があることを理解してはいたが、自分がそういうものを感じることはないと知ってもいた。だが、肉体的な欲求は別の話で、夜ごと眠れずに横になるたびに、先生への生々しい憧憬に苛まれていた。だが、その想いの表現法として、不機嫌そうな無表情しか見出せなかった。

十代のオクサナは、セックスに関して初心者だったわけではない。男女共に経験したことがあり、どちらを操るのもむずかしくはないことを知っていた。だが、アンナといると、バー・モロトフの裏でオクサナの身体をまさぐるビールくさい息のバイク野郎どもの手や、ツム百貨店でオクサナの万引きの現場をとらえてトイレに連れていき、見逃すことと引き換えに股ぐらに顔を埋めてきた女警備員のざらついた舌とはまったくちがう感触の世界に行けるのではないかと夢みることができた。

そして一度だけ、アンナとの関係をさらに進めようとしたことがあった。それは『マノン・レスコー』を見にいった晩のことだった。ふたりはバルコニー席の奥の列に座っていた。オペラが終わりに近づいたころ、オクサナは頭を先生の肩にもたせかけ、アンナはそれに応えてオクサナの肩に腕をまわした。オクサナは感動のあまり、ほとんど呼吸もできないほどだった。

プッチーニの音楽が盛り上がったときに、オクサナは手をのばしてアンナの片方の乳房を包みこんだ。やさしく、だがきっぱりと、アンナはその手をはずした。同じようにきっぱりと、オクサナは一瞬後、もう一度そこに手を置いた。それはこれまでに幾度となく頭のなかで楽しんだゲームだった。

「やめなさい」アンナは静かに言った。

「あたしを好きじゃないの？」オクサナはささやいた。

教師はため息をついた。「オクサナ、もちろんあなたが好きよ。でも、だからといって……」

「んん？」オクサナは唇を開き、薄闇のなかでアンナの唇を見つけようとした。

「そういう意味じゃ……ないの」

「それだったらあんたなんかくそくらえだよ、バカげたオペラもね」オクサナは声を殺して言った。抑えようのない怒りがわき上がってきた。立ち上がってふらふらと出口に向かい、階段を駆け下りて、外の通りに出た。外の市街は夜の燐光を帯びたような輝きに包まれ、コミュニスティチェスキー大通り《プロスペクト》を走る車のヘッドライトのなかで雪が激しく舞っていた。凍りつくような寒さのなか、ジャケットを劇場に置いてきたことに気づいた。

だが、怒りのあまりそんなことは気にならなかった。アンナはなぜあたしをほしがらなかったのだ？　あの文化うんぬんのごたくもなかなかいいものだったが、そんなことよりもアンナがほしかった。彼女の目のなかに欲望を見たかった。彼女のやさしさや忍耐強さ、くそったれた貞操すべてが性に屈服するのを見たかった。

だが、アンナはそうなることに抵抗した。たとえ心の奥底ではオクサナとまったく同じように感じていたとしても。そしてそうだとオクサナは知っていた。なぜなら、彼女の心臓の高鳴る鼓動を、自分の手の下に感じたからだ。それは耐えがたい、許せないことだった。劇場の戸口で、ジーンズの前に片方の手をつっこみ、いらだたしさにあえぎながら、ついに氷のような歩道にがっくりと膝をついた。

チャイコフスキー劇場でのふるまいをアンナは許してくれたが、オクサナはけっしてアンナを許さなかった。そして感情は病的な怒りの様相を帯びていった。

アンナが強姦されたとき、頭にかっと血が上った。オクサナは父親のコンバットナイフをひっつかみ、ローマン・ニコノフを森に呼び出して、報いを受けさせた。ニコノフが死なずに生きのびたのは計画外だったが、それ以外は完璧に運んだ。

オクサナは警察の尋問を受けることもなかった。ニコノフをショック死か失血死させたかったとはいえ、少なくとも、彼が生涯寝たきりで尿カテーテルにつながれると知って満足は得られた。そしてその一部始終をアンナに話した——半死半生にした鳥を家に持ち帰るネコのように、その顛末をアンナの足元に横たえたのだ。

アンナの反応は、オクサナの世界観を崩壊させた。感謝され、讃えられ、たっぷりお礼を言ってもらえると思っていたのに、アンナは恐怖に満ちた凍りつくような沈黙のなか、ただオクサナを見つめていた。あなたが女子刑務所でどんな目に遭うか知ってるから、警察に連絡はしない、とアンナは言った。ずっと沈黙を守るつもりだけど、二度とあなたに会うことも話しかけることもしたくない、と。

その不当さと、身を引き裂くような喪失感とから、オクサナは自殺寸前まで追い詰められた。父親のマカロフ拳銃を手に、アンナのアパートまで行って自分を撃とうと考えた。コムソモルスキー大通り《プロスペクト》のアンナの小さな住まいに血と脳みそを飛び散らせてやる。ことによると、先にアンナとセックスしてもいいかも。九ミリのオートマティック拳銃は、アンナをその気にさせるかなり有効な道具だろう。

だが結局、オクサナは何もしなかった。そしてアンナをわがものにしたいと切実に欲していた彼女の一部は、そのまま凍りついた。

上海のマンションで香りのいいお湯にゆったりとつかり、ヴィラネルはさっきまでの高揚感がゆっくりと倦怠感の引き潮に取って替わられるのを感じていた。窓のほうに顔を向け、板ガラスの向こうのきらめく宵闇とフランス租界に並ぶ屋根に目をやって、考えこむように上唇を噛みしめる。窓の前には、白い芍薬を活けたラリックの花瓶がある。芍薬の花びらは何かをやわらかく包みこんでいるかのようだ。

目立たないように身を潜めていなければならない――それはわかっていた。セックスの相手を漁りに出かける――よりにもよって今夜――のはあまりにも無謀というものだ。その一方で、自身の内なる飢えにも気づいていた。この飢えはいつまでも厳しく締めつけてくるに違いない。浴槽から出て、湯気の立つ裸体のままガラス窓の前に立つ。そして目の前にある無限の可能性について考えをめぐらせる。

ヴィラネルが〈水族館〉に足を踏み入れたのは、真夜中すぎだった。そのクラブは北外灘《ノースバンド》にある元プライベートバンクの地下にあり、会員の紹介がなければ入れない。ここのことは、黄浦《ホワンプー》地区のザ・ペニンシュラ・スパで出会った、日本人の宅地開発業者の妻から教えてもらった。ゴシップ好きのおしゃれなミセス・ナカムラはヴィラネルに、金曜日の夜はいつもここに行くの、と教えた。「それも夫連れじゃなく、ひとりきりでね」彼女はそう付け足し、意味ありげな流し目をくれた。

そしてたしかに、ミキ・ナカムラの名前をドアマンは知っていて、ドアの内側にヴィラネルを通した。なかの螺旋階段を下りていくと、薄暗く照明を落とした広大な地下室に出た。室内は混み合い、抑えた低音がズンズン響くなか、にぎやかな会話が響いている。

しばらくのあいだ、ヴィラネルは螺旋階段の下に立って、あたりを見まわしていた。いちばん目立つのは、床から天井までのガラス壁で、十メートルはあるだろう。そのほのかに光る薄青い広がりが、動いてゆく影で暗くなる。またひとつ動く影が来て、自分が見ているのがサメの大型水槽だとわかった。シュモクザメとホシザメが数匹よぎる。水中ライトがその肌にサテンのようなつやを与えている。

魅入られたように、ヴィラネルは水槽のほうに歩いていった。このクラブのにおいは富裕のにおいだ――インドソケイの花とお香と高級ブランドの香水にまみれた肉体のにおいが混じりあった、頭がくらくらするようなにおいだ。水槽のなかで、イタチザメが泳いできて、うつろで無表情な目をヴィラネルに向けた。

「死んだ目よね」ミキ・ナカムラの声がした。いつの間にかヴィラネルのかたわらにあらわれていた。「ああいう目の男をたくさん知ってるわ」

「わたしたちはみんなそうよ」ヴィラネルは言った。「女たちだってね」

ミキは笑みを浮かべた。「来てくれてうれしい」そうささやいて、ヴィラネルの黒のシルクのチャイナドレスに人差し指をすべらせた。「これ、ヴィヴィアン・タムよね？ すてき」

ヴィラネルは彼女の笑みに同じように笑みを返し、彼女の服を褒めた。そうしながらセキュリティチェックの目を走らせ、クラブ内に場違いなものや人物がいないか調べる。暗がりに目立たない人影がないか。目を妙にすばやくそらす者はいないか。この場に似つかわしくない顔はないか。

その目が不意に、白のホルタートップにミニスカートを着たすらりとした姿に奪われた。ヴィラネルの視線を追って、ミキがため息をつく。「ああ、あなたが何を考えてるかわかるわ。狩りをする気ね?」

「きれいな娘《こ》じゃない」ヴィラネルは言う。

「娘? ま、ある意味ではね。あれはジェニー・チョウ、アリス・マオの秘蔵っ子のニューハーフよ」

「アリス・マオって?」

「このクラブのオーナーよ。っていうか、このビルのオーナー。上海でもっともお金のある女性のひとりよ。セックス商売のおかげでね」

「やり手のビジネスウーマンなのね」

「ま、そういう言い方もあるわね。たしかにあんまり敵にまわしたくないタイプの人物よ。でもまずは、一杯おごらせて。スイカのマティーニが評判よ」

「そして評判のきついお酒なんでしょ」

「まあ気を楽になさい、あなた」ミキは言った。「楽しみましょうよ」

エレガントな若いバーテンがカクテルをシェイクしている、アールデコ調の小さなバーの前の人だかりにミキは入っていった。ヴィラネルのすぐわきを、身振り手振りを交えてしゃべっている若い中国人の男たちの一団がかすめていった。全員デザイナーズブランドの服を身につけている。

「彼らがほしがってるものがあなたにあるとは思えないわね」すぐかたわらでやわらかな声がした。「でもあなたのほしいものはわたしが持ってるかも」

ヴィラネルはジェニー・チョウの目じりの上がったきれいな目を見つめた。「それは何？」

「女だけでの体験？　キスから、あちこち吸いまくりヤりまくりで、そのあと料理をふるまうっていうのは？」

「今夜はやめとくわ。今日は殺人的な一日だったから」

ジェニーが身をすり寄せてきた。髪からジャスミンの花の香りがして、ヴィラネルの鼻孔をくすぐる。「カニがあるのよ」ジェニーがささやく。

ヴィラネルは片方の眉を上げた。

「ちがうわよ、バカね！　わたしの女の園にじゃないわ、冷蔵庫によ！　上海ガニよ。すごく高いのよ」

なみなみと縁まで注がれたマティーニのグラスふたつを持って、ミキがヴィラネルのほうに歩いてくる。彼女はこれ見よがしにジェニーを無視した。「あなたに会わせたい人がいるの」ヴィラネルの腕を取って、離れようとする。

「上海ガニって何？」

「ここの名物の高級食材よ」ミキは言った。「チンケな娼婦とはちがってね」

ミキはシアサッカー地のスーツを着たハンサムな若いマレーシア人にヴィラネルを紹介した。「こちらはハワード」明らかに、ヴィラネルの反応を気にかけている。「ハワード、こっちはアストリッドよ」

握手をしながら、ヴィラネルはにせのプロフィールの詳細を呼び起こした。アストリッド・フェカン、二十七歳のコラムニストで、『ビラン21』というフランス語の投資情報ニュースレターに執筆している。これまでのものと同じように、このプロフィールもきわめて慎重に構築されていた。もし誰かがわざわざインターネットでマドモワゼル・フェカンを検索しても、彼女が二年前から『ビラン21』に寄稿している石油化学の未来予測の専門家だとわかるだけだ。

だがハワードはミキを褒めちぎるのに忙しく、そんな瑣末なことを気にかけはしなかった。「フューシャ・ピンクか！」少しあとずさってミキのエルベレジェのカクテルドレスを惚れ惚れと見る。「きみに完璧に似合う色だ」

ヴィラネルからすると、その色は壊滅的にヒドい。象牙のように青白い肌にその色を合わせているせいで、ミキはハワードの母親のように見えた。だがおそらく、それがハワードの好みなのだろう。

「それで、あなたのご職業は？」ヴィラネルは訊いた。「ファッション・ビジネスをやってるの？」

「そんな仕事じゃないさ。新天地《シンティエンディ》でコンセプト・スパをやってるんだ」

「天国みたいなところよ」ミキがため息をもらす。「石庭と氷みたいに冷たいエビアンの噴水があって、仏教のお坊さんたちがチャクラと髪を整えてくれるの」

「それはすばらしそう。わたしのチャクラはきっと、ボロボロに乱れてそうだもの」

「それなら」とハワードは微笑む。「ぜひいらしてください」

礼を失さずに離れる機会ができると、ヴィラネルはふたりを残して離れた。マティーニのグラスを手にぐるりと一周して、気がつくとふたたびサメと顔を突き合わせていた。そしてその数秒後に、ジェニー・チョウと。

「いっしょに来て」ジェニーの面差しは水槽の青白い光を受けてやわらかく見えた。「会わせたい人がいるの」

「誰？」

「とにかく来て」すらりとした手がヴィラネルの手を取る。

照明の薄暗い奥まった小部屋に女性がひとりきりで座り、スマホのメッセージをスクロールしていた。欧州とアジアのハーフで、顔を上げると無造作に片手を振ってジェニーを追い払った。その目はほとんど色のないガラスのような緑だ。

「ジェニーの言ったとおりね」女性は言った。「あなた、美しいわ。おかけなさい」

ヴィラネルは首を傾けて受け入れた。この女性の所有者然とした態度から、アリス・マオにちがいないと思った。

「で。わたしのクラブは気に入ってもらえたかしら？」

「なかなか……おもしろいわ。ここではいろんなことが起こりそう」

「そうね、実際いろんなことが起きてるわ」ガラスのような緑の目がおもしろがるように光る。「お茶でもいかが？　マティーニは一杯でじゅうぶんでしょう、わたしの経験から言うとだけど」

「お茶をいただくわ。ところで、わたしの名前はアストリッドよ」

「あなたにお似合いの名前ね。わたしの名前は、ご存じのとおり、アリスよ。あなたのご職業は、アストリッド？」

「投資情報の分析をしているの。投資家向けのニュースレターに記事を書いてるわ」

アリス・マオは眉をひそめた。「今もそれを？」

「ええ」ヴィラネルはアリスの視線をまっすぐ受け止めた。「やってるわ」

「若いころ大勢の投資家に会ったわ、アストリッド。でもあなたにちょっとでも似ている人はひとりもいなかった」

「あら、わたしはどういうふうに見えるのかしら？」

「知り合ったばかりの判断で言うなら、あなたはわたしによく似てるわ」

ヴィラネルは笑みを浮かべた。アリスの冷ややかな視線を受けて血がわき立つような気がした。アリスの容貌の何か――高い頬骨のラインがゆるやかに顎のカーブにつながる感じとか――がヴィラネルの心をかき乱した。こういう感情は危険だとわかっていたが、これまでずっと身につけてきた秘密主義や生死に関わる用心深さがもはや耐えがたいように感じることも、ときどきある。

アリスはちらりとスマホを見た。立ち上がった彼女のミッドナイトブルーのドレスが揺れ、サメと同じ濡れた輝きを帯びた。「ついていらっしゃい」

ドアから出て、クラブと同じように薄暗い照明のペントハウスに出た。金屏風があり、壁には暗い色調の現代絵画が掛かっている。だが、この部屋でいちばん目立つのは、劇的な広がりを誇る全面のガラス窓だった。はるか下に都市が広がっている。そのきらめきはたなびくスモッグのせいでぼやけて霞んでいた。

「アジアの娼婦。上海はずっとそう呼ばれてきたわ。そしてそれは今でもそのとおりなの。このペントハウスもクラブもこのビルも……全部セックスで支払ったのよ。お茶でいいかしら？」アリスはスポットライトに照らされているサイドテーブルを指さした。「福鼎地方の白茶の新茶よ。きっとあなたも気に入るわ」

ヴィラネルは淡い色合いのお茶を口にふくんだ。雨に洗われた山岳地のさわやかな香りがした。

「あなたをすごいお金持ちにしてあげられるわよ」アリスは言う。「ひと晩いっしょにすごすだけでとんでもない額のお金を払うお客を何人も知ってるわ」

ヴィラネルは外の夜景に目を向けた。アリスの香水と髪の香りがした。「あなたはどうかしら、アリス。あなたはわたしにお金を払う気はある？　今、ここで？」

アリスがヴィラネルを見た。彼女の笑みは揺るがなかった。「五万元でどう」

「十万で」ヴィラネルは言った。

アリスは考えこむように小首をかしげた。それからヴィラネルの前にまわりこんで、向き合った。緑の目がグレーの目を見つめる。「十万を払うなら」チャイナドレスの襟元の絹でくるまれたボタンをはずしながら言う。「いろいろ期待できるわね」

ヴィラネルはうなずき、そのまま身動きせず立っていた。アリスの指先がチャイナドレスをなぞり下ろす。ヴィラネルは目を閉じた。シルクの生地が肩からはがされていき、下着が取り去られる。全裸になり、足の下で床が傾くのを感じた。アリスの名前を呼ぼうとしたが、出てきたのはアンナという名前だった。そして「入ってきて」とささやこうとした。が、実際に口から出たのは「殺して」だった。


四日後、イヴ・ポラストリとサイモン・モーティマーはエアコンの効いた涼しい浦東《プードン》空港からタクシー乗り場の三十度の熱気のなかに足を踏み出した。真夜中ながら、排気ガスくさい湿気が波のようにふたりに押し寄せてくる。イヴは頭皮が汗ばみ、H&Mのコットンニットのツインセットが肩にへばりついてくるのを感じた。

そばかすが浮いた顔にぼさぼさの髪、そして完全にノーメイク。自分が人目を惹くタイプの女性でないことを、イヴはよく知っている。一時間前に着陸してから、イヴを二度見したのはパスポートをチェックした中国人の入国審査官だけで、それもおそらく彼女の視線の無言の威力に気圧《けお》されたせいだろう。彼女もサイモンも実年齢よりもだいぶ老けて見える。同じブリティッシュ・エアウェイズ機に乗り合わせた乗客たちには、夫婦だと思われていただろう。

サイモンがいつくしむような目でイヴを見る。彼の目には、イヴはムクドリやツグミのように見えるようだ。芝生を巡回する、鋭い目と硬くとがった嘴《くちばし》を持つ鳥たちのように。諜報の世界の殺人者ハンターたちは、動物界のこうした鳥たちと同じように、くすんで目立たない色の羽毛をまとっている。

「わたしはきれいになれると思う?」そう母親に訊いたのは、ケンブリッジ大学に入って犯罪学と法心理学を学ぶようになるちょっと前のことだ。

「あなたはとても頭がいいと思うわ」母親は答えた。

この質問を夫のニコにすると、きみは美しいよとイヴに答えた。「きみの目はバルト海のようだ」透きとおるように青白いイヴの頬を人差し指でなぞりながら、彼は言った。「ガソリンの色だ」

「あなたって大ウソつきね」

「セックスしたいときだけね」

「大ウソつきのうえに変態だわ」

ニコは肩をすくめた。「きみと結婚したのは料理の腕目当てじゃないよ」

早くもニコが恋しくなっていた。

タクシーに手を上げ、緑色のフォルクスワーゲン・サンタナが止まると、サイモンは運転手にホテルの住所を告げた。

「中国語をしゃべれるなんて知らなかった」イヴは言った。

サイモンは無精ひげがちょっと濃くなりつつある顎に手をすべらせる。「大学で一年だけ勉強したんだ。この運転手が本気でしゃべりはじめたら、お手上げだよ」

「それで、この人は海鳥《シーバード》ホテルの場所を知ってるの？」

「たぶんね。表情を見てたけど、たいして考えこんじゃいなかった」

「おやおや。リチャード・エドワーズが思慮深い態度って呼ぶやつだね」

イヴとサイモンは厳密に言うと正規の職員ではない。だからＭＩ６の上海支局からの出迎えはない。実のところ、ふたりの身分に関するすべてが非正規ずくめだ。エドワーズの勧誘を受けてケドリン殺しの捜査をはじめて以来、厳密には合法とは言えない活動を続けながら、イヴはかつての同僚には誰ひとり連絡をしなかった。毎日毎日、毎週毎週、ひたすら地下鉄グージ・ストリート駅の上のせせこましく陰気なオフィスに通い続けた。そこで、辛抱強いサイモンといっしょに、機密文書ファイルに次々と目を通し、コンピュータの画面を長らく見続けたせいで頭がガンガン鳴り、目が疲労でずきずきと痛むまでになりながら、手がかりを探した。何でもいい、何か――ひそひそとささやかれた何か、あとになって思い出した何か、ほとんどそれとわからないほのめかし――ヴィクトル・ケドリンを殺した女性の少しでも近くに導いてくれるものを。

そして何ひとつつかめなかった。女性が関わっているとうわさされている、政治家や犯罪者が殺された目立った事件をいくつも解析した結果、いくつかの事件は女性の銃撃犯によるものであることがほぼ明らかになっていた。ケドリンがロンドンで泊まっていたホテルの館内カメラから、殺人犯の出入りが記録された画像も数えきれないほどの回数、見直したが、記録画像はどんなに解像度を上げても不鮮明で、犯人の顔は見えなかった。

　サイバー空間を漁っていないときは、現実世界でケドリン事件をはじめとする類似事件の捜査状況を追った。だがどの糸口も、最初はいかにも有望そうに見えても、結局は容易に通り抜けることのできない障壁にぶつかって終わってしまう。目撃者も鑑識による証拠も、有用な弾道学的証拠もなく、金や書類の痕跡もいっさい出ない。ある時点で、すべてがとぎれてしまうのだ。

　進展はまったくなかったが、自分が追っている女についての感触は得ていた。その女は、ケドリンとボディガードたちを殺すのに使われたロシア製の九ミリホローポイント弾にちなんで、チェルナヤ・ロザ――〈黒い薔薇〉――と呼ばれている。この〈黒い薔薇〉は二十代半ばで知能が非常に高い一匹狼だと、イヴは考えていた。大胆で向こうみず、プレッシャー下でも冷静で、乱れた感情を整理・鎮静する能力に優れている。どこからどう見ても社会病質人格《ソシオパス》で、愛情と良心が完全に欠けている。友人はまったくいないか、いてもごくわずかで、彼女が形成するそうした関係は本質的に、圧倒的に相手を支配し操作すると共に性的なものになる。どう考えても、彼女にとって殺しは必要なものなのだろう。殺人が成功するごとに、自分が誰の手も届かない高みにいるという証しが積み重なっていくのだ。

ふたりが上海にやってくる二十四時間たらず前、リチャード・エドワーズが地下鉄駅の上のオフィスに突然入ってきた。

「ここは誰かが掃除しているのかね？」うっすらと嫌悪の表情を浮かべ、リチャードは訊いた。

「ええ、サイモンがやってます。ごくたまにはわたしもね。すみませんが、ヴォクソールクロス基準のようにはいかないわ。掃除機の替えパックを発注したところよ」

「ああ、そりゃ楽しみだな。ところで……」リチャードは足元に置いたブリーフケースを開け、使いこんだパスポート二冊と航空券の束と日程表を取り出した。「きみたちには中国に行ってもらう。今夜だ。上海で向こうのサイバー戦部隊のリーダーが始末された。殺した犯人は女だと考えられている」

ジャン・レイ中佐の死亡の顚末について、リチャードの口早の説明は、五分とかからなかった。「きみの任務はMSS、中華人民共和国国家安全部と目立たないように接触して、われわれ英国はジャン殺しに資金供与も協力もしていないというわたしの言明を伝えることだ。そしてこの殺人の捜査に何でも手を貸すと申し出るんだ。それにはわれわれが容疑者とみなしている殺人請負人の女性についての情報を伝えることも含まれる」

「MSSに協力者はいるの？」

「ああ。ジン・チアンという男だ。モスクワで知り合った。彼は向こうの支局長で、いいやつだったんでね。それ以来、彼とは一種の裏口どうしでずっとつながってるんだ。きみが行くことを向こうは知っている」

「その人は、現地の支局員じゃなくてわたしが行くことに疑問を抱かないかしら？　きっとすでにその件を担当してる職員がいるでしょ」

「彼は微妙な事情があるのだろうと推測するだろう。きみが正規の身分で動けない理由があるんだろうとね」

「それじゃ、ＭＩ６の支局とは接触するの？」

リチャード・エドワーズは立ち上がって窓辺に歩いていき、汚れた窓ガラスから車の流れを眺めた。「念のために言っておくが、この女の痕跡を隠蔽する陰謀は全世界レベルのものだと考えざるを得ない。彼女が上海で人を殺しているなら、その地にも彼らの手の者たちがいるはずだ。おそらくはＭＩ６の人間も。だからそちらには近づくな。今は誰も信じてはいけない」

「そのＭＳＳの人にはどれぐらい話していい？」

「ジン・チアンに？　この女殺し屋について、こちらの情報をすべてくれてやったところで、失うものは何もないだろう」コーヒーを飲み干し、紙コップをゴミ箱に落とした。「われわれはその女をつかまえねばならない。彼も同じだ」

ドアが勢いよく開いた。「まったくもう、グージ・ストリート駅は地獄の門だよ、絶対」

サイモンが肩に掛けていたコンピュータ用バッグをデスクに下ろしながらぼやいた。「まったくもう、あんな……」そこで凍りついた。「うわ、どうも、リチャード」

「やあ、サイモン。おはよう」

「これから上海に行くよ」イヴは言った。ニコにどう言おうかと考えながら。


「おい、見ろよ」サイモンがタクシーの窓を下ろし、生温かい夜の空気が流れこんでくる。

「とんでもないぞ、これ」

そのとおりだった。タクシーが南浦大橋《ナンプー・ブリッジ》に近づくにつれ、右にも左にも広大なオフィス街区が広がっていく。あざのような紫色の空を背景に、無数の窓が金色の点となって浮かんでいる。突然イヴの倦怠感が消え失せ、あたりすべて新奇なものに囲まれて頭がくらくらした。何もかも金と富にあふれている。そびえたつ無数の高層ビルやディーゼルエンジンの排気ガス臭、夜気の感触からも感じたのは、飢餓感だ。ガッツリ賭けてガッツリ儲ける。もっともっとと求める際限ない欲望。

それは橋を渡っているあいだにかたまった印象だった。橋の下では、真っ暗な川面を小さなライトをつけたいくつものボートが往来している。右手には絢爛豪華な光があふれる外灘《バンド》が広がっている。

「どんな気分？」イヴはサイモンにたずねた。

サイモンは黄褐色の麻のジャケットをたたんで膝に載せ、前に身を乗り出している。「よくわからん。最近いろいろと妙なことばかりだしな」

「ここに彼女がいる」イヴがつぶやく。「わたしたちの〈黒い薔薇〉が」

「そのハッカーを殺したのが彼女だって、はっきりしたわけじゃないだろう」

「間違いない、彼女だよ」

「そうだったとしてさ。いまだにここらをうろついてるかな？　そんな理由があるか？」

「理由を推測できない？」

「ああ。あんただから正直に言うけど、さっぱりわからん」

「わたしよ、サイモン。彼女はわたしを待ってるのよ」

「おいおい、本当に狂気じみてきたぞ。時差ボケのせいじゃないのか」

「まあ見てなさいよ」

　サイモンは目を閉じた。五分後、ふたりはホテルに着いた。

　イヴは自室――オフホワイトの壁に古いカレンダーがひとつ掛かっているだけの実用本位の空間――に入ってはじめて、ニコのことを考えた。エドワーズがオフィスを出ていったあとニコにかけた電話は悲惨だった。何か適当な言い訳をでっちあげるのは簡単だったが、うそをつく気にはなれなくて、簡潔に数日間遠くに行かなければならないとだけ告げた。ニコはじっと耳を傾け、「わかった」と電話を切った。イヴが今どこにいるのかも、いつ家に帰る予定なのかも、彼は知らない。イヴは窓の外を見つめた。道路があり、その向こうに黒くきらめく水面がある。屋形船の一団が薄暗い灯りに飾られている。

イヴはニコを愛していた。そして彼を深く傷つけている。それが特に心苦しいのは、ニコが知恵も経験も備えたりっぱな大人であるにもかかわらず、どうしても彼を守るのが自分の役目であるように考えてしまうからだ。イヴは自分の真実の姿を隠すことで彼を守っているのだ。彼女の一面——それが存在することは知っていながら、彼が直視するまいとしている一面——を隠すことで。そしてその一面は、彼女が今追っている女に、そして彼女が存在している暗い屈折した世界に完全に夢中になっている。

「彼らは蘇州河《スージョウ・クリーク》沿いのシーバード・ホテルにいる」コンスタンティンが言った。「昨夜到着した」

ヴィラネルはうなずく。ふたりはフランス租界のマンションの十階の部屋に座っていた。テーブルには〈チベット氷河〉ミネラルウォーターのボトルが一本とグラスがふたつ、〈コスモス〉煙草がひとつ載っている。「つまり彼らは正規の立場でここに来ているわけではないということだ」コンスタンティンは続ける。「シーバードは格安ホテルだ、上海の基準ではな」

ヴィラネルは窓の外のまぶしく光る薄青い空を見つめる。「で、何をしにきたんだと思う？」

「その理由はおまえもわたしも知っている。あのポラストリという女はケドリンが死んだあとロンドンで聞き込みをしていた。あの当時、話しただろう。だからあの女がここにいるのなら、あの女が正しい線を追っているということだ」

「それって彼女の頭がいいってことだよね。でなきゃ、運のいいまぐれ当たりか。それなら彼女を近くでよく見てみなきゃ」

「だめだ。それはあまりに無謀だ。今のところポラストリがこの事態について真に役立つと言える手がかりを手にしていないのは確実だが、だからと言ってあの女が危険でないということにはならん。あの女のことはわたしにまかせてパリに戻れ。この作戦に幕を引かねばならんのだ。ハッカーは死んだんだ、おまえは消えねばならん」

「それはできないね」

コンスタンティンの表情がこわばった。「おまえとのこういうやりとりは望んでないんだ、ヴィラネル。行動を決定するたびにおまえと話し合わなくてはならんなど、ごめんだからな」

「それはわかってる。あんたはあたしを自分だけの殺し屋人形にしたいんだ。ネジを巻いてターゲットを指さして、バンバン！　それから箱のなかに戻す」ヴィラネルはコンスタンティンの目を真っ向から見た。「悪いけど、最近のあたしはそんなふうには動かない」

「そうか。それなら、実際にはどういうふうに動くんだ？」

「いろいろ考えて、いろいろ感じてる人間みたいに」

コンスタンティンは目をそらした。「頼むよ、ヴィラネル。わたしに感情の話をしないでくれ。おまえはそんなものに動かされるような愚か者ではないはずだ。われわれはそんなに愚かじゃない」

「そうなの？」

「そうだ。われわれは世界をあるがままに見ている。たったひとつの法しかない場所だ――生き残るべし《サバイバル》。おまえは悠々と生きのびてる、そうだろう？」

「かもね」

「それはなぜか？　それは多少無謀なことを何回かやっても、ちゃんとルールに従ってきたからだ。ロンドンでわたしは何と言った？」

ヴィラネルはいらだたしげに目をそらす。「あたしは完全に安全なわけじゃない。誰のことも全面的に信頼してはいけない」

「そのとおりだ。それをよく覚えておけ、そうすれば無事でいられる。忘れたらとんでもないことになるぞ」コンスタンティンは煙草に手をのばした。「忘れたら、われわれは完全に破滅する」

ヴィラネルは顔をしかめ、ベランダに出るガラスドアのほうに行って、ドアを開けた。蒸し暑い空気が室内に満ちる。

「健康が心配か？」煙草に火を点けながら、コンスタンティンは言った。「後頭部に弾丸をくらう心配のほうがもっと切迫してると思うがね」

ヴィラネルは彼に目を向ける。つんとする煙草のにおいに、彼と過ごしたごく最初の日々のことが思い出された。ロシアでは、彼は一日に少なくともひと箱は吸っていたはずだ。

「誰があたしを撃つって言うの？　イヴ・ポラストリ？　そんなはずないよね」

「いいか、ヴィラネル。ポラストリの仲間はたいして考えもせずにおまえを殺すぞ。ポラストリからエドワーズにひと言上がれば、MI6はE部隊を送りこむだろう。だからおまえはここを去らなければならないんだ、今すぐに。おまえが漢民族なら上海は広くてまぎれるにじゅうぶんだが、そうじゃないからごく狭い街にすぎん。どこで彼女にばったり出くわすかもしれないんだぞ」

「そんなことにはならないよ、心配はいらない。でも彼女に近づく方法がひとつある。それにおそらく、彼女が何を知ってるかを知る方法も」

「本当か？」コンスタンティンは紫煙を吐き出す。煙は生暖かい微風に乗って離れていく。

「よかったらどうやるのか聞かせてくれ」

ヴィラネルはそれを話し、コンスタンティンはしばらくのあいだ無言だった。「それはあまりに危険だ」ようやく口を開く。「可変要素が多すぎる。結局まずいタイプの注意を惹くはめになる可能性もある」

「そういう作戦はあんたの専門だって前に言ってたよね」ヴィラネルは考えこむように彼を見つめた。「恐怖、セックス、金。そうあんたは言った。大きな説得力を持つ三つの要素」

「あまりに危険すぎる」コンスタンティンは繰り返した。

ヴィラネルは目をそらす。「こんなチャンス、二度とないよ。活かさない手はない」

コンスタンティンは立ち上がった。ベランダに出る。時間をかけて煙草を最後まで吸い、吸い殻をピンとはじいて宙に飛ばした。「もしそれをやるなら、おまえは姿を見せてはならん。台本はわたしが書く。いいな？」

ヴィラネルはにんまりと笑った。獰猛な表情だった。


「くそ」イヴはスマホを見つめて言った。「出だしから幸先が悪いこと」

「話してくれ」サイモンが言う。

イヴは乱れたままのホテルのベッドに腰を降ろした。部屋は狭く、くたびれた竹製の家具が備えられており、遠くに川が見える。開けっ放しのスーツケースから下着が見えていて、階下で会うことにすればよかったと後悔する。

「ハーストよ」スマホをサイモンに渡す。「ファニンのクレジットカード追跡はダメだった」

ゲイリー・ハースト主任警部はヴィクトル・ケドリン事件の捜査主任であり、ケドリン殺しを仕組んだやつらのわずかなミスを示す手がかりを追っていた。ルーシー・ドレイクがホテルにチェックインする際に使ったクレジットカードは、ジュリア《J》・ファニン《F》が警察に盗難届を出していたが、銀行には出されていなかった。そのおかげで、ホテルのフロントでは問題なく使用できたのだ。

この矛盾がハーストを悩ませていた。とりわけ、銀行の『カードの紛失・盗難の際の相談窓口』の番号にかけたとファニンが主張し、彼女のスマホの履歴からその主張の裏が取れたときのことだ。その銀行のクレジットカード・サポート係は、英国の南西部にあるスウィンドンという街の近くに拠点を置くコールセンター会社に外注されていることが判明した。ハーストの捜査の結果、カードの紛失届が出されたあと、その会社の社員のひとりがカードの凍結を解除し、それでカードはずっと使えていたとわかった。服や飛行機やホテルに必要な何千ポンドという金額が二週間ほどのあいだ口座に入金されており、その期間が終わると支払いはぴたりと止まった。ここで捜査は行き詰まった。ハーストのメールの文面はこうだ。『現在九十人以上の従業員を当たって、JFの電話を取ったのは誰か調べている。だが関連する記録は削除されているから結果が出ても信頼はできない』

「たとえ何かの奇跡が起きて結果が得られたとしても、それだってどうせまた別のダミーに突き当たるだけの行き止まりさ」サイモンは言い、イヴにスマホを返した。

イヴはスマホをバッグにしまった。「さあ、ジン・チアンに会いにいきましょ。タクシーが下で待ってる」

外灘《バンド》に七十年ぶりに新しく建った建物——二〇〇九年にオープンしたザ・ペニンシュラ・ホテルは圧倒されるような壮麗さだ。たくさんの円柱で支えられたロビーはアールデコ調で、アイボリー色と古金色の落ち着いた雰囲気にまとめられ、広大なカーペットが会話の声を吸いこんでいる。白い制服を着たベルボーイたちが目立たないように、急ぎ足で、フロントデスクとほとんど無音のエレベーターとのあいだを行き来している。

ネットショッピングのカタログでは、イヴのミントグリーンのIラインワンピースは

『シックで夏らしいオフィス向け』と紹介されていた。だが、エレベーター内の鏡に映る姿を見ると、完全に選択を誤ったと思わざるを得ない。そのドレスはノースリーブで、イヴは腋毛を剃るときに切り傷をつくってしまった――腋の下はいまだにずきずきと痛んでいる――ため、中華人民共和国国家安全部の高官とのきわめて重要な会合を、右腕をいっさい上げることなく行わなくてはならない。

スイートには金墻《ジン・チアン》ひとりきりだった。広々とした部屋はやわらかな照明に照らされ、豪奢ながら落ち着きがある。スカイブルーのカーテンがつくるフレームに川の眺めがおさまり、さらに遠くに浦東の摩天楼群がそびえている。

「ミセス・ポラストリ、ミスター・モーティマー。お会いできてうれしいです」

「お会いくださってありがとうございます」イヴとサイモンは絹張りの肘掛け椅子に腰を降ろす。

「リチャード・エドワーズとの思い出はすばらしいものばかりです。彼はご健勝のことと思いますが？」

それから数分間は、双方が微妙に気を使っていた。ジンは紫がかったグレーのスーツを着て、静かな話し方をする男だった。彼の英語はかすかにアメリカなまりがあった。ときおりその顔にかすかに憂愁の翳《かげ》がよぎるのは、人間の行動の予測のつかない突飛さを悲しんでいるかのようだ。

「張雷《ジャン・レイ》が殺された件ですが」イヴが切り出す。

「ええ、そうでしょうね」ジンは長い指にマニキュアをした両手を突き合わせた。「あの事件は、英国政府が資金援助をしたわけでも、実行したわけでもなく、いかなる意味でも英国の工作員は関与していないというこちらの声明は伝わっていると思います」イヴは言う。「そちらの政府とわれわれとのあいだには、いくつかの不和がありましたね、特に〈ホワイトドラゴン〉と名乗る集団の行為に関するところで。この集団は中国の軍事部隊だと信じる根拠があります。ですが、今回はこの不和を解決するために来たわけではありません」

ジンは笑みを浮かべた。「ミセス・ポラストリ、〈ホワイトドラゴン〉という集団が中国人民解放軍の一部だとお考えでしたら、それは間違っておられますよ。彼らは、そして彼らのようなことをしているほかのやつらも、誰にも何も言わずに勝手に行動している困り者たちなんです」

イヴは如才なく小首をかしげてみせた。これが、中国を拠点とする盛大なサイバー攻撃についての〝北京の公式見解〟というやつだ。

「わたしたちがこの上海に来たのは、できるかぎりの手助けをするためです」サイモンが言った。「特に、ジャン中佐を殺した犯人に関することで」

「すみませんが、その男のことは単にミスター・ジャンということで」

「そうですね。すみません。ですが、リチャード・エドワーズが女性の殺し屋について、こちらの疑惑をあなたに伝えていますよね？」

「聞いています。それに、ヴィクトル・ケドリンの死をめぐる状況についても知っています」

イヴが座ったまま身を乗り出した。「どうかわたしに追わせてください。ケドリンを殺した女がジャン・レイをも殺したと、わたしたちは信じています。彼女は単独で動いているわけではなく、相当な勢力と権力を持つ組織のために働いていると考えています」

「そして実際に追跡に入ったんですね、ミセス・ポラストリ。ジャン・レイとヴィクトル・ケドリンにどういう共通点があるか、教えていただけるでしょうか？　このふたりがどちらも……その組織によって排除されなければならないような共通点があるんでしょうか？」

「現段階ではまだはっきりしたことは言えません。ですが繰り返し言っておきます、ジャン・レイの死にはわれわれも、われわれのアメリカの同僚たちもいっさい関わってはいません。ヴィクトル・ケドリンの死についても同じです」

ジンは膝の上で手を組んだ。「そちらの言明は受け取らせていただきます」

不意にイヴは腋の下の切り傷を意識した。一瞬、この椅子に張られた絹地に血のしみをつけたのではないかと考え、ぞっとした。「腹を割って話してかまいませんか？」そう言ってみた。

「どうぞ」

「リチャード・エドワーズが確信していて、わたしたちも同意しているのは、ある謎の組織——今のところ正体不明ですが——がこれらの殺人に関与しているということです。その組織の目的も実際の活動もわかっていません。彼らが何者なのかも、何人いるのかもわかりません。でも、彼らがわれわれの組織や、わたしが前に働いていたMI5にもスパイを置いているのではないかと、わたしたちは考えています。そしてほぼ確実に、ほかの諜報機関にもそうしていると」

ジンは顔をしかめた。「わたしにどういうお手伝いができるんでしょう」

話が自分の裁量を超えてころがっていくのを、イヴは感じていた。「手詰まり感が出てきている今、こちらが前進する唯一の道が、金の流れを追うことです。西側の保安関係者で、さっき話したような組織に雇われていると思われる人物をご存じありませんか、ミスター・ジン？」

めまいを呼び起こすような沈黙が漂った。この穏やかならざる質問にサイモンが驚愕しているのが感じられた。

ジンの落ち着いた表情は変わらなかった。「お茶を注文しましょうか」彼は提案した。

「わたしの黒のカーディガン知らない？」ヴィラネルが訊く。「アナベル・リーのやつ。パールのボタンがついた」

答えるかわりに、アリス・マオはうめき声を漏らした。彼女はベッドで、若い男の向こう側に寝ていた。男は彫りの深い顔立ちで、油で磨いたチーク材のようにてかてか輝く、ボディビルダー体形をしている。ふたりとも裸で、シルクのシーツの下では男の手がアリスの太腿のあいだでリズミカルに動いている。今は午後の二時半だ。

「絶対、ここのどこかに置いたんだけど」ヴィラネルはつぶやく。

アリスはいらだたしげに、腹這いになった。「やめてよ。ベッドに戻ったらどう？」

「買い物に行かなきゃ」

「今なの？」

ヴィラネルは肩をすくめる。

「ケンはすごく忙しいのよ、知ってるでしょ」アリスが言う。「こんなふうにわたしたちに合わせてくれてるのは、ものすごい厚意なのよ」

ヴィラネルはケンのことを知っている。アリスから聞いた。香港大学の学生だったが、シルヴィア・プラスの詩をテーマにした修士論文を書いていたときに、ホテルのサウナ室で才能を見出された。そして中国でもっとも有名なポルノスター、ケン・ハンになったのだ。

アリスの言葉がきっかけとなったかのように、ケンがばっとシーツをめくった。「お嬢さんがた、丸太があるぜ！」

アリスが息を呑んだ。「ああ、すごいわ、映像で見たのと同じ。ううん、もっと大きいわ。ねえ、あなた《スウィーティー》、せめてひとなでしていきなさいよ」

「悪いわね、わたしはそういうモノは近づけたくないの。とにかく、あの黒のカーディガンがいるのよ」ヴィラネルは顔をしかめる。「ねえ、どこかいい台所用品を買えるところを知らない？」

「昌化路《チャンフアルー》の普陀《プートゥ》パーラーを見てみるといい」中国一有名なペニスを得意げに見つめながら、ケンが言う。「うちの耐熱容器は全部そこでそろえたよ。ぼくはナイジェラ・ローソンの大ファンなんだ」

一時間後、ヴィラネルは普陀パーラーの通路を歩きながら、防犯カメラの位置を確認していた。ここはレストランなどを相手にする業務用品を取り扱う大型店で、考えうるかぎりのありとあらゆる調理用具や容器が売られていた。ずらりと並ぶ棚に鍋類やフライパン類、蒸し器や火鍋用の鍋、焼き型やきらめくブリキ製の調理具がうずたかく積まれている。精巧なケーキスタンドや奇抜なデザインのゼリー型が並び、まるまる中華鍋だけの通路もあった。エビを一尾ずつ素揚げするための小さな中華鍋から、牛がまる一頭入りそうなジャクージ風呂サイズの巨大なものまである。

店内に客は五人いるだけだった。ケバブ用の串についてひそひそと言い争っている若いカップルと、疲れ切った表情で点心用の竹蒸籠《せいろ》をカートに積みこんでいる男性と、ぶつぶつと独り言を言いながらメロンボーラーを品定めしている老婦人。

最後の通路に、ヴィラネルが探していたものがあった。肉切り用の大包丁だ。薄切りや角切り用のよく切れる薄刃の包丁、骨ごと手足を断ち切ってぶつ切りにするのに使えるどっしりと重たい中華包丁。ヴィラネルの目がある中華包丁に留まった。地元で作られた包丁で、二十五オンスのカーボンスチールの刃に白っぽいタイガーメープルの柄がついている。手のおさまり具合もよかった。二分後、ヴィラネルはカクテルグラスの十二個セットとカクテルに飾る小さな紙製の傘を何セットか買って、会計をすませた。買い物袋の底にはどういうふうにしてか、どの防犯カメラにも見られることなく、中華包丁がおさまっていた。


「わかった、認めるよ」イヴは言った。「わたしはあがってる」

「デートぐらい前にもやったことあるだろ?」

「これはデートじゃないもの。これは中国の保安局のトップとの面会よ」

「まあ、あんたがそう言うんなら。でもあいつはあんたに魅かれてると思うぞ」

「やめてよ、サイモン。気休めにもならないわ。こんなドレス、ものすごく着心地が悪い。それにこの靴も。こんなの履いてちゃ歩けない」

「とてもかわいく見えるぞ。やつに会うのはいつだ?」

「十分後に階下に迎えにくる。あんたの予定は?」

「おれは外灘《バンド》あたりをぶらつくかな」サイモンは肩をすくめた。「どこかでカクテルでも一杯やるかも」

「あら、いいじゃない。そろそろ下に行って待つことにするわ」

「楽しんでおいで」

イヴはサイモンにふんという視線を投げ、ちょっとよろけながら、リリアン・ジャンの新作カクテルドレスとメアリー・チンのハイヒール――高額な請求書を受け取ることを思うと血が凍りつきそうだ――という姿を鏡に映して最終チェックする。自分でも認めざるを得ない——なかなかイカしている。ホテルの美容師は魔法のような腕前で、イヴのぼさぼさの髪の毛をうしろでまとめ、縦ロール《フレンチロール》にして垂らすお嬢様ふうの髪型に仕立て上げていた。

「化粧が濃すぎないかな?」

「まさか! さっさと行けよ」

その招待は、控えめに言っても、びっくりするほど唐突にやってきた。ザ・ペニンシュラ・ホテルのスイートでの会合は、イヴがジン・チアンのことを尋ねたあと、多少行き詰まった感があった。スパイというものは、たとえ仲間内であっても、スパイ活動に積極的に従事していることを頑として認めまいとするものだ。さらに一時間ほどジャン・レイ殺しについて協議し——そのときにイヴはあらかじめ用意してきたケドリン殺しの事件調査書類を渡した——それからジンは会合を終わりにすると告げ、イヴとサイモンをロビーまで送った。

壮麗なアールデコ調のロビーでは、同じようなタイプのビジネス系の人々がみな同じように静かに会話を交わしているようだった。ホテルの重厚な正面玄関で握手を交わしたとき、ジンは少しためらった。「ミセス・ポラストリ、ぜひとも上海であなたにお見せしたいものがあります。今夜お時間はありませんか?」

「あります」驚いたことに、イヴはそう答えていた。

「すばらしい。八時にホテルに迎えに上がります」

イヴがお礼を言おうと口を開いたときには、ジンはもうすでに音もなく離れていた。

彼はきっかり八時にやってきた。スクーターに乗って。ピシッとした黒のスーツに首元を開けたワイシャツを着た姿は、ほんの数時間前に会った用心深い諜報員とはまったくの別人に見えた。

「ミセス・ポラストリ、とても……おきれいです」慇懃な笑みを浮かべ、ジンはシルクのリボンで束ねた小さなスミレの花束を差し出した。

イヴはうっとりとなった。中等教育修了一般資格試験《GCSE》用の数学を退屈しきってうわの空のティーンエイジャーたちに教えているニコのことを思い、罪悪感で一瞬胸が締めつけられた。ジンにお礼を言い、みずみずしいスミレをティッシュで包み、バッグに入れる。

「いいですか?」ジンはイヴにヘルメットを渡した。

「ええ」イヴは上海の女性たちがやっているように、横座りに乗った。

ふたりは車の流れに乗り、東南京路《ドンナンジンルー》に入った。上海でも有数のにぎやかな大通りは交通渋滞がひどく、排気ガスでむせそうだ。ジンはスクーターを機敏に操ってのろのろと這う自動車のあいだをすり抜け、赤信号で停止した。お尻の下にスクーターの震動を感じながら、イヴはかたわらの歩道をこちらに向かって歩いてくる、はっと目を惹く人物に目を留めた。均整のとれた身体つきのすらりとした若い女性。ジーンズにパールのボタンのついた黒いカーディガンを着ている。くっきりした彫りのきれいな顔の額からダークブロンドの髪がうしろになでつけられている。口もとにはわずかに、官能的な笑みが浮かんでいた。

つかの間、イヴはその女性を見つめた。あの顔を前に見たことがあっただろうか、それともただのデジャヴだろうか？　まるでその視線を感じ取ったかのように、女性がこちらを見た。美しい女性だった。猛禽のような美しさだ。だが、これほど冷酷でうつろな眼差しを、イヴは見たことがない。信号が変わり、スクーターが走り出す。気温が一、二度下がったような気がした。

五分後、交差点に立つアールデコ調のビルの前で停まった。ビルの上で尖塔の形のネオンが光の滝を流している。色とりどりの光が建物の正面を昇ったり下りたりしていた。正面入口の前びさしの上で、〈パラマウント〉という単語が夕闇のなかで輝いている。

「踊るのは好きですか？」

「え……ええ」イヴは答えた。「好きです、実は」

「この〈パラマウント〉は一九三〇年代からの有名な名所です。みんながここに踊りにきていました。ギャングも、上流のお金持ちも、美しい女性がたも……」

イヴは笑みを浮かべた。「まるで往時に戻りたいというような口ぶりね」

ジンはスクーターをロックした。「なかなかおもしろい時代でした。ですが今も同じです。行きましょう」

イヴはジンと並んでセピア色の写真が飾られている入り口ホールに入り、小さなエレベーターに乗ってゆっくりと四階へ運ばれた。ダンスホールは金箔と赤い天鵞絨《ビロード》が張られたオルゴールの箱のようだった。ステージでは床まで届くイヴニングドレスを着た中年の歌手がハスキーな声で『バイバイ、ブラックバード』を歌い、足元がはずむ床構造のダンスフロアで十二、三組のカップルが真剣にクイックステップを踊っている。

ジンはフロア横のブース席のテーブルにイヴを案内し、コカ・コーラをふたり分注文した。

「先に仕事でいいですか？」ジンが言う。

「先に仕事で」甘い炭酸飲料を飲みながら、イヴは同意した。ひと組のカップルが無言でふたりのわきをすべるように動いていく。

「わたしが何を話しても、けっして繰り返さないでくださいい、いいですね？」

イヴは首を縦に振った。「こんな会話は行われていない。わたしたちはダンスの話をしただけ——昔の上海のナイトライフの話を」

ジンはブース席の椅子のなかでさらにイヴに身を寄せ、顔を近づけた。「ご存じのことと思いますが、われわれの今は亡き友人は、旧市街のある施設のなかで殺されました。彼は外科医フェチでした。マゾヒストです。われわれはこのことを把握していました。彼はだいたい六週間ごとにその場所を訪れ、プロの性産業従事者に料金を支払って、さまざまな……医療処置のシミュレーションをさせていました。そこに通っていることは、彼は秘密にしていました。彼の同僚たちもそのことはいっさい知らなかった」

「でもあなたの部署に知られないほどの秘密ではなかった」

「そのとおりです」

ジャン・レイが国家のために働いていたとジンが実質的に認めたことに、イヴは気づいていた。

「それでは、われわれが相手にしているのは、広範囲かつ長期にわたる監視行動を実行できる組織ということになりますね……」イヴは口ごもる。「もしくは、あなたの部署が入手した情報にアクセスできる組織」

ジンは顔をしかめた。「前者については確実です。そして後者についてもじゅうぶんに考えられる」

イヴはゆっくりとうなずいた。「どちらにせよ、勢力圏の広い洗練された組織ですね」

「そうです。そして英国の組織でもアメリカの組織でもないでしょう。表沙汰になった場合の経済的影響は……」

「破滅的？」イヴが引き継ぐ。

「そう。そのとおりです」

「それじゃ、その正体について何か考えはあるのかしら？」

「今のところは具体的にはありませんが、ロシアの関与を否定することはできないでしょう。とりわけ、そちらがお考えのように、この同じ組織がヴィクトル・ケドリン殺しを実行したのなら。ですから、われわれは彼らが送りこんでいる問題の女の発見に全力を尽くします。彼女が裏口の階段から入りこみ、呉看護師《ナース・ウー》と名乗る性産業従事者を制圧したことはわかっています。ナース・ウーは襲撃者が女だったということ以外、何も覚えていません。それから、問題の女は一酸化炭素を注入するという手段でわれわれの友を殺害したのです」

「それが死因だというのは確かなんですね？　その看護師による事故ということはありえませんよね？　そもそもその女性が医療用麻酔ガスやその他の医療器具を使う資格も技能も

持っていないことは確実でしょうから」

「彼女が〝患者たち〟に投与したガスは酸素だけです。われわれはあそこにあったすべてのタンクを検査しました。それにたまたまですが、ナース・ウーはパートタイムの性産業従事者でありながら熟練した看護師でもあったんです。浦東の個人経営の病院で働いていました。ですから彼女は自分が何をやっているのかきちんとわかっていました。ですから一酸化炭素中毒の徴候を見誤ることはありません」

「唇と肌が鮮紅色になること？」

「そうです。病理学者が断言しています」

「でも、一酸化炭素のタンクも、容器もいっさいなかった？」

「ええ。殺害犯が持ち去ったんでしょう」

「そのウーという人が、襲ってきたのは女性だと断言できるのはどうして？」

「相手につかまれたとき、背中に女性の胸の感触があったことを覚えていました。それに、彼女の口をふさいだ手は力があったけれど男の手ではなかったと言っています」

「それについては確実と言えると？」

「そうです。それに裏階段の出口の向かい側、東風路に食べ物の屋台を出していた男がいるんですが、彼はこのビルがどういう場所なのか知っていて、そのドアから出てくるのは通常は男だけだということも知っています。ですから女性が出てくるのを見て、記憶に残っていたんです」

「その人は、その女の外見も記憶してるんですか？」

「いえ、西洋人はみんな同じに見えると言っていました。記憶に残っているのは野球帽だけです。ニューヨーク・ヤンキースの」

「われらが殺害犯は誰にも見られずに動くのが得意のようね。ケドリン殺しに関する資料で何か役に立ったものはありましたか？」

「大変役に立ちました。うちの局は大変感謝しておりますよ、ミセス・ポラストリ。ホテルの女の画像を東風路で働いている人々に見せましたら、あの日その女を見たような気がするという証言がけっこうな数、取れました」

「でも断言できるものはない？」

「まあそうです。残念ながら」

「あの画像は非常に画質が悪く、顔も見えません。ですから驚きはしません」

「それでもわれわれは感謝しています。われわれはビザのチェックもおこなっていますし、あらゆる国境地点も監視しています。外国人が訪れそうなあらゆるホテルやクラブ、レストランの従業員への聴取もおこなっています」

「できることはすべておこなってらっしゃるんですね」

「そうです」ジンはにっこりと笑った。「さて、踊りましょうか？」

ドラゴンフルーツ・マティーニを手に、サイモンは〈スター・バー〉のわずかしかない空席のひとつに向かっていた。ここの椅子はシマウマの革が張ってあるように見える。ニッキー・ミナージュの『ボス・アス・ビッチ』が見えないスピーカーからずんずん響き、店内は速やかに人で埋まりつつあった。サイモンはディーゼルのジーンズにコットンジャケットという格好で、この〝リッチな駐在員たちに人気のバー〟を選ぶのに使った『ロンリー・プラネット』が右側のポケットにずしりと重い。

イヴにはとても言えないが――イヴは上司であり、ここはジン・チアンの縄張りではあるが、イヴが自分抜きでジンと共に夜の街をうろつくと思うとうれしくなかった。イヴが戻ってきたときにジンと話したことをすべて聞かせてもらえるのはわかっているが、せめて彼もいっしょにどうかと提案してほしかった。彼は一種いらだたしい、ちょっと保護者的な気分もないではない（彼女のファッションセンスときたら、ああ神よ）気持ちでイヴをとても大事に思っていた。女性の上司を受け入れることのできないあわれな性差別者どもの一員では絶対にないのだが、イヴは疑う余地のない高度な知性を備えていながら、とんでもなく鈍い点がいろいろとあるようにサイモンは感じる。

本心とはうらはらに、いかにものんきそうにシマウマ革の椅子にゆったりと腰を降ろし、サイモンはカクテルをぐいとあおった。この〈スター・バー〉の内装は、上海の店としてもめちゃくちゃと言えるだろう。エメラルドグリーンのアカエイ革を張った壁にはポルノまがいの絵画が掛けられ、暖炉は黒の大理石造り、天井にはフォルチュニー・スタイルの巨大なシャンデリアが輝いている。全体として見ると、ばかげていながら魅惑的、そしてどことなく悪魔めいた印象となっていた。

マティーニは火を噴きそうなほど強く、最初は甘ったるい味がサイモンの味蕾をくすぐり、それからキンキンに冷えた〈ベリー・ブラザーズ・No3〉のドライジンがガツンと小脳を直撃した。まぶたを半ば閉じ、サイモンは舌にからみついてくる風味に浸った。ジュニパー、グレープフルーツのほのかな香り、そしてセクシーな連想をかきたてるドラゴンフルーツの甘み。くそったれ。快楽の雲に脳みそが包まれるのを感じながら、つぶやく。ツボをついてきやがる。周囲では高価な服で着飾った道楽者たちが浮かれ騒いでいる。友人同士、会社の同僚たち、恋人たち……どうしていつも、いつもこんなふうなんだ？　おれ以外の人間はみんなのうのうと、ふんだんに金を使う人生を楽しんでいる。なのにおれはいつも外側にいて、誰にも気づかれずに窓ガラスに顔を押しつけてのぞいているだけだ。

「おひとり？」

最初、サイモンは気がつかなかった。その質問が自分に向けられたものだとは思ってもみなかったからだ。やがて、すぐかたわらのほっそりした黒髪の人物に徐々に焦点が合ってきた。いたずらっぽい光をたたえた吊り目ぎみの目に、えくぼを刻む笑顔、鋭く小さな歯。

「だと思うよ、うん」

「それならここははじめてなのね。前にどこかで会ったことがあるような気がするんだけど」

「おれの名前はサイモンだ。何日か前に来たばかりでさ」サイモンはその女に目を向け、ライラック色のへそ出しタンクトップに包まれたやわらかそうな胸のふくらみと、贅肉のない引き締まった腹部、スキニージーンズと細いストラップが巻きついたかわいらしい靴に驚嘆した。彼女は疑う余地なく、彼がこれまで出会ったなかでもっとも美しい生物だった。

「どうも」彼女は言った。「あたしはジェニーよ」


ジン・チアンはすばらしい踊り手だった。『ムーン・リヴァー』のなめらかな調べに乗って、彼は手慣れた動きでイヴをフロアいっぱいまわりながら踊らせてくれた。イヴの手を軽く取り、もう一方の手を広く開いた背中のむきだしの素肌に当てて、彼女をリードする。値段が張ったけれどカクテルドレスとハイヒールの靴を買ってよかったとイヴは思った。

「それじゃあなたは一九三〇年代に生きたかったのかしら?」イヴは訊いた。

「当時はとんでもなく不平等な時代でした。多くの人にとって厳しい時代でした」

「知ってます。でもそれでも優美で……ゴージャスでもあった」

「中国の映画はご覧になりますか、ミセス・ポラストリ?」

「いいえ、残念ながら」

「わたしの大好きな映画があるんです。この上海で一九三〇年代に制作された『神女《ザ・ゴッデス》』という映画です。サイレント映画で、とても悲しい作品です。非常に美しい悲劇女優、阮玲玉《ルアン・リンユー》が主演しています。顔や動作での感情表現が見事なんです」

「すばらしい女優のようね」

「彼女は自殺しました、二十四歳で。恋に破れたんです」

「ああ、それは……悲劇ですね」

「そのとおりです。昨今では上海でも恋のために死ぬ人はそう多くはいないでしょう。金儲けに忙しすぎて」

「あなたはロマンティックな方のようね、ミスター・ジン？」

「今ではこういう人間は数少ない。でも、われわれの行動は秘密裏におこなわれるものです」

「スパイみたいに？」

ふたりは共に笑みを浮かべ、『ムーン・リヴァー』の曲が終わった。ステージのまわりのアイスブルーのネオンがチカチカと点滅し、歌手はそのまま『イパネマの娘』を歌いはじめる。

「フォックストロットだ」ジンが言う。「わたしはこれが大好きなんです」

「つまずかせちゃったらごめんなさい――わたしの二本の左足で」

「あなた、左足が二本もあるんですか？　本当に？」

「そういう言い回しがあるの。わたしはちょっとばかり不器用だって意味」

「あなたにそういう言葉は決してあてはまりませんよ、ミセス・ポラストリ」

半時間後、ふたりはふたたびスクーターに乗り、ネオンがまばゆく輝く通りを爆走していた。イヴは存分に楽しんでいた。ジンは話題の豊富な男性だった。湖南《フーナン》料理、昔の中国映画、そしてその合間合間にポストパンク音楽。お気に入りは〈ギャング・オブ・フォー〉です、と彼は言った。四人組《ギャング・オブ・フォー》というのは中国文化大革命を主導した四人を指す言葉だ。「そんな名前に抵抗できると思いますか？」このとき、イヴは気づいた――ちょっと斜《はす》にかまえたうわべの魅力とはうらはらに、ジン・チアンには鋼鉄のような堅固さがある。窮地に立たされれば、この男は困難な選択をし、冷酷な決断を下すだろう。

スクーターは路地裏のあまり好感の持てない見てくれの建物の前で停まった。ジンがドアを開けると、油っぽい蒸気が顔に吹きつけてきた。なかは人がぎゅうぎゅうで、耳を聾《ろう》する騒音が鳴り響いていた。誰もがどなりあっているようで、厨房からはソースパンや中華鍋のガチャガチャいう音がひっきりなしに聞こえてくる。戸口に突っ立っていたイヴは、出ていく客に乱暴に押しのけられた。ジンは彼女の腕を取り、小さなカウンターのほうに導いた。油じみたエプロンをつけた小柄な老婆があらわれ、ふたりをプラスチック天板のテーブルに誘導した。老婆は目をすがめてイヴを見て、甲高い声の中国語でジンに何か言った。

「わたしがとてもいけない坊やだと彼女は言っています」ジンはイヴに言った。「わたしがあなたをナンパしたと思っているようです」

イヴは笑った。「メニューを見るのを手伝ってもらわなきゃ」

ジンは壁にピン留めされた品書きに目を向けた。「食用ガエルの焼酎《ライスワイン》漬けはどうですか？」

最終的に、ふたりはスパイシーな串刺しエビとクミンをまぶしたスペアリブを冷たいビールで流しこんだ。イヴがこれまでに堪能したどの料理と比べても、とてもおいしかった。

「ありがとう」もうこれ以上食べられなくなって、イヴは言った。「すばらしかったわ」

「なかなかでした」ジンも同意した。「それに話も気兼ねなくできましたし」

彼の言わんとする意味はイヴにもわかっていた。ここの騒音のすごさでは、盗聴は不可能だ。

「お渡ししたいものがあります」ジンはテーブルの下で、イヴの膝に封筒を置いた。

イヴは身動きもしなければ、口を開きもしなかった。

「職を失うリスクを冒してあなたを信頼しますよ、ミセス・ポラストリ。あなたの言っていることが正しければ、われわれは共通の敵に――あなたが言っているその組織に――向き合っていることになります。われわれは手を組んで動くべきでしょう。ですが、北京はそういうふうに考えてくれるとは思えません、だから……」

「わかっています」イヴは静かに言った。「どうもありがとう。あなたの協力はむだにはしません」


サイモンはすぐに気づいた。おそらくは、ジェニーの両手に。彼女の頬骨や口の造作にある何かに。だが、そんなことは気にならなかった。彼は夢中になっていた。

彼女はベビーシッター会社で働いていると言った。静安《ジンアン》区の、アートシアターの近くのワンルームマンションに住んでいるとも言った。話しているあいだ、彼女はじっとサイモンを見つめていた。こんなふうに彼を見つめてくれる人は誰もいない。やさしい、ひたむきな眼差し。切れ長の茶色の目が忍耐強く彼に注がれていた。

大学時代につきあった女子はひとりいた。英文学科の学生で、ウクレレバンドをやっていた。ときどきいっしょに寝ていたが、彼女が自分に何を求めているのか、サイモンにはさっぱりわからなかった。そして最終的に、その関係は友情になった。そのほうがどちらにとっても居心地がよかったからだ。ぼんやりと考える――自分はゲイなのだろうか。若気の至りというか、実験的精神で、男性の指導教員の誘いに乗ったことがあった。彼は中世史学者で、グレゴリオ聖歌とビシバシぶたれるのが大好きな男だった。だがどのみちそれもうまくはいかなかった。結局サイモンはセックス関連のことはすべてやめにして、学業に専念することにした。そしてトップクラスの成績と、焦点の定まらない切望とを抱いて卒業した。何に対して、誰に対してそんなに焦がれているのか、自分でもわからなかった。そして一年近く、職にも就かず、誰ともつきあわずに自宅にこもっていた。やがてある日、友人がほとんど冗談でMI5の新人勧誘ページへのリンクをeメールで送ってきた。初日から、諜報の世界はわが家のように感じられた。

彼はジェニーに、〝ここへは仕事で来ている〟と告げた。これだけでジェニーは満足したようで、彼の好きなものや嫌いなものについてあれこれ質問した。彼が見た映画やポップビデオ、ボーイバンドやセレブ、ショッピングやファッションについて。たいていの人はこうした子どもっぽい世界観をいらだたしいと感じるだろう。だがジェニーはうっとりと耳を傾けた。

ドラゴンフルーツ・マティーニを二杯飲んだあと(ジェニーはいじらしいことにスプライトを飲んでいた)、ふたりは踊った。プレイリストはポップミュージックで、ジェニーはどの曲でもいっしょに歌った。サイモンはダンスがあまり得意ではなかったが、フロアはあまりに混み合っていて、すり足で動いて首を振るのがせいぜいだった。テンポがスローになり、サイモンは彼女の腰に両手を当て、静かに揺れるその動きを感じながら、アップに上げた髪にピン留めされたジャスミンの花の香りを吸いこんだ。陶然として彼女を抱き寄せると、彼女はサイモンの肩に頭をもたせかけた。万が一盗まれたらという不安のためあえて脱がずにいたジャケットごしに、彼女の胸がしっかりと押しつけられるのが感じられた。心臓がどきどきと高鳴り、サイモンは思わず彼女のこめかみにかかるやわらかな巻き毛に唇をふれた。気づかれはしないだろうと思っていたが、彼女は気づいた。そして顔を彼のほうに傾け、唇を半開きにした。

彼女にキスし、甘やかな舌がちろちろと動くのを感じ、サイモンは頭が強烈にくらっと浮き上がるような気がした。気絶するかと思うほどだった。彼女は唇を彼の頬にすべらせてゆき、小さなとがった歯を彼の耳たぶに当てた。「あたしは生まれたときから女の子だったわけじゃないのよ、わかってるよね」彼女がささやく。

サイモンはわかっていた。その証拠が股間をせりあがってくるのが感じられた。

「いいんだ、ジェニー」サイモンは言った。「本当にいいんだ」

シーバード・ホテルに戻ると、イヴはサイモンの部屋のドアをノックしたが、彼はまだ出かけていた。楽しくすごしてくれていればいいんだけど、とイヴは願う。彼はよき友であり同僚だが、たまには気をゆるめてくつろぐ必要がある。

自室に戻り、ジンから渡された封筒を取り出す。なかにはA4サイズの紙が一枚入っているだけだ。それはふたつの国際銀行間の資金の移動をプリントアウトしたもののようだった。銀行も口座保有者もナンバーコードであらわされているだけだったが、総額は千七百万ポンドをちょっと超えていた。

しばらくその紙を見つめ、その重要性を見抜こうと努めたが、紙を封筒に戻し、ブリーフケースにしまった。ジンは明日北京に戻る。ジャン・レイ殺しの捜査は引き続き行われるが、イヴに助力できることはもうない。サイモンと共にロンドンに戻り、リチャード・エドワーズに報告して、ジンがあれほどのリスクを冒して渡してくれたこの手がかりを調べるべきだろう。それにニコとの関係も修復しなくてはならない。どうしても。また家に戻れるのはうれしいが、心のどこかでは上海を――その贅沢な異質さを、無数の香りと色を――恋しく思っていた。また別のどこかでは――認めざるを得ない――ジン・チアンをも恋しく思っていた。

ベッドに入り、今夜のことを詳細に振り返った。特にダンスをしたときのことを。開け放してある窓からかすかな風が入り、それと共に蘇州河のすえたにおいも運ばれてくる。ほどなくイヴは眠りに落ちた。

夢とうつつのあいだを漂いながら、サイモンはこれまで感じることは不可能だと思っていた平和な気分に浸っていた。かたわらでジェニーが寝返りを打ち、眠たげに両腕を頭上にのばしている。「あたしが好きって誓う?」ジェニーがつぶやく。「ただセックスがしたかっただけじゃないって?　一発ヤって、バイバイ、ジェニーってわけじゃないって?」「きみを好きかって?」そう言ってやりたかった。「愛してるさ。きみはおれがずっと求めていたものすべてだ。きみと共に生きるためなら、仕事も祖国も、おれが知っていて信じているものもすべてなげうってもいい」だが、サイモンは何も言わなかった。ただ、彼女の左胸の青白いふくらみに軽いキスをそっといくつかしただけだった。彼女はしばらくサイモンを見つめた。それからまぶたを震わせると、彼女は自分の乳首をつまみ、ふたたび愛の営みがはじまった。

しばらくしてサイモンが目を覚ますと、半ば閉じたまぶたの下から、ジェニーが忍び足で室内を歩いているのが見てとれた。腰はほっそりして、長い髪が肩を隠すように揺れている。最初ここに連れてこられたとき、サイモンはこの部屋の安っぽさに内心驚いた。引き出しと化粧台のついた安物のチェスト、ショッキングピンクのカーテンとベッドカバー、壁に掛かっているハローキティのポスター。今、彼女はサイモンの服に手をふれていた。ひとつしかない椅子に投げかけていたジャケットに指を走らせ、ほっそりした手が見えなくなったかと思うと、一瞬後にサイモンのスマホを握ってまたあらわれた。二秒ほど、彼女はうっとりとそれを見つめ、スマホをもとの場所に戻した。その行動にサイモンは胸を打たれた。こういう高価な機種は自分にはとうてい手が届かないと考えているのだろう。そう彼は推測した。

それから、彼女は猛スピードで服を着た。白いボクサーショーツとジーンズをはき、Tシャツをかぶり、スニーカーをはく。忍び足でこちらにやってくるのに気づき、サイモンは眠っているふりをした。彼女はしばらくサイモンの上に身をかがめ――彼女の息づかいが聞こえるほどの近さだった――それから音をたてずにあとずさった。サイモンが目を開けると、彼女がサイモンのジャケットに手を入れ、スマホを取ってそそくさと部屋から出ていくのが見えた。

サイモンはしばらくそのままベッドに横たわっていた。ショックのあまり動くことができなかった。それからベッドから飛び起き、ラタンのブラインドを上げた。街灯の下を速足で歩くジェニーが一瞬見え、それからその姿は消えた。

恐怖で吐きそうになりながら、サイモンは服を着て狭い階段を駆け下り、通りに出た。ふたりが寝ているあいだに雨が降ったせいで、あたりには濡れた街路のにおいがたちこめていた。じきに息が切れ、靴擦れで足が痛くなった。シャツが汗でじっとりと濡れていた。

だが前方に彼女が見え、サイモンは自分を奮い立たせてあとを追った。いったい何なんだ、くそ？　まったくもう、何なんだ、ほんとに？　おれはとんでもなく古くからある手にまんまとひっかかったのか？　もしイヴとリチャード・エドワーズにこんなことを知られたら

――ちらとでも知られたら――おれは終わりだ。まったくもってびっくり仰天のプロ失格の行動。とんでもない恥さらしだ。ナイトクラブで女装男のハニートラップにひっかかったのだ。ペニスつきのかわい子ちゃんに。混じりけなしのバカだと思われるだろう。

チャンスは一回きりだ。彼女をつかまえて、どうにかスマホを取り戻す……もしかしたら、万が一の可能性として、ジェニーは本人が言ったとおりの子なのかもしれない。もしかしたらただ、外国製の高機能スマホを盗んでいくばくかの現金を稼ぐという誘惑に抵抗できなかっただけなのかもしれない。頼む、と祈りながら、サイモンは人込みのなかを縫うようにすり抜け、じめっとした夜気を肺に吸いこむ。頼むから、これを大ごとにさせないでくれ。何か笑いごとですむような結果になってくれ。どうかジェニーを取り戻させてくれ。なぜなら、今後の人生で、もう二度とあのような、手足をからめあう夢のような至福を経験できないとわかっているからだ。

街路はどんどん細くなり、人けが薄れてきた。いつの間にか街灯が消え、建築途中で放り出された住居が立ち並ぶあいだにワット数の低い裸電球が吊り渡されているだけになっていた。だらりと垂れ下がった日除けの下から無気力な顔が、歩いていくサイモンを見上げている。まだ営業している屋台がいくつかあり、炭火の上で中華鍋がじゅうじゅう音を立てている。サイモンは足取りをゆるめ、がたつくテーブルをよけた。その上には何かうごめいている生き物がはいったプラスチック製のボウルが載っていた。

ジェニーは相変わらず前方四十メートル足らずの距離にいる――くそ、すいすい歩いてやがる――そして今や、あたりは何か新築の住宅地のようなものになっていた。レンガふうの建材でできた壁の住宅が並ぶ区画が照明のない細い通りに隔てられ、碁盤目をつくっている。あたりはほとんど人けがなく、もし彼女が振り返ったら、見つかってしまうだろう。

物陰に身を潜め、サイモンは腕時計を見た。午前二時近い。ジェニーに声をかけたいという誘惑は身悶えするほど強烈なものだった。だが、本当のことを知らねばならない。

一軒の入り口で、彼女はブザーを押した。三十秒ほどして、薄暗い光の輪のなかに人影が足を踏み出したのを見て、サイモンは即座に、当初想像していた以上にまずい事態だと悟った。その男は中国人ではなかった。ロシア人か東欧人のように見える。そして全身から筋金入りの諜報員だとわかる。遠目でも、威圧感と無情さが見て取れる。くそ、やられた。ジェニーがその男にＭＩ６支給のスマホを渡すのを見て、サイモンはひとりごちた。完全に、完膚なきまでにやられたのだ。

あまりにもみじめで嘆くこともできないまま、サイモンは男の容貌を克明に記憶にとどめようとした。ごく短い会話が交わされ、男とジェニーは共に家のなかに消えていった。一分ほどして、サイモンは用心しながら入り口に近づいていき、名前や番地はないかと探した。どちらも見当たらなかったが、ふたたびこの家を見つけることは絶対にできるという自信があった。

イヴにはただスマホをなくしたとだけ言おうと考える。スマホが盗まれたと報告し、ジェニーについては何も言わない。だが、自分にうそはつけないことはわかっていた。結局イヴに何もかも話し、辞職を申し出るだろう、可及的速やかに。イヴはそれを受け入れ、彼をロンドンに送り返し、そこでリチャード・エドワーズによる疑う余地なく不愉快極まりない事情聴取が行われるだろう。そしておそらく——それを考えると心が悲しみに沈んだ——彼はそのまま盤上に残されるだろう。おとりとしてジェニーのもとに戻され、彼女を使っている黒幕を見つけるのに使われる。

家から五十メートルほど離れたところで、自分の名前が呼ばれるのが聞こえた。

空耳だと確信していたが、サイモンは足を止めた。だが、それはもう一度聞こえた。生温かい湿った空気に乗って、低いながらもはっきりと。ジェニーか？　どうして？　彼はアパートで眠っていると彼女は思っているはずだ。

「サイモン、こっちよ」

声は彼の左手の、明かりのない路地から聞こえた。心臓をどきどきさせながら、おそるおそる五、六歩踏み出す。闇のなかで動く気配があり、夜気に漂う不釣り合いなフランス製の香水がかすかに香った。

「そこにいるのは誰だ？」サイモンの声は揺らいでいた。

一瞬、闇のなかから人影が躍り出たような気がした。それから中華包丁が一閃し、カーボンスチールの刃が猛烈な勢いで彼の喉を襲った。ほとんど首が切断されていた。

闘牛士《マタドール》のようにつま先立ちになってサイドステップを踏み、悪鬼のような目をしたヴィラネルは、倒れていく身体から噴き出る黒い血しぶきをかわした。サイモンの四肢はがくがくと震え、首からぶくぶくと泡が噴くような音がしている。彼が死ぬときに、ヴィラネルは強烈な感覚のほとばしりを感じていた。凍りつき麻痺するほどの強烈さに、ほとんど膝が地面につかんばかりになった。そのまましばらくうずくまり、強烈な感覚の波が次々と全身を通り抜けていくにまかせる。それから中華包丁を死体からもぎ取ってビニールの買い物袋に放りこみ、次いで血まみれの手術用手袋を入れると、足早にそこから離れた。

十分後、一軒のアパートの前に止めてあるキムコのスクーターに、ヴィラネルは目を留めた。キーのロックを破り、キックスタートでエンジンをかけて、北に向かう。細い通りを選んで走り、南蘇州路《ナンスージョウルー》に出たところで黒々とたゆたう川面にビニール袋を投げ捨てた。美しい夜だった――空は紫色、街は落ち着いた金色――そしてヴィラネルは躍動するようなわくわくした心地を、生き生きした感覚を味わっていた。英国人のスパイを殺したことで、彼女の内なる何かが復活していた。張雷《ジャン・レイ》殺しはプロとしての満足感は得られたものの、殺した瞬間の衝撃的な高揚感はなかった。それがサイモン・モーティマーを殺したことで、原点への回帰を果たしたのだ。熾烈で芸術的な殺しへ。手に感じた中華包丁の重みは、十代のころ父親に使い方を教わったスペツナズのマチェーテとそれほど変わらなかった。最初はあつかいにくいが、正しく使えるようになると必殺の武器になるところも。

中華包丁の美しさはともかく、ヴィラネルには選択の余地はなかった。ジェニーはコンスタンティンから、密会場所まで決して尾行されるなと命じられていた。必要なら英国男は薬で眠らせろ、とも言われていたが、ケチな売春婦のジェニーはへまをし、コンスタンティンを見てしまったサイモン・モーティマーはもはや生きて帰ることを許されなくなった。まあ、その是非については論じあいたいところだ。ともあれ、この殺しはほぼ確実に、〈三合会《トライアド》〉――伝統的に殺人の道具に大包丁を使う中国の犯罪組織――の仕業ということになるだろう。イヴ・ポラストリにはこちらのメッセージははっきりと伝わるだろうが、それ以外は全員――マスコミも警察も――サイモン・モーティマーはただの観光客で、間の悪い時間に間の悪い場所にいただけだと考えるだろう。

フランス租界に向かおうとしたとき、ある考えが頭に浮かんだ。ものの数分で、スクーターはシーバード・ホテルの隣の建物の前に止まった。ホテルは、入り口の上にかかる小さな青いネオンサイン以外明かりが消えている。イヴがどの部屋に泊まっているか、ヴィラネルは知っていた。イヴとサイモンが到着した夜から、コンスタンティンの監視員たちがイヴの出入りを監視していたからだ。

ヴィラネルは音もたてずにホテルの側面壁をよじ登っていった。ほぼ暗闇に近かったが、古びた配管パイプとバルコニーの鉄枠を手がかり、足がかりにして易々と登ることができ、三階の開け放された窓に足から先にすべりこんだ。

二分ほどのあいだ、ヴィラネルは身じろぎもせずそこにうずくまった。それから、音をたてずにベッドに向かった。

イヴの服が椅子に掛けられていた。ヴィラネルは黒いシルクのカクテルドレスをそっと手の甲でなで、それからドレスを取り上げて顔に押し当てた。ごくかすかに、汗と排気ガスのにおいがした。

イヴはわずかに口を開け、片腕を枕の上に投げ出すようにして寝ていた。淡いベージュのキャミソールを着ている。メイクを落とした顔は思いがけず無防備に見えた。その傍らに膝をつき、ヴィラネルはイヴの寝息に耳を傾け、温かな香りを吸いこんだ。イヴの口がかすかに震えるのに目を留め、ヴィラネルは舌の先で自分の上唇にふれた。そこはごくごくわずかながら、脈打ちはじめていた。

「モイ・ヴラーク《あたしの敵》」ロシア語でつぶやき、イヴの髪に手をふれる。

それから、ほとんど今思いついたかのように、部屋を探しまわった。チェーンでベッドにつないである、ダイヤル錠つきのブリーフケースには手をつけないことにした。だが、ベッドのサイドテーブルに置かれた、金の留め金のついたきれいなエタニティー・ブレスレットを盗った。

「ありがとう」そうささやき、イヴに最後の一瞥をくれて、音もなく窓からすべり出る。ちょうどそのとき、遠くのほうで救急車とパトカーのサイレンが聞こえた。だがイヴは身じろぎひとつしなかった。

五週間後、デヴァー研究所の上に広がる空は真昼だというのに灰色で、雨の気配を漂わせていた。ハンプシャーにあるブリントン村の外側に広がる六十エーカーの土地におさまっている、元イギリス兵站軍団のバラック群は、外側から見れば荒廃した赤レンガブロックのかたまりとプレハブ小屋の集まりにしか見えない。有刺鉄線を上にからめた金網フェンスと写真撮影禁止の看板が、この場所に人を寄せつけたくないという陰気な意志を伝えている。

　世間から見放されたような雰囲気ではあるが、デヴァー研究所は実際は活発に活動しており、最高機密政府資産に分類されている。ここにはさまざまな機能があるが、そのひとつにE部隊――秘密情報部《SIS》を支える〝隠密任務〟を担っている特殊部隊――の活動基地という側面がある。

　守衛詰め所で身分証を呈示して、リチャード・エドワーズはひび割れたアスファルトが広がるエリアに三十年物のメルセデス・ベンツSクラスを停めた。周辺をゆったりと巡回している警備員ふたりを除けば、あたりに人はいないように見える。主要な管理ブロックのわきを通りすぎ、リチャードは窓のない低い建物に入っていった。地下の射撃場に下りていくと、この基地の火器係カラム・デニスに厳しく見守られながら、イヴがグロック19拳銃の分解実習をおこなっていた。

「どんな調子だね？」ガンマットの上にスライド、スプリング、バレル、フレーム、マガジンがきっちりと並べられるのを見ながら、リチャードは尋ねた。

「まあ、さまになってきたかな」カラムが言う。

　イヴは射撃場をじっと見つめた。「最後にもう一回練習していい？」

「ああ」カラムはリチャードに防音用のイヤーマフを渡した。

「こっちの準備はできてる」イヴは自分のイヤーマフをつけた。

カラムはノートパソコンに一連の指示を打ちこみ、エンターキーを押した。射撃場が真っ暗になった。十五秒がすぎた。換気装置のささやきとカチカチという金属的な音しか聞こえないその十五秒間に、イヴはグロックを組み立てた。それから射撃レーンの向こう端にターゲットの人間の上半身が一瞬明るく浮かび上がり、イヴは二発撃った。闇のなかで銃口がまばゆく光る。さらに四つ、静止ターゲットがあらわれ、イヴはそれぞれ二発ずつ撃った。最後のターゲットは横方向に動くもので、イヴはマガジンに残っていた最後の五発を立て続けに撃ちこんだ。

「あーあ……」カラムは双眼鏡を下ろし、かすかに笑みを浮かべた。「彼の午後は台無しだ」

一時間後、イヴとリチャードは外に出て、車に戻った。霧雨が降っていて、イヴの髪を黒々と濡らした。

「こんなことをする必要はないんだぞ」リチャードはイヴに言った。「本来ならわたしはきみをこの捜査からはずすべきなんだ。きみをＳＩＳの正規の職員にしてな」

「もう遅すぎるわ、リチャード。あの女はサイモンを殺した。だからわたしがあの女をつかまえてやる」

「そうと決まったわけじゃない。警察の報告では、〈三合会〉が殺したのはほぼ確実ということだ。それにサイモンがひっかかったジェニー・チョウなる人物と犯罪組織のつながりもわかってるんだ」

「リチャード、頼むからわたしをバカあつかいしないで。〈三合会〉が観光客をぶった切るわけないじゃない。あの女がサイモンを殺したのよ、ケドリンやほかの人たちを殺したのと同じように。わたしはサイモンの遺体を見たのよ。ほとんど首をはねられたに等しかった」

リチャードはメルセデス・ベンツのロックを解いた。しばらくその場に立ったまま、頭を下げた。「ひとつだけ約束してくれ、イヴ。もしその女を見つけたとしても、絶対に彼女のそばに近寄るな。絶対にだ。わたしは本気で言っているんだぞ」

イヴはいっさい表情を浮かべず、顔をそむけた。

「きみが携帯すると言ってきかないその武器だが。射撃場で多少悪くない成績をとったからと言って、思いきりやっていいという許可をもらえるなどと考えるな。断じてそんなことはないからな」

「リチャード、わたしがこの十日間をこのデヴァーで過ごしたのは、彼女にわたしのことを知られたからよ。サイモンを殺したのはメッセージなのよ、わたしに宛てた。彼女はこう言ってる——あたしはおまえも、おまえが大切に思ってる人たちも殺《や》れるんだよ、いつだってこっちの殺りたいときに……」今は腰のホルスターにおさまっているグロックを、イヴは軽くたたいてみせた。「彼女にどんなことができるかがわかった、だからわたしは用意をしなくちゃならない。それだけのことよ」

リチャードはやれやれと言うように首を振った。「きみを関わらせるんじゃなかった。重大な誤ちを犯してしまった」

「そう、わたしは関わってる。これを終わらせる唯一の道は、わたしが彼女を見つけて殺すこと。だからどうか、それをさせて」

射撃場に戻っていくイヴを、リチャードはじっと見守った。それから車に乗りこみ、エンジンをかけてワイパーを作動させ、ロンドンに向かって走りはじめた。

4

ヴィラネルは身体がからまりあうぬくもりのなかで目を覚ました。ベッドの端にはアンヌ＝ロールがうつぶせになって寝ている。蜂蜜色の髪が波打ち、日に焼けた腕の片方はキムの胸の上に投げ出されている。アンヌ＝ロールの全身が理想の曲線美だとすれば、キムは眠っているときでもオオヤマネコの優美さを保っている。彼の容貌はすっきりとやせていて上品で、フランス系ベトナム人の祖先を思わせる。腕と脚は象牙色をしており、筋肉の形が朝の光のなかにくっきりと浮かびあがっている。

バスルームに行ってシャワーを浴びる。裸のまま、ごく小さな細長いキッチンに行き、ビアレッティのエスプレッソメーカーにエディアールの〈スーラ・コートダジュール〉ブレンドの粉を入れて、セラミックトップのこんろのスイッチを入れる。細長いキッチンの向こう端にガラスのスライドドアがあり、その先に小さいテラスがある。今は九月で、パリは死にゆく夏の輝きに染まっていた。地平線は青白くかすみ、隣のビルの屋上でハトがクークーと鳴いている。六階下のヴォージラール通りを流れる車の列のかすかな音が上がってくる。

アンヌ＝ロールは五か月前に寝室ひとつのマンションを相続した。財務省の首席官僚をしている夫のジルには、そこで〝書き物〟をしたり〝考えごと〟をしたりすると伝えている。もしジルがそういうことは妻らしくないと考えたり、別の用途に使われているのではないかと疑いを持ったりしても、彼はそれを口に出したりはしない。なぜなら彼自身、最近愛人を囲っているからだ。正確に言うと、それは彼の秘書をしている地味で野暮ったい女で、連れていても見栄えはまったくしないが、アンヌ＝ロールとはちがってあれこれ質問したり、彼を批判したりはしない。

ヴィラネルはテラスに立ち、市街地を見渡しながら、コーヒーがコポコポ沸く音が聞こえるのを待った。寝室で、アンヌ＝ロールがもぞもぞと身動きし、指先で眠たげにキムの身体のくっきりした輪郭をなぞっている。キムは二十三歳のバレエダンサーで、パリ・オペラ座バレエ団の団員だ。アンヌ＝ロールとヴィラネルは十二時間前に、あるファッションデザイナーが開いたドリンク・パーティーで彼と知り合った。ものの三分で、ふたりは彼を口説き、三人で抜け出した。

アンヌ＝ロールはキムにまたがり、彼の筋肉質の太腿に両手をついている。彼女の目はまだ半分閉じていた。ヴィラネルはコーヒートレーをベッドサイドのテーブルに置き、ソファの上に散らばっていた服を取りのけると、やわらかなブロケードの上にネコのように寝そべった。友人がセックスをするのを見るのは好きだったが、今朝はアンヌ＝ロールのあえぎかたや吐息や髪の振り乱しかたに、妙なわざとらしさを感じる。これはパフォーマンスだ。キムのうつろな表情や義務的に腰を動かすようすから、彼も本気になっているわけではないとわかる。

彼の目をとらえ、ヴィラネルは曲げた両脚をぐいと持ち上げて、ゆっくりと開いて見せた。それからひどくゆっくりと、これ見よがしに、陰部を指でいじりはじめた。アンヌ＝ロールは気づいていないようだったが、キムはヴィラネルの股間を凝視していた。ヴィラネルは彼の目を見つめ返し、彼のぐっとこらえようとする苦悶の表情に気づいた。そして、クライマックスに至った彼が激しく身を震わせるのを見守った。数秒後、哀しげな叫びをあげ、アンヌ＝ロールはキムの上に倒れこんだ。

ソファの上で、ヴィラネルは身体をのばし、指をなめた。彼女にとってセックスは、つかの間の肉体的な満足感を与えてくれるものにすぎない。それよりはるかに興奮するのは、相手の目を見つめて、自分が絶対的なコントロールを及ぼすことができる——催眠にかかった獲物の前でゆらゆらと身を揺らすコブラのように——と知ることだ。だがそのゲームもまた退屈になってきていた。みんなあまりに易々と服従するからだ。

「コーヒーいる人？」ヴィラネルは訊く。

半時間後、キムはオペラ座のバレエのレッスンに出かけていき、ヴィラネルとアンヌ＝ロールはテラスに出て座っていた。アンヌ＝ロールは絹の着物を、ヴィラネルはシガレット・ジーンズにミュウミュウのセーターを着て、髪をねじってぞんざいなシニヨンにまとめている。ふたりとも裸足だった。

「で、ジルはまだあなたとファックしてるの?」ヴィラネルは訊いた。

「ときどきね」アンヌ＝ロールはかたわらのパッケージから煙草を取り、金色のダンヒルのライターで火を点けた。「たぶん、完全にやめちゃったら、わたしが何か勘ぐりはじめるんじゃないかと思ってるのよ」

ふたりは黙りこんだ。目の前には朝の光に照らされた静謐なパリ六区の屋根の連なりが広がっていた。こんなふうにのんびり座って、とりとめのないおしゃべりをして午前中の時間をつぶせるのは贅沢なことだと、どちらもわかっていた。六階下の路上では人々があくせくと仕事に出かけ、タクシーの争奪戦をしたり、ぞろぞろとバスや地下鉄車両に向かったりしている。アンヌ＝ロールもヴィラネルも金銭的な不自由はなく、財政的に満たされている。そのおかげで、こうした日々の雑事にまみれずにすんでいるのだ。気ままにマレ地区の高級古着店を漁ったり、〈ヤムチャ〉や〈クリスタル〉でランチをしたり、〈カリタ〉でトムに髪をセットしてもらったりすることができている。


ロンドンの上空は、今にも雨が降り出しそうな鉛色をしていた。地下鉄グージ・ストリート駅の上のオフィスで、イヴ・ポラストリはコピー機から用紙の束を取り出し、また入れ直した。だが紙詰まりのサインは点滅を続けている。

「くそ、おまえもか」そうはきすて、イヴは電源ボタンを切った。

今使っているのは十五年物のコピー機だ。お陀仏になったスキャナーは、今はプラグを抜かれて床の上にころがっている。早晩イヴはそいつにつまずいてしまうだろう。新しいオフィス機器か、せめて修理代を出してほしいという要請は出していたが、ヴォクソールクロスからは漠然と了承したという返事があったきりで、組織の資金繰りの複雑怪奇な仕組みを考えると、望みは持てそうになかった。

今日、新たな同僚がふたり、イヴの元にやってくることになっていた。どちらも男性だ。リチャード・エドワーズはこのふたりのことを〝進取の気性に富んだやつら〟と言っていたが、何を意味しているかは不明だ。推測するに、秘密情報部《SIS》の上命下達のヒエラルキーに適応しきれなかったできそこないふたりへの懲罰配置だろう。どういう経歴かは知らないが、ふたりともこのオフィスを見て昇進したとは思うまい。

これまで補佐役が座っていた傷だらけのスチールデスクをちらりと見る。散らばっている私物――サーモスの水筒、ペン立てにしているカイリー・ミノーグのマグカップ、ディズニーの『アナと雪の女王』のスノードーム――は彼が置いていたときのまま、手つかずにしてある。うっすらと埃をかぶりはじめているそれらを見ていると、とてつもない疲労感に襲われた。かつて、イヴの任務は単純明快で、その目的もはっきりしていた。サイモンが殺されてから三か月がたった今、痺れるような不安がのしかかってきていた。これまではきわめてくっきりしていた仕事の輪郭が溶けてぼやけ、オフィスのしみで汚れた窓ガラス越しに見る景色のように不鮮明なものになっていた。

漠然とながら、もしかしたら外見にもっと気を配るべきだったかもしれないと考える。ジップアップのジャージの上に、スーパーで買った尻まわりがダボダボのジーンズ、スニーカー。サイモンはいつも、もうちょっと身だしなみに気を配れとイヴに説いていたが、ショッピングやメイク、髪の手入れといった虚栄的なことがらに、イヴはまったくそそられなかった。テムズハウスの警護業務分析課で働いていたとき、気のいい同僚がある日の午後、高級スパに連れていってくれた。イヴはせいぜい楽しもうとしたが、気が遠くなりそうなほど退屈だった。何もかもがあまりにつまらなく思えた。

ニコについていつも大好きだと思えることのひとつは、彼もまた、こうしたことをいっさい重要視しないというところだ。彼はイヴに、自分が美しいと感じさせてくれる。そしてたびたび、ごくごくさりげない瞬間——着替えているときやお風呂から上がったとき——に、彼のまっすぐ心にしみこんでくるようなやさしい眼差しが自分に向けられているのに気づくことがある。

あとどれくらい、彼はそういう目を自分に向けてくれるだろう。これからどれだけ、彼を理不尽な目に遭わせなければならないだろう——ある朝目が覚めて、もう耐えられない、続けられないと彼が思うまで？　もうほとんどその域に達しているにちがいない。イヴは夜な夜な自宅アパートの床を、ウォッカ・トニックを手にアルコール依存症の幽霊みたいな足取りで、無言で歩きまわっている。そしてそのあと、たいていはノートパソコンの前で意識を失う。死んだ男たちが夢に出てきて、夜中のとんでもない時間に、恐怖で心臓をバクバクさせながらはっと目を覚ます。

ランス・ポープとビリー・プリムローズは午前十時にやってきて、イヴが自己紹介をすると、表情の読み取れない顔で目を見合わせた。ランスは四十がらみで、茶色い夏毛のオコジョのように、やせてうさんくさい風貌をしていた。階段を上ってきて、実際に聞こえるほどぜいぜいと息を荒らげていたビリーは、ようやく十代を出たばかりのように見えた。髪を黒く染め、肌は脂肪のようで、奥の部屋にこもったままの死人のように青白かった。

「ここがそうか」ランスがつぶやく。

イヴはうなずいた。「残念ながら、ヴォクソールクロスの快適さとはほど遠いけどね」

「おれはキャリアのほとんどをこの分野で築いてきたんだ。家具にうるさく凝ったりはしないさ」

「そりゃよかったわ」

「ハードウェアをいくつか注文したよ」ビリーはまだちょっと息が荒かった。「外部プロセッサとか、ロジック・アナライザやプロトコル・アナライザとか。基本的な物品だ」

「あらそう。六週間前に備品請求の書類を出したわよ」

「今日の午後、ここに届くよ。ちょっとばかり置き場所が必要だけど」

「どうぞ、好きにやってちょうだい」イヴは眼鏡をはずし、目をこすった。「ふたりとも、どうしてここに来させられたか、どのくらい知ってる?」

「知るもんか」ランスが言った。「あんたが説明してくれるって言われたぞ」

イヴは眼鏡をかけ直した。ふたたびふたりの男に焦点が合った。ビリーはゴス風の黒ずくめ、ランスはだらしないスポーツ・カジュアルという服装だ。ふたりとも、人物ファイルから受けた印象どおり、まったくの好感度ゼロだ。

十七歳のとき、〝$geeky〟という子ども時代から患っていた喘息に由来するハンドネームを使い、ビリーはハッカー集団の一員となった。それは企業や政府のウェブサイトに次々と派手な攻撃を仕掛けるグループだった。とうとうそのグループはＦＢＩとインターポールに突き止められ、リーダーたちは刑務所に収監されたが、未成年だったビリーは門限つきの自宅謹慎とインターネットにはいっさい接続しないという条件で保釈された。その数週間後、彼はＭＩ６のセキュリティの脆弱性対策班にスカウトされた。

ランスはＭＩ６の正規の職員で、何度となく海外勤務をこなしているベテランだ。経験豊かな生え抜きの諜報員であり、上役の局長たちから称賛されていたにもかかわらず、長年昇進をしていなかった。その原因は、オンライン・ギャンブルにのめりこんだことによる、長年にわたる破産状態だ。離婚していて、現在はクロイドンのワンルームの賃貸アパートでひとり暮らしをしている。

「ここでは、あるプロの殺し屋を追ってるのよ」イヴはふたりに言った。「名前も出生地もわからないし、政治的立場に関する情報もいっさいない。ただ女とだけわかってる。おそらくは二十代半ばから後半で、全世界規模のとんでもなく金持ちの組織のために働いている。少なくとも六件が彼女の仕業だとわかってる」

　雨がオフィスの窓をたたきはじめ、イヴはジャージのジッパーを顎まで上げた。「この女をつかまえなきゃならない理由は、絶対に止めなければならない連続殺人犯という以外に、ふたつある」

「そんなことは情報部の知ったこっちゃない」ランスがほとんど独り言のようにつぶやいた。

「ふつうなら情報部《うち》の知ったことじゃない。でもこの件では、大いに関わってるのよ。ヴィクトル・ケドリンってどういう人物か、あんたたちも知ってるよね？」

　ビリーがうなずく。「イカれたファシスト野郎、ロシア人、去年ロンドンで殺《や》られた」ほぼ無意識に、股ぐらをぼりぼりとかく。「黒幕はモスクワじゃなかった？」

「ロシア対外情報庁《SVR》？　ちがうわ、それはみんながそう考えてるっていうだけよ。実際はケドリンと護衛たちがわれわれがターゲットにしている女の手で殺された。とんでもなく手際のいい仕事っぷりで、しかも単独で実行したのよ」

「それはたしかなのか？」ランスが訊く。

「確実よ。それに一応、その女の監視カメラの画像もあるわ」イヴはふたりに、パーカを着てフードをかぶった人物のぼやけた画像のプリントアウトを一枚ずつ配った。その画像は背後から撮られたもので、誰ともわからない。

「これだけなのか？」ランスが言った。

　イヴはうなずき、ふたりにもう一枚ずつプリントアウトを渡した。「でも彼女はこの女に似てるかも。ルーシー・ドレイクよ」

ビリーは低く口笛を吹いた。「それならなかなかイケてるな」

「ルーシー・ドレイクはモデルよ。われらが殺し屋は彼女を替え玉として使ったのよ。ケドリンのホテルにチェックインさせて、講演会場で彼に接近する口実をつくらせた。でもトロそうに見えたのはうわべだけだったのかも」

「それじゃ、その女がフリーランスでモスクワのために仕事をしたっていうのか？」とビリー。「殺し屋のほうだぞ、モデルじゃなくて」

「それはないと思う。ＳＶＲは全員が暗殺の訓練を受けた部隊を擁してるからね。それにロシア国内ならいつでも好きなときにできる殺しをどうしてわざわざロンドンでやるっていうの？」

「見せしめじゃないの？」ビリーが肩をすくめた。「やつらの手から逃れられる者はないぞっていう？」

「その可能性もないわけじゃないけど、こちらの情報では、クレムリンはケドリンと極右の仲間たちを黙認してたって。そうすることで自分たちの政権を穏当なものに見せることができるからね。それに彼らはいっさいためらわずに、ケドリンの死をわたしたちへの攻撃材料に使ったわ。正規の外交ルートで、全力で捜査して解明するように要求してきたのよ。犯人を捕らえることを期待しているってね。その要請はリチャード・エドワーズを介してわたしに伝えられた――わたしたちにね」

ランスが唇をすぼめる。「で、ケドリンがロンドンにいたときの警備責任者は誰だったんだ?」

　イヴはまっすぐ彼の目を見た。「公式には、わたし。わたしはＭＩ５とロンドン警視庁の連絡係だったの」

　ランスは無言のままで、イヴの言葉はそのまま宙に漂った。雨の音にかぶさるように、ビリーの息づかいのかすかな音がイヴの耳に届いた。

「その女をおれたちがつかまえなきゃいけない第二の理由があるって言ってたよな」

「その女はサイモン・モーティマーを殺したのよ。あんたたちの前にいた職員よ。ええ、情報部の公式の報告書に何て書いてあるかは知ってる、だって草稿を書いたのはわたしなんだから。実際に起きたことと言えば、彼女がサイモンの喉をかき切ったこと。それはわたしにメッセージを送るため」

「くそ」ビリーがつぶやき、ミリタリーパンツのポケットに手を入れて吸入器を出し、二回深く吸いこんだ。

「その女はサイモンの喉を切った」ランスが抑揚のない声で言う。「あんたにメッセージを送るために」

「そう、そのとおりよ。だからあんたたち、このチームに加わることに同意する前に、じっくり慎重に考えたほうがいい」

　ランスはしばらくのあいだ、イヴを見つめた。「この件にどこから手をつけるんだ?」

「手がかりがひとつある。われわれのターゲットを雇ってる組織の名簿に載っている可能性がある人物の名前よ。それを追ってうまくいく見込みはほぼないけど、こっちの手にあるのはそれだけ。そういうわけで、わたしたちは金の流れを追い、その男を追う。そうしたらもしかしたら、本当にもしかしたらだけど、この殺し屋女にたどりつけるかもしれない」

「テムズハウスからA4監視チームの人員を何人か借りられる見込みは？」

「いっさいなし。これは完全な閉鎖活動よ、この部屋からはどんな小さなささやきも漏れることは許されない。それに、あんたたちはこの先もう、テムズ川のどちら側の秘密情報部の職員ともいっさい――挨拶ですら――連絡を取ってはならない。もし誰かがあんたたちの身許をチェックしたら、どちらも公式には歳入関税局に出向ってことになってる。そして繰り返して言うけど、この活動は危険なものになりうる。あらゆる事実が、われわれのターゲットは単に高度な訓練と潤沢な資金を受けているだけじゃなく、快楽のために人を殺す自己陶酔型の社会病質人格《ソシオパス》だってことを示してるからね」

「こっちは滅私奉公だ」ランスが言う。

「そうそう、ふたりとも、給与の等級は現在どおりよ」

ふたりの男は顔を見合わせた。それから、のろのろとビリーが首を縦に振り、ランスが肩をすくめてみせた。ふたりがここに来てからはじめて共通の目的というものがちらりと見えたように、イヴは感じた。

「それで」ビリーが言った。「あなたの言ってた手がかりってやつだけど」

ランニングをしていると、一定のリズムに全身がリラックスしてくるのをヴィラネルは感じる。昨日の午後にモンパルナスのマーシャルアーツ・クラブで受けた柔術のクラスのせいで腰と太腿がまだ痛いが、湖をまわってオートゥイユのランニングコースを走り終えるころにはこわばった感じは消えていた。家に戻る途中、〈コム・デ・ポワソン〉で寿司をテイクアウトし、経済新聞の〈レゼコー〉紙を買った。

部屋に戻ると、シャワーを浴びてダークブロンドの髪を櫛で梳き、ジーンズをはいて、Tシャツと革ジャンを着た。ベランダの椅子に座り、寿司を手でつまんで食べながら、〈レゼコー〉紙に目を通した。最後のマグロの寿司を食べ終えるころには、すべての紙面に目を通し、必要な情報を吸収していた。

市街を見下ろしながら、スマホのチェックをする。だが、コンスタンティンからのメールはなかった。新たなターゲットはなし。グルンディッヒの短波ラジオをつけて——一日に少なくとも二回は手がすいたときにそうするようにと言われている——周波数を探す。いつものように、目指す乱数放送〔諜報活動で用いられる非公式なラジオ放送〕を見つけるのに一、二分かかった。それはあちこちの周波帯を移動しているからだ。今日は六八四〇キロヘルツで放送していた。ザーザーというかすかな雑音があり、続いてロシア民謡の最初の十五節が流れた。その民謡は、かつて名前を知っていたが、長らく忘れていたものだ。その音楽は電子音で合成されたもので、薄っぺらで耳障りな音はもの悲しくも、かすかに不吉なようにも聞こえる。メロディは二分間繰り返され、それからかなり遠いが女性の声で正確に、ロシア語の五桁の数字が繰り返された。

　これは呼び出しコードで、メッセージが向けられている相手を特定するものだ。その声が五桁の数字を三回繰り返したとき——「ドゥヴァ、ピャーチ、ヂェーヴィチ、スェーミ、ヂェーヴィチ……」2、5、9、7、9——ようやくヴィラネルは、それが自分の呼び出しコードだと気づいた。驚きのあまり、一瞬息が止まった。乱数放送での呼び出しは、即刻行動せよという意味だ。この二年以上、毎日チェックしていたが、自分の番号を聞くのははじめてだった。

　呼び出しコードは四分間繰り返され、それから六つの電子チャイム音がこれからメッセージを伝えると知らせた。これもまた五桁の数字で、それぞれ二度ずつ声で読み上げられた。それからふたたびチャイム音になり、民謡の最初のメロディが演奏されたあと、空白の雑音になった。常時備えているワンタイム・パッド〔一度しか使用しない暗号用無作為数列〕を使ってメッセージを解読するのに十分ほどかかった。隠し金庫には、ワンタイム・パッドと共にシグ・ザウエルP226オートマティック拳銃と、総額一万ユーロが常備されている。

　メッセージはこうだった。

『17NORTHSTAR』

　金庫をふたたび施錠し、野球帽とサングラスをつかんで部屋を出た。十七番の場所はイシー＝レ＝ムリノーにあるヘリポートだ。シルバーグレーのアウディ・ロードスターに乗って、環状道路を車の流れが許すかぎりの速さでこまめに車線変更を繰り返しながら走り、きっかり十五分で着いた。駐車場の進入ゲートで、蛍光ベストを着た男がふたり、待っていた。どちらも、どことなく正規の職員のように見える。ヴィラネルが速度を落として止まると、ひとりが『ノース・スター』と印刷されたプラカードを持ち上げた。ヴィラネルがうなずくと、男はアウディから出るように手招きして車のキーを受け取った。もうひとりが何の表示もないわき道にヴィラネルを導き、周囲を倉庫に囲まれた長方形の舗装されたスペースに連れていった。その中央で、〈エアバス・ハミングバード〉ヘリコプターがゆっくりとローターをまわしながら待っていた。

ヴィラネルは操縦士の横のシートにすべりこみ、シートベルトを締め、野球帽の上に通信用の減音ヘッドセットをつけた。荷物はいっさい持っていない。現金もパスポートも、身分がわかる書類も、何もだ。

「いいか?」と、操縦士が訊いた。その目はミラー・サングラスに隠れて見えない。

ヴィラネルは両手の親指を立ててみせ、〈ハミングバード〉は離陸した。ヘリポートの上空でちょっとのあいだホバリングをして、それから東に向かった。はるか下につかの間、ヘビのようにうねるセーヌ川のきらめきと、環状都市高速道路《ペリフェリック》をのろのろと動く車の列が見えた。パリ市街がはるか下に沈み、単調なエンジン音が聞こえるだけになった。ここに来てようやく、なぜ自分が乱数放送で呼び出されたのだろうと考える時間ができた。なぜ、コンスタンティンからは何も言ってこなかったのだろう。

フランス南東部のアヌシー・モンブラン飛行場に着陸したのは夕方だった。そこで待ち受けていたのはひとりだけだった。短く刈りこんだ髪と過剰にぴったりしているスーツから、その女はロシア人だとわかった。その女が口を開いて、五十メートル先に停まっている薄汚れたプジョーに乗るように告げたときに、予想は裏づけられた。女はきびきびと運転し飛行場をすばやく半周すると格納庫に入っていき、〈ノース・スター〉のロゴをつけたビジネスジェット機〈リアジェット〉の横にブレーキをきしらせて急停止した。

「乗って」車のドアをバタンと閉じながら女は命じ、ヴィラネルは〈リアジェット〉の温度調節された機内に足を踏み入れた。北極を思わせるアイスブルーの革張りの座席に座り、シートベルトを締める。女はタラップを取りはずし、ドアを閉めた。即座にエンジンがかかる。格納庫を出たジェット機の窓に夕暮れ前の陽射しがぎらぎらと差しこむ。それから、くぐもった轟きと共に、ジェット機は飛び立った。

「で、どこへ？」シートベルトのバックルをはずし、ヴィラネルは訊いた。

女はまっすぐヴィラネルを見返した。頬骨が高いつくりの顔は幅が広く、目はスレートの色をしている。その顔にどこか、見覚えがあった。

「東だ」女は足元の旅行かばんをパチンと開けた。「あんたの書類がある」

ウクライナのパスポート、名義はアンゲリカ・ピャタチェンコ。すりきれた革財布、なかには運転免許証と数枚のクレジットカード、〈ノース・スター〉社の社員であることを示す入場パスが入っている。よれよれのレシートが数枚。ルーブル紙幣の束。

「それから服。今すぐ着替えてもらいたい」

革っぽく見えるジャケット、だらんとしたアンゴラのセーター、ミニスカート。ヒールのないアンクルブーツ。そうとう洗いこまれた下着。安物のタイツはキーウの百貨店の新品だった。

じっと観察されているのを意識しながら、ヴィラネルは野球帽とサングラスを取り、服を脱ぎはじめた。アイスブルーの革張りシートの上に脱いだ服を重ねていく。ブラを取ったとき、女は息を呑んだ。

「うわ、くそ。本当にあんたなんだ。オクサナ・ヴォロンツォヴァ」

「すみません、何ですって?」

「最初は確信が持てなかったけど……」

ヴィラネルは無表情で女を見つめた。前歴からの遮断は完璧だとコンスタンティンは請け合っていた。こんなことは起きるはずがないと。

「いったい何のことかしら?」

「あたしを覚えてないの? ララだよ? エカチェリンブルクで会ったよね?」

ちくしょう。こんなこと、ありえない。でも現実に起きたのだ。軍事教練学校出身のあの娘《こ》だ。髪を切っていて、ずっと老けて見えるが、彼女だ。意志の力を最大限振り絞って、ヴィラネルは無表情を保つ。「あなた、あたしが誰だと思ってるの?」

「オクサナ、あんたが誰だかわかってる。今は別人みたいに見えるけど、あんただ。あんたの口のあのちっちゃい傷痕が見えたように思ったし、おっぱいのそのほくろを見て確信した。

あたしを覚えてない？」

ヴィラネルはこの状況について考えてみた。しらを切ってもむだだろう。「ララね。ララ・ファルマニャンツ」

彼女とはほんの数年前に、大学対抗試合で出会っていた。どちらも、ピストル射撃に出ていたファルマニャンツを打ち負かすのがむずかしいことは明白だった。そこで決勝の前夜、オクサナはこのライバルの部屋に忍びこみ、無言で服を脱いで裸になって、彼女の寝ているベッドにもぐりこんだ。若き士官候補生が仰天し、そこから回復するのにそれほど時間はかからなかった。オクサナが推測していたとおり、ララ・ファルマニャンツはセックスにひどく飢えていた。飢えた獣のような必死さでオクサナに激しいキスで応えてきた。その夜遅く、何時間にもわたる熱烈なクンニリングスで朦朧となりながら、ララはオクサナに、愛してるわとささやいた。

その瞬間、オクサナは自分が勝ったと知った。翌朝早く、オクサナはこっそり自室に戻った。朝食時に食堂でララを見かけたとき、彼女はまっすぐオクサナを見つめてきた。その朝、彼女は何度もオクサナに近づいてこようとしたが、オクサナは無視した。射撃会場に並んだとき、ララの幅の広い顔には失意と混乱が浮かんでいた。彼女は競技に向けて気を静め、集中しようと努力したが、狙いが揺らぎ、最善を尽くした結果が銅メダルだった。オクサナは正確に射撃を決めて金メダルを手にした。そしてペルミに帰るチームのマイクロバスに乗りこむころには、ララ・ファルマニャンツのことはきれいさっぱり頭から消えていた。

それが今、何かの邪悪なめぐりあわせで、ふたたびここにあらわれたのだ。彼女がコンスタンティンの元で働いているというのも、それほど不思議なことでもないのだろう。彼女は射撃の名手だし、おそらく頭脳も野心もありすぎて軍隊でムダにキャリアを積む道を選ばなかったのだろう。

「あんたがどっかのマフィア野郎を殺したって、新聞で読んだよ」ララが言う。「それから最近、軍事学校の教師から、あんたは拘置所で首を吊ったって聞いたんだけど、そこのところは本当でなくてうれしいね」

ララの反感を買わないようにと意識して、ヴィラネルは視線を和らげた。「エカチェリンブルクであんなまねをしたことは悪かったわ」

「あんたは勝つためにやるべきことをしただけだよ。きっとあんたには何ということもなかったんだろうけど、あたしはあの夜を忘れたことがない」

「本当に？」

「そう、本当だよ、心の底から」

「ところで、このフライトはどのくらいかかるの？」ヴィラネルは訊いた。

「あと二時間ぐらいかな」

「邪魔は入りそう？」

「操縦士は操縦室から出るなっていう指示を受けてる」

「そういうことなら……」ヴィラネルは手をのばしてララの頬に人差し指をそっとやさしく

走らせた。

光が薄れるなか、〈リアジェット〉はウクライナ南部のシェルバンカ郊外にある小さな私設飛行場に着陸した。冷たい風が吹き抜ける滑走路にハイ・セキュリティ仕様のBMWが待っている。ララはスピード感のある運転で、飛行場のサイドゲートを制服姿のガードマンに通されて抜けた。目的地はオデーサだよ、と彼女はヴィラネルに言った。一時間ほど、暗さが深まる風景のなかを快適に走っていたが、都会に近づくにつれて渋滞にぶつかった。前方では市街地の明かりがきらきらと輝き、空に浮かぶ雲は硫黄色に染まっていた。

「あんたのことは何も言うつもりはないよ」ララが言った。

ヴィラネルは窓に頭を寄りかからせた。雨粒が防弾仕様のガラスを打ちはじめる。「話したところで、そっちにとってもいいことはないよ。オクサナ・ヴォロンツォヴァは死んだんだから」

「残念だね。彼女のこと、好きだったのに」

「オクサナのことは忘れなさい」

このことはコンスタンティンに話そう、とヴィラネルは決意した。ララのことは彼がどうにかしてくれるだろう。あのきっちりと刈りこんだ頭のうしろに九ミリ弾を撃ちこんでくれるとか。


中国から戻ってきたイヴは、ロンドン市警の経済犯罪課から借りた捜査官の助力を得て、ジン・チアンが渡してくれた手がかりを追った——総額千七百万ポンドの銀行間送金をおこなったのは誰か、その受益者は誰なのかを突き止めようとした。その捜査では資金源を突き止めることはできなかったが、複雑なペーパーカンパニーの網の目をくぐり抜けて、最終的な受取人であるトニー・ケントという目立たないベンチャー投資家にたどりつくことができた。

ケントについて詳細な調査をしても、ほとんど明らかになっていなかったが、ひとつだけ、イヴの注意を惹く事実があった。ケントはハンプシャーのイチェン川の八百メートル分を所有している、排他的なフライフィッシング団体の会員なのだ。その団体についての情報は簡単に入手できるものではなかったが、リチャード・エドワーズは慎重な調査をいくつかしたあと、会員リストをイヴに渡してくれた。それは長いものではなかった——実際、六つの名前しか載っていなかった。トニー・ケントとヘッジファンド・マネージャー二名、よく知られた投資会社の共同経営者、名高い心臓・胸部外科医、そしてデニス・クレイドル。デニス・クレイドルが誰かは知っている。MI5のD4支局長で、ロシアと中国への対諜報活動の責任者だ。

ビリーはサイモンが使っていたスチールデスクの前にかがみこみ、デニス・クレイドルのeメールアカウントに侵入しようとしていた。新しいコンピュータはもう接続されて起動し、かすかな音をたてていた。ランスは窓の前のプラスチック椅子に座り、トトナム・コート・

ロードを走る車の流れを眺めている。彼がこのオフィスに持ち込んだのは衣服を掛けるハンガー用レールで、そこに掛かっているコートやジャケットは激安の古着屋で雑多に買い集めたもののように見える。方針に反して、イヴは彼に喫煙する許可を与えていた。彼の手巻き煙草のピリッとした刺激臭がほかのもっとひどいにおいをかき消すように思えたからだ。

「昨夜《ゆうべ》はカレーだったのね、ビリー?」イヴはノートパソコンの画面から目を上げて言った。「ああ、エビ入りのマドラス・カレーだ」ビリーは椅子の上で尻をもぞもぞさせた。「どうしてわかった?」

「直感的推理ってやつよ。それのパスワードにはどう対処するつもり?」

「そこだな、考えてるとこ」彼の目は画面に注がれているが、指はキーボードの上で踊っている。「おっ! やったぜ、トンマ野郎」

「入れたのか?」とランス。

「ようやくね。デニス・クレイドル、おまえを思うさまいたぶってやるぜ」

「で、どう?」イヴの胸の内で興奮の小さな炎がちろちろと燃え上がる。

「手に入るのはクラウドサーバーのデータだね。基本的に、彼のホーム・コンピュータに入ってるもの全部ってとこ」

「それって安全性が高いようには聞こえないけど」

ビリーは肩をすくめた。「彼はおそらくこう考えてるね、これは私的なものだから厳重な認証管理をする必要はないだろう、ってね」

「それとも、何かを隠してるような印象を与えたくないのかも。もしかしたらこれはわたしたちに見られることを想定したものなのかも」

クレイドルは企業弁護士をしている妻のペニーとアカウントを共有していた。ふたりのeメールは、〈預金口座〉、〈車〉、〈健康〉、〈保険〉、〈学校〉というように整然と区分けされたフォルダに収められていた。受信箱には百件も入っていなかったが、ビリーはそれをコピーしてイヴに送った。ざっと見てみたところ、興味が持てるものはない。

「これってライフスタイル広告みたいね」クレイドルの写真ファイルをスクロールしながら、イヴは言った。ほとんどすべてが休日の家族イベントの写真だ。フランスのメジェーヴでスキー、スペインのマラガでテニス・キャンプ、ポルトガルのアルガルベでセーリング。クレイドル本人は五十がらみのよく日焼けしてがっしりした体格の男で、スポーツの格好をして写真におさまることを明らかに楽しんでいる。彼の妻はいい身なりをしたきれいな女性で、おそらく五歳ほど若いだろう。ふたりの子どものダニエルとベラは私立学校に通っているティーンエイジャーらしい、ぶすっとした表情をカメラに向けている。

「気取り屋どもめ」ビリーが言う。

「この家族のロンドンの家を見てごらんよ」とイヴ。

ストリートビューの画像では、道路から奥まった、赤レンガづくりのジョージ王朝ふうの邸宅が見える。円柱で支えられたポーチの半分は、枝を広げたモクレンに隠されている。一階の窓のわきに警報装置が見てとれた。

「どこにあるんだ？」ランスが訊く。

「マスウェル・ヒルよ。六年前からそこに住んでる。百三十万ポンドってところね。今じゃ少なくとも二百万になってる」

「まさかそのすべてをクレイドルの給料で支払ってるなんてふりをしちゃいないよな？」

「ちがうわ。奥さんのほうがずっと稼いでるはずよ」

「だとしても、それだけの支出の申し開きをするには苦労するだろうな」

イヴは肩をすくめた。「その必要があるかしらね。トニー・ケントがわたしたちの追ってる組織のための金銭的な仲介役みたいな役割を果たしてるとしたら、きっと歳入関税局には見えないところにたんまりお金がたまってると思うよ」

「それがクレイドルに渡ってるってどうしてわかるんだ？」

「確実にわかるわけじゃないけど、ジン・チアンはわたしがクレイドルに迫れるとわかってたから、ケントにつながる情報をくれたんだと思う。英国諜報部の人間が正体不明の資金源から多額のお金を受け取っている可能性があるのかっていうわたしの問いへのジンの返事がこれだったのよ。それが彼にできる精いっぱいのことだったんだろうと思う」

「それじゃ」とランス。「クレイドルの家をひっくり返しに行くか？」

イヴは眼鏡をふいた。「そうしたいのはやまやまだけど、きっと厳重に守られてるよね。なんたって彼はＭＩ５の上級職員だもの。わたしたちがつかまりでもしたら、このくそ案件はほんとに吹っ飛んじゃう」

「捜索令状って手を使うわけにもいかないんだろうな？」

「だめ。どうして令状が必要かいくら訴えたところで、絶対に出ないと思う。その手は使えない」

「ま、訊いてみただけだ」ランスはパソコン画面のほうにかがみこむ。「一階の窓の警報はダミーだ。だからきっと家のなかに、よくあるシステムを備えてるんだろう。赤外線とか、踏んだら鳴る圧力パッドとか……」

「そんなこと、やっていいと思ってるの？」イヴが言う。

ランスは半分吸いさしの手巻き煙草の下でライターをつける。「何だってやりゃできるさ。問題はチャンスがあるかどうかだ。やつの予定表を上げられるか、ビリー？」

「ペニーのならある。デニスはそういうものはつくってないみたいだ」

「ほしいのは確実な二時間の留守だ。そういうのはあるか？」

「これはどう？」ビリーが言う。「A&Lとディナー。〈マゼッパ〉。八時」

イヴは顔をしかめた。「それって今夜でしょ」

「今夜やれるぜ」ランスが肩をすくめる。「ジジ・ハディッドとのデートをキャンセルするさ」

「急すぎよ。しっかり偵察する必要があるわ。いきなり押し入るのは危険よ。ほかに予定は上がってない？」

「デニスのことはさっぱり」とビリー。「でもペニーは今週、ほかに予定はないね」

「くそ」イヴはスマホで〈マゼッパ〉を検索した。メイフェアのドーヴァー・ストリートにあるミシュランの一つ星レストランだ。不安のこもる目をランスに向ける。

「今日の午後、家をチェックしてみる」ランスは申し出た。「車を停めて張り込む。今晩夫妻が出かけたら、速攻押し入る」

イヴはうなずいた。理想的とはとても言えないし、ランスの押し込みの腕前についてもいっさいわからない。だがリチャードが役立たずの工作員を送ってよこすはずがない。それに、とにかく結果を出さなければ。

「よし、やろう」イヴは言った。


ララはモルドヴァンカ地区の、オデーサの鳥市《バードマーケット》にあるカフェの前でヴィラネルを降ろした。黄色っぽい電灯のうらぶれた店で、色あせた旅行ポスターが壁に貼られ、黒板には本日のおすすめ料理が書いてある。テーブルの半分ほどは埋まっているようだ。ほとんどは男のひとり客だが、売春婦と思《おぼ》しき女性のふたり連れもいて、夜の仕事の疲れに、ダンプリング入りのソリャンカというスープで燃料補給している。男たちはちらちらとヴィラネルを見るが、いっさい動じない敵意むきだしの目を向けると、さっと目をそらす。

店内のわきに並ぶブース席のひとつに陣取り、お茶を飲みつつ、ロシア語のタブロイド新聞〈セゴードニャ〉紙を流し読みしながら、ヴィラネルは二十分待ち続けた。ときおり目を上げ、店の表側の雨にかすむガラスとその向こうの薄暗い通りを見やる。空腹を覚えていたが、すぐに出なければならなくなった場合に備えて何も注文していない。

同じブースの向かい側の席に、細身の人物が座った。前に会ったことのある男だ。この前の冬にハイドパークで話しかけてきて、薄気味悪い思いを抱かせた男。

その男が今、ふたたびあらわれた。今は顎ひげがまばらに生えはじめ、高級な仕立てのツイードのコートはよれた革ジャンに替わっていたが、凍りつくような目の暗さは前と同じだ。はじめて会ったときは英語を話していたが、今、年老いたウェイトレスに流暢に話しかけている言葉はモスクワなまりのロシア語だ。

「腹はへってる?」雨に濡れた髪を手でかきあげ、男は訊いた。

ヴィラネルは肩をすくめた。

「ボルシチとピロシキをふたり分」男は注文し、ゆったりと座り直した。

「それで」とまったく表情のない顔でヴィラネルは言った。

「また会ったね」男はごくかすかな笑みをヴィラネルに見せた。「ロンドンで自己紹介しなかったのはあやまる。あのときはまだそういう時期じゃなかった」

「で、今は?」

男は値踏みするようにヴィラネルを見た。「ケドリンの案件での手際には感心したよ。われわれは今、きみの助けが必要な状況に直面している」

「そう」

「今はわからないだろうが、そのうち見えてくる。ぼくの名前はアントン。きみがコンスタンティンと呼んでいる男の同僚だ」

「続けて」

「コンスタンティンが誘拐された。このオデーサを拠点とするギャング団に人質にされている」

ヴィラネルは無言でアントンを見つめた。

「そう、それははっきりしている。そのギャング団は〈ゾロトイ・ブラーツヴォ〉――〈黄金兄弟団《ゴールデン・ブラザーフッド》〉――と言って、リナット・イェヴチュフという名の男に率いられている。われわれの情報では、コンスタンティンはここから半時間のところにあるフォンタンカで、警戒厳重な家のなかにとらえられている。その家の持ち主もイェヴチュフだ。ギャングどもの目的は、どうやら身代金を取ることのようだ」

ヴィラネルの顔は無表情のままだったが、吐き気を催すような強烈さで全身に警報が鳴り響いていた。これは罠だろうか？　あたしを仰天させて正体を明かさせようとしているのだろうか？

「どうか信用してもらいたい」アントンは言う。「ぼくが敵だったら、きみはとっくに死んでいる」

それでもヴィラネルは無言だった。もし彼の話が本当で、コンスタンティンが本当に誘拐されているとしても、やはり自分が生死に関わる危険にさらされていることに変わりはない。もし敵が――その〝敵〟が誰かは知らないが――あのヘビのように用心深いコンスタンティンをとらえることができたのなら、ヴィラネルをとらえることもできるはずだ。

「話して」ようやく、ヴィラネルは言った。

「よし、誘拐犯たちはコンスタンティンとわれわれとのつながりを知らない、というかわれわれの存在すら知らない。それははっきりしている。彼らにしてみると、コンスタンティンは出張中のビジネスマンで、よくあるように会社が身代金を払うだろうと思っているんだろう。われわれが懸念しているのは、イェヴチュフの組織が一時期、ロシア対外情報庁《ＳＶＲ》にコントロールされていたことだ。そしてＳＶＲは、ＭＩ６同様、われわれの存在に気づいている。どちらもわれわれの素性や何をやっているかは知らないが、われわれが存在することは知っている。だから問題は——彼らがこの誘拐を仕組んだのは、コンスタンティンを尋問してわれわれのことを聞き出すためなのか、という点だ。それについての確信はない。もちろんＳＶＲにこちらの人間をもぐりこませてはいるが、本当に何が起きているかを探し出すには時間がかかる。そんな時間はないんだ」

　取り分け用のスープ皿とスプーンと、ボルシチが入ったキャセロールがテーブルに置かれ、次いでピロシキの皿が運ばれてくるあいだ、アントンは口をつぐんでいた。老ウェイトレスがよたよたと離れていくと、アントンはビーツ色のボルシチをレードルで取り分けたが、そのときに汁がはねて、ヴィラネルの安物のセーターに暗い紫色のしみが点々と散った。

「コンスタンティンはタフだ」アントンは続けた。「だがいかに彼でもＳＶＲの尋問を乗り切ることはできないだろう」

ヴィラネルはぼんやりと紙ナプキンでセーターについたしみを押さえながら、うなずいた。

「で、どうするの？」

「われわれで彼を連れ出したい」

「われわれ？」

「そうだ。うちの最高の人材でチームを編成した」

ヴィラネルは彼の目を見た。「あたしはほかの人間と組む仕事はしない」

「今回はやってもらう」

「それを決めるのはあたしよ」

アントンはヴィラネルのほうに身を乗り出した。「いいか、そういう気難しいプリマドンナみたいなたわごとにつきあってる時間はないんだ。きみは言われたことをやる。そうすればわれわれ全員、この件を無傷で切り抜けることができる公算が大きくなる」

ヴィラネルは身じろぎもせず、座っていた。「あたしは人質救出なんてやったことがないけど」

「とにかく聞いてくれ、いいな。きみには非常に特殊な役割を果たしてもらう」

ヴィラネルは聞いた。そして、自分に選択の余地がないことを知った。自分の存在すべて、自分が築き上げたすべてがこの任務の成功にかかっていることを。

「ひとつ条件を呑んでくれたらやるよ。あたしの素性は伏せるってこと。あたしはチームの誰にも顔を見られたくないし、あたしについてのどんなことも知られたくない」

「心配はいらない、ほかのみんなも同じことを思ってる。きみはずっとフルフェイスのヘルメットをかぶっていればいい。コミュニケーションは作戦上最低限必要なだけに限定される。作戦が完了した暁には、きみは単独で元いた場所に戻ることになる」

ヴィラネルはうなずいた。この男には何か信用できないところがあり、ヴィラネルは本能的に尻込みをしていた。だが今のところ、彼の計画に瑕疵を見つけることはできなかった。

「で、いつ乗りこむ？」

アントンはカフェ内を見渡し、ボルシチを口に運んだ。店の正面のガラスをたたく雨は激しくなっていた。

「今夜だ」

ニコは声をうわずらせはしなかったが、腹を立てているのはわかった。ニコの同僚教師ふたりがディナーに来る予定になっていて、チリ産のピノ・ノワールを買い、小さいが高価なラムの肩肉にニンニクを刺して準備もしてあった。それに今夜はもうひとつ大事な目的がある。そのためにイヴはおしゃれをして、ニコが買ってくれたサンローランの香水といちばんきれいなイヤリングをつける予定で、来客が帰ったあと、少し酔っぱらった状態で愛を交わし、夫婦関係の何もかもが――いろんな意味で――ふたたび大丈夫になるはずだったのだ。

「信じられないよ、そんな用事が――どんな用事かは知らないが――本当に今夜生じるなんて」ニコは言った。「本当にひどいよ、イヴ。あんまりだ。わかってるだろう、ズビグとクローディアがやってくるのは本当に久しぶりなんだぞ」

「ごめんなさい」ビリーに一言一句残らず聞こえていることを意識しながら、イヴは言う。

「とにかく今夜は無理なの。それにこの件をオープンな回線で話すわけにはいかないの。どうかわたしに代わって謝っておいて」

「で、ぼくは何て言えばいいんだ？　きみが残業で遅くなるって？　もうこんなことはなくなると思ってたよ、前にそう……」

「ニコ、お願い。ふたりにはどうとでも好きなように言って。事情はわかってるでしょ」

「いいや、わからないね。本当だぞ、イヴ。わかるもんか。きみは気づいてないかもしれないから言うけど、ぼくにだって社会生活ってものがある。だから頼んでるんだ、今回だけ、今回だけはぼくのためにゆずってくれって。だから今夜だけは何か口実をつくってほしい。何でも手を尽くして、帰ってきてくれ。でないともう……」

「ニコ、わたしは――」

「ダメだ、ぼくの言うことを聞いてくれ。そうしてくれないと、本当に真剣に考えなくちゃならなくなるぞ、この先――」

「ニコ、非常事態なの。生命に関わる危険があるの、わたしは残るように命じられたのよ」

沈黙が続き、ニコの呼吸の音だけしかしない。

「ごめんなさい。もう切らなきゃ」

電話を切ると、ビリーと目が合った。ビリーが目をそらし、しばらくのあいだ、イヴはその場に立ち尽くしていた。恥ずかしさのあまり頭がくらくらする。ニコに真実を言わなかったのは初めてではないが、あからさまにうそをついたのはこれが初めてだ。

そしてその理由は？ イヴがいなくとも、ビリーとランスはこの件をきっちりやることができる。そしておそらくふたりもそれを望んでいるのだろうが、イヴのどこか深いところにある何か、原始的で凶暴な何かが仲間と共に動きたいと願っているのだ。だが、そうする価値はあるのだろうか？ 自分の人生を人目を忍ぶ薄明《トワイライト》の世界に投じ、善良な男の愛情が崩壊するかどうか試す価値が？ わたしはデニス・クレイドルの不正を示す何かを見つけようとしているのだろうか、それとも事実に関係なく自分がいい方向に向かっていると思いこめるようなつながりを無理やりつくりだそうとしているのだろうか？

クレイドルについて何も見つからなかったら、休暇を取ることにしよう。そしてニコとの関係を修復するのだ——もしまだ手遅れになっていなければ。テムズハウスで長年勤めている職員たちはみな、同じことを言っている——外側にも生活を持つべきだ、と。たったひとりで孤独な最期を迎えたくないのなら、秘密の仕事に不眠不休で没頭する暮らしからわが身を引きはがさなくてはならない。この仕事がもたらすのは、次々と際限なくあらわれるにせの地平線の数々で、しかも永久に終わりがないのだ。

自分のいない自宅でテーブルにワイングラスを並べ、ラム肉を慎重にオーブンに入れているニコのことを考えると、泣きたくなった。電話をして、仕事が一段落したからこれからまっすぐ家に帰ると言いたい。だが、イヴはそうしなかった。

「恋人はいるの、ビリー？」

「そういうのはいない。今の娘《こ》とは〈シー・オブ・ソウルズ〉でチャットしてるんだ」

「〈シー・オブ・ソウルズ〉って何？」

「オンラインのロールプレイング・ゲームだよ」

「その娘《こ》の名前は？」

「ユーザーネームはレディファング」

「会ったことはあるの？」

「ない。会ってデートに進めようと思っても、実際はけっこうな婆さんだったり野郎だったってことも、けっこうあるから」

「そんなの、ちょっと悲しくない？」

ビリーは肩をすくめた。「正直な話、今は女の子に割く時間なんてないね」つかの間の沈黙が漂い、それが彼の電話の着信音で破られた。「ランスだ。車を停めて家を見張ってる。人がいる気配はないみたい」

「どっちもまだ仕事から戻ってはこないだろうね。それにわたしの推測じゃ、どっちも仕事のあとまっすぐレストランに行くと思う。クレイドルはテムズハウスから直行するだろうし、奥さんの会社はカナリー・ワーフにあるしね。でも、それを当てにするわけにはいかない。開始は八時にするよ、夫妻が〈マゼッパ〉で相手に会う時刻に」

「母さんに電話するよ。起きて待ってなくていいって言わなきゃ」

作戦の前進基地は、フォンタンカの北西三キロあまりの場所にある廃屋になった農家に置かれていた。錆びついたZAZのハッチバック車と泥まみれのさまざまな農機具がおさまっている長方形の大きな納屋のなかに、襲撃チームが集まっていた。脚立に細長い天板を載せた簡易テーブルふたつの上には、地図や建築設計図とノートパソコンが置かれ、仮設のスポットライトに照らされている。武器や弾薬、装備が入った金属の箱はみな地面にじかに積まれていた。当地の時間で午後十時。農家の庭の塀ごしに、黒くなってゆく空を背景に、軍用ヘリコプター〈リトル・バード〉のローターが見てとれた。

アントンを除いて、チームは五人だった。襲撃隊はヴィラネルを入れて四名、狙撃手が一名。五人ともノーメックスのつなぎの作業服を着てボディアーマーをつけ、ぴったりと張りつくような目出し帽をかぶっている。ほかの四人の素性はヴィラネルにはまったくわからなかったが、アントンは最終説明を英語でおこなっていた。

説明によれば、コンスタンティンがとらわれている建物は、六エーカーの敷地内に建っている。写真で見ると、急傾斜の瓦屋根がのった三階建てで、円柱や華麗な飾り彫刻が目立つやたらと派手な大邸宅だ。敷地は金網フェンスで囲われており、入り口は守衛つきの電子制御ゲートになっている。ヴィラネルの目には、要塞化されたウェディングケーキのように見えた。

襲撃隊は戦闘を前提にしている。監視によって得られた情報によると、屋敷には常時、武装した男六人が張りついており、そのうちの二、三人が随時に屋敷外の見回りをしている。イェヴチュフの評判と、六人のほとんどが元軍人である可能性が高いことから、激しい抵抗に遭うと考えられた。

アントンの計画はシンプルだった。正確かつ迅速に熾烈な襲撃をおこない、見張りたちが連携して反抗できないようにする。襲撃隊が屋内を制圧しているあいだに、狙撃手は敵を撃てるようなら撃つ。とにかくスピードが要《かなめ》となる。

ヴィラネルはほかの目出し帽たちを見渡す。ノーメックスのつなぎとボディアーマーのせいで、みな同じようにずんぐりして見えたが、狙撃手は女性の体格をしている。四人は互いにコールサインで呼び合うだけの知り合いのようだ。襲撃隊のコールサインはアルファ、ブラヴォー、チャーリー、デルタ。狙撃手はエコーだ。

作戦の説明が終わると、襲撃隊は武器の箱に向かった。ヴィラネルはちょっと考えたあと、いくつか取り、ガーバーのコンバットナイフも取った。それから簡易テーブルの片方から光クリスヴェクター・サブマシンガンとグロック21、〇・四五インチACP弾の入った弾倉をファイバースコープとモニター、自分のコールサインのチャーリーが記されたヘルメットのバッグを取った。光ファイバースコープを太腿のポケットに入れ、ヘルメットをかぶって外の真っ暗な庭に出ると、インターコムと暗視ゴーグルが正常に作動するか確かめた。周囲では一瞬の光がちらちらして、襲撃隊のほかの三人が銃にとりつけるフラッシュライトやレーザー照準の作動確認をしていることを示していた。

ヴィラネルは防弾ヘルメットを脱ぎ、三人を観察した。長身の男性デルタは手の色から肌が黒いとわかる。強力な軍用散弾銃を肩掛けしている。ブラヴォーは中背の強靭そうなやせ型の男という以外、何もわからない。アルファはよく締まった頑強な身体つきをしている。どちらも銃身の短いヘッケラー&コッホのサブマシンガンと、弾薬の装弾ベルトを複数、身につけていた。三人とも疑いの余地なく男で、彼らのほうもこちらをチェックしていることに、ヴィラネルは気づいていた。だが三人とも、フェイスマスクからのぞく目はまったくの無表情だ。狙撃手は六歩離れたところで、ロバエフSVL狙撃銃と暗視スコープで武装し、横風のベクトルを速度計で測っている。

母屋に入り、チームは通信機器と無線の最終確認をした。ほかの四人の声からも、やはり何も素性はわからなかった。全員が流暢に英語を話していたが、それぞれちがったなまりがある。アルファは東欧なまりに聞こえたし、ブラヴォーは間違いなくアメリカの南部なまり。デルタの母語はおそらくアラビア語だろう。女性のエコーはロシア人だ。顔も何もわからないやつらに命を預けなくてはならないなんて……ヴィラネルは考える。最悪。

地図と建築設計図を広げながら、アントンがみなを招いた。

「よし、最終確認をしよう。それから出発だ。あの屋敷を襲うのは明日の夜明け前にしたかったが、人質を長く留め置くリスクを冒すわけにはいかない。だからよく聞いてくれ」

彼が話しているあいだ、狙撃手のエコーがヴィラネルのすぐ横に立っていた。目と目が合い、そのスレートのような灰色の目からララ・ファルマニャンツだとヴィラネルは気づいた。

またもや足場が揺らぐように感じた。自分の下に仰向けに横たわっていた裸のララと、高精度ライフルを抱えているララとはまったくの別人だ。彼女は単に敵の警備を取り除くための要員としてここにいるのだろうか、それともアントンの何か計り知れないほど迂遠な計画の一部なのだろうか？

ふたりの女性はしばらくのあいだ、無表情のまま見つめ合った。

「いい武器だね」ヴィラネルは言った。

「この手の仕事のときのお気に入りだよ。使うのは〇・四〇八インチ・シャイタック弾」ララはロバエフの音を立てないなめらかなボルトアクションを披露した。「最近じゃそう簡単に標的から気をそらされたりはしないよ」

「きっとそうなんだろうね。いい狩りを」

ララはうなずき、一分後、持ち場に向かうSUVに乗りこんだ。

じりじりと数分がすぎた。ヴィラネルはヘルメットのイヤカップを耳に合わせ、マイクの調節をして顎のストラップを締めた。とうとう、エコーから持ち場について準備ができたというサインがアントンに送られてきた。アントンは襲撃隊に向かってうなずき、四人は闇に沈む農家の庭を走って漆黒の〈リトル・バード〉に向かった。照明を消した操縦席で操縦士が待ち受けており、四人が機体の外付けプラットフォームで位置に着きしだい、即座に離陸できるように準備している。ヴィラネルはクリスヴェクター・サブマシンガンを胸に抱くように吊って右側のプラットフォームに座り、ハーネスを留めた。隣の席では、デルタが散弾銃を膝に載せている。彼の目は細くすがめられ、ふたりは慎重にうなずきあった。

〈リトル・バード〉のエンジンがくぐもったうなりをあげ、ローターが加速していくウヮンウヮンという音が続く。機体が振動し、デルタが手袋をはめた腕をのばしてヴィラネルとこぶしを突きあわせた。どんな未来が待ち受けているにせよ、今のところ、彼らはひとつのチームなのだ。ヴィラネルは抱いている懸念を心の奥にぐっと押しこめた。〈リトル・バード〉は数メートル上昇し、しばらくホバリングしていた。それから地面が速やかに離れてゆき、彼らは夜空に舞い上がった。

ヘリコプターは向かい風をついて屋敷に近づき、それから急角度をつけて金網フェンスの上をかすめ、入り口の東側、芝生の一メートルほど上でホバリングに入った。襲撃隊の四人はハーネスをはずして飛び下り、それぞれの武器を構えた。数秒後、〈リトル・バード〉は上昇し、闇のなかに消えた。

防犯用の強烈な投光器があたりをまばゆい白に照らすなか、四人は屋敷の側面に向かって走った。ふたつの人影が私道をつっきり、こちらに走ってくる。ビュッという湿っぽい音がした。もうひとつ。人影はどちらも砂利の上に倒れた。片方はピン留めされた昆虫のようにのたうち、もう片方は動かずに横たわっている。消音された〇・四〇八インチの狙撃銃弾でほとんど頭が吹っ飛ばされていた。

「いい腕だ、エコー」そうつぶやくブラヴォーの南部なまりがヴィラネルのイヤフォンに突き刺さる。銃声がひとしきり続き、芝生と屋敷の正面に据えられたＬＥＤ投光器をピンポイントで次々に破壊していった。アルファが屋敷の裏手にまわりこみ、そこで同じことをする。ヴィラネルはじっと見守りながら、待った。ヘルメットの防音機能のおかげで、銃声は遠く現実離れして聞こえた。

まだ投光照明で照らされているのは屋敷の向こう側の壁だけになり、敷地の西側の一角がくっきりと浮かびあがっていた。危険を承知で建物の角からすばやく目を出してのぞいたヴィラネルは、空気が震えるのを感じた。銃弾が顔をかすめたのだ。それで撃ち手の居場所が明らかになったのだろう、またもや狙撃銃弾がターゲットに命中する湿った音が聞こえた。ヘッドホンに響くララの声は冷静だった。「エコーから全員へ、クリアー、侵入せよ。繰り返す、クリアー、侵入せよ」

それに続き、実に効率的な行動が展開された。アルファが中央の大きな玄関ドアに走っていき、数カ所に爆薬を張りつけると、ふたたびみなのもとに戻った。耳を聾する轟音と共に玄関ドアが吹っ飛んだが、これは陽動だ。真のねらいは横手の小さなドアから押し入ることで、デルタが散弾銃でそこの蝶番を吹っ飛ばしていた。襲撃隊はなだれこみ、誰もいないキッチンに入った。

屋敷内の安全確認をするには正規の手順がある。それは自動的におこなわれ、何があろうと中断することはない。襲撃隊は部屋から部屋へと動いていく。めいめいが四分の一ずつを受け持って捜索し、安全を確認し、次へ進む。ヴィラネルはこの手順をよく知っていた。米国ノースカロライナ州フォートブラッグにあるデルタフォースの訓練施設で、あらゆる手順を体験していた。そこではフランス国家憲兵隊治安介入部隊のシルヴィー・ダザという名前で訓練を受けた。最終評価は、『武器をあつかう技能が先天的に優れており、まれに見る習得の速い人材』というものだったが、その付記に、『だが、反社会的人格のためにいかなる集団行動にも向かない』とあった。無愛想な態度をとっていたのは、計算の上だった。男というものは特に印象に残らない女のことは忘れるものだ。それを教えてくれたのはコンスタンティンだった。だからフォートブラッグにシルヴィー・ダザのことを覚えている者はいない。

現在四人がいるのは屋敷の主要部に通じる前室《アンテルーム》で、贅沢な家具が詰めこまれ、壁にはマイケル・ジャクソンがチンパンジーをなでている巨大な絵が飾ってある。屋敷内のどこかから、階段をそっと下りてくる足音が聞こえた。自動小銃を構えた護衛がひとり、じりじりとヴィラネルの視界に入ってきた。ヴィラネルはクリスヴェクターから三発連射して男に膝をつかせた。男はちょっとのあいだ、白目をむいていたが、うつぶせに倒れた。ヴィラネルがその後頭部に二発撃ちこんで、毛足の長いふかふかのカーペットに血を飛び散らせると同時に、ブラヴォーが戸口から屋敷の主要部にスタン・グレネードを投げこんだ。

轟音の波動がヴィラネルを押し包み、ヘルメットごしに殴りつけてきた。アルファとブラヴォーがわきを駆け抜けてゆく。ヴィラネルとデルタもそれに続き、護衛の死体を飛び越えた。ヴィラネルの耳はがんがんと鳴っている。そこはやたらに広い大広間で、スタン・グレネードの油っぽい煙の幕が漂っていた。数秒のあいだ、そこには誰もいないかのように見えたが、自動火器の一斉射撃がはじまった。襲撃隊は物陰に飛びこんだ。

ヴィラネルとデルタは、ターコイズ色の仔牛革《カーフスキン》張りの巨大なチェスターフィールド・ソファのうしろにうずくまっていた。ふたりの背後正面入り口で、今は重厚な玄関ドアが蝶番だけでぶら下がっていて、夜の戸外が見てとれる。左手には大理石の四角い台座があり、Tバックをはいただけのバレリーナの等身大の彫像が載っている。銃撃がソファに浴びせられ、クッションを飛び散らせた。このままここにとどまっていたら、全員死ぬ。あたしはこんなところで死にたくない。こんな犯罪的に醜い家具に囲まれて死ぬのは絶対に、絶対にいやだ。

壁に掛かっている金縁の鏡をデルタが指さす。そこには大広間の向こう端が映っている。装飾つきの大きな机の向こうに人影が見てとれた。ふたりはソファの両端から同時に立ち上がり、ヴィラネルが援護射撃をするなか、デルタが散弾銃の弾丸を机に撃ちこんだ。木の破片が飛び散り、男がどしんと床に倒れ落ちた。これで四人。反対側の隅に何か動きが感じられ、白い革張りの安楽椅子の上にライフルの銃口がのぞいた。その椅子にブラヴォーが銃弾を浴びせ、ゼブラ模様の壁紙に赤い血の霧が飛んだ。これで五人。

ふたたびソファのうしろにひっこんで、ヴィラネルは弾倉を入れ替え、階段に向かって走った。残るひとりは人質を連れて、二階で待っているにちがいない。

じりじりと階段を上がり、慎重に二階の高さに目だけをのぞかせる。いちばん近くの戸口に人影が見え、ヴィラネルはそれを撃った。同時にすさまじい衝撃で頭がうしろにはじかれ、一瞬、撃たれたと確信した。耳ががんがんと激しく鳴り、倒れるようにうずくまる。肩を支えてくれる手があった。目の前で光の点が激しく散っている。

「大丈夫か？」聞き慣れた声がした。

ヴィラネルはうなずいた。ぼうっとして、なぜララがここにいるのか考えることもできない。ヘルメットに手をやると、強化プラスチックを深くえぐった痕があった。あと一センチ下だったら、脳天が砕かれていただろう。

「同時に撃ったんだよ」ララが言う。「運がよかったことに、向こうのねらいがちょっと高かった」

六人目の護衛は、さっきの戸口で仰向けに倒れていた。息を吸いこむ荒い音が、肺を撃たれたことを示している。ヴィラネルの援護で、ララが男に駆け寄った。彼女の右手にはオートマティック拳銃が握られている。

「人質はどこ？」ララがロシア語で訊く。

護衛は上のほうを見る。

「上の階？」

かすかにうなずく。

「人質に誰かついてる？」

まぶたがふるえ、閉じた。

「誰もいない？」

ぼそぼそとつぶやかれた返事は聞きとれなかった。ララは顔を近づけたが、聞こえるのはぜいぜいと空気を吸いこもうとする胸の音だけだ。ララは拳銃を構え、男の眉間に一発撃ちこんだ。

「どうしてここに?」ヴィラネルは言った。

「あんたと同じだよ」

「計画とちがうでしょ」

「変更になった。あたしはあんたを援護する」

ヴィラネルは一瞬ためらったが、疑念を飲みこみ、ララの先に立って残りの階段を上った。目の前にドアがある。ヴィラネルは光ファイバー・スコープを出して、しなやかな直径一ミリのケーブルをカーペットの上に這わせ、ドアの下にもぐりこませた。小さな魚眼レンズに映されるまばゆく照らされた部屋には、椅子に縛られた人物以外、誰もいない。

無言で、ヴィラネルはドアノブをためした。施錠されている。クリスヴェクターの弾丸一発でシリンダーを吹っ飛ばし、ドアを足で蹴り開けて、ララといっしょに駆けこむ。

ふたりは同時に椅子の人物に駆け寄った。頭にかぶせられた黒い布袋に乾いた血がこびりついている。袋の下のコンスタンティンの顔はさんざんぶちのめされて悲惨な状態になっていた。さるぐつわをかまされ、折れた鼻でぜいぜいと息をしている。

ララがさるぐつわをはずし、ヴィラネルはコンバットナイフを出して、コンスタンティンを椅子に縛りつけている結束バンドを切った。コンスタンティンはがっくりと横向きに倒れ落ちた。あざだらけで血にまみれた顔をうしろにのけぞらせ、腫れあがった指を動かしながら、肺に空気を吸いこもうとする。

「あんたが何を考えてるかわかるよ」ララがヴィラネルに言った。「あたしが生きているかぎり自分は安全ではありえないって考えてるんだろう。あたしが本当のあんたを知ってるから。あたしを殺そうかと考えてるんだろう」

「今なら申し分ないチャンスだね」ヴィラネルは同意する。

「あたしもまったく同じ立場だってこともわかるだろう。あんたが生きているかぎり、あたしは安全じゃいられない」

「そのとおりだね」

「オクサナ？　ララ？」乾いた血で黒ずんだ唇を動かして、コンスタンティンがささやく。

「おまえたちか？」

ふたりは彼を見た。どちらも目出し帽を取りはしない。

「やつらには何もしゃべってない。わかってる、よな？」

「わかってるよ」ヴィラネルは言い、ちらりとララを見た。何げなさを装った立ち方、拳銃のトリガーガードにかけた人差し指のこわばり。

コンスタンティンの目がララに向けられる。「今の話、聞こえたぞ。おまえたちが互いを恐れる理由など何もない」

ララはすっと目を細くしたが、何も言わなかった。

ヴィラネルは膝をついて、顔をコンスタンティンの顔と同じ高さになるようにし、ララとのあいだにコンスタンティンをはさんで、彼の身体が盾になるようにした。背中に手をまわし、グロックをホルスターから抜く。

「あんたに前に言われたこと」コンスタンティンに言う。「あたしは忘れたことがないよ」

「何のことだ？」

「誰も信じるな」そう言って、ヴィラネルはグロックの銃口を彼の肋骨に突きつけ、引き金を絞った。

クレイドル家への侵入は拍子抜けするほど簡単だった。妨害電波発生装置を使って警報装置を不能にしてから、ランスとビリーは万能鍵で玄関ドアから入った。ありがたいことに、クレイドル家は空き巣よけに明かりをつけっぱなしにしていた。

イヴは車でそのブロックを二周し、五十メートル先の街灯の下に車を停めた。車内を暗くしているから、助手席に座っているイヴの姿は外からはほとんど見えないが、こちらは左右両方向から来る歩行者と車を見ることができる。クレイドル夫妻の顔はわかっていた。デニスはテムズハウスでたびたび見かけているし、ペニーのほうも、情報局が毎年十二月に義務的に手配して開いている、かなり陰気なドリンク・パーティーで二回ほど見たことがあった。どちらも顔を見ればわかるという自信がある。

ランスとビリーには、まっすぐ書斎に行き、コンピュータを集中的に調べるように指示してあった。見つかったドライブすべての中身をダウンロードし、必要そうだと思う文書すべてを手持ちのレーザースキャナーでコピーするようにと。ふたりとも、押し込み強盗の経験があるかのようだ。おそらくそういうところが、リチャード・エドワーズが〝進取の気性に富んだ〟という表現で言わんとしたことなのだろう。

車内に座って待つイヴの心は、強烈な不安と退屈のあいだを揺れ動いていた。危険に思えるほど長い時間がすぎたように思えたころ、ビリーがぶらぶらと歩道を歩いてやってきた。

「ほぼ終わったよ」ビリーは後部座席にすべりこんだ。「イヴもひととおり見ておきたいんじゃないかって、ランスが言ってる」

自信を持て。イヴは自分に言い聞かせた。堂々とした態度でベルを押して、玄関ドアから入っていく。ランスが招き入れ、手術用手袋を渡してよこした。玄関ホールはごく狭く、床はタイル張りで木造部はつややかな白だ。左手には居間があり、キッチンは階段の先にあった。イヴは心臓がバクバクするのを感じた。こんなふうに不法に侵入するなんてとんでもないことだ。「トーストとアールグレイはいかが？」ランスが言う。

「ふざけないで。お腹がぺこぺこなんだから」イヴは声を平静に保とうとした。「で、何が見つかった？」

「こっちだ」

デニス・クレイドルの書斎は几帳面に片付いた小さな部屋で、つくりつけの棚と本棚と、同じ白っぽい木製のデスクに、オフィス用の人間工学設計の椅子があった。デスクの上には二十四インチのモニターを備えたいかにも高性能のコンピュータがあった。

「ビリーはこれの中身を抜いたのね」イヴは言った。

「そのなかにあるものなら手に入れた。加えて、引き出しのなかにあった外付けドライブと各種メモリースティック全部の中身もだ」

「金庫はある?」

「ここにはない。この家のどこかほかのところにあるかもしれないが、もし見つけたとしても、ふたりが戻ってくる前に開ける時間があるとは思えない」

イヴは首を振った。「ううん、もしわたしたちに必要なものがあるとしたら、それはこの部屋にあるはず。わたしたちが探してるような情報をクレイドルが妻と共有するとは思えないもの」

「賢そうなやつだからな」ランスがつぶやく。

イヴは無視した。「だからここを見まわして。何が見える?」

「支配欲の強いタイプ。そして自分に大満足してるな、言うならば」

デスクの前の壁にまとめて貼ってある写真には、クレイドルが大学の学生食堂で友人たちといっしょにいるところや、米国陸軍の将軍と握手しているところ、山のなかの川でサーモンを釣ったところ、休日に家族と共にポーズを決めているところが映っている。本棚にはベストセラーのサスペンス小説や政治家の回顧録、安全保障や諜報に関係するタイトルの本が並んでいる。

ランスのスマホが鳴った。「ビリーだ。クレイドル夫妻が帰ってきた。タクシーから降りてるところだ。そろそろ出る時間だぞ」

「くそ。まったくもう」

ランスの動きは迅速で静かだった。イヴも彼に続いたが、心臓がバクバクして今にも吐きそうだった。ランスはキッチンから庭に出るドアの掛け金をはずし、イヴのあとから出て、静かにドアを閉めた。地面は芝生か何かになっていてやわらかかった。くそ。どうしてこんなに早く戻ってくる？

「そこの小道へ」ランスが命じる。灌木がかぶさっているその小道は車道に続いている。イヴは不器用に片足を上げ、低い生垣をまたいで小道に入った。イバラのとげが服にひっかかった。必死でそれをはがしているところに、ランスがやってくる。

「伏せろ」ランスの手がイヴの肩甲骨のあいだを押す。地面はかたく、でこぼこして濡れていた。

「明かり」ぜいぜいと息を整える努力をしながら、イヴは小声で言った。「つけっぱなしにしてきた」

「おれたちが入ったときからついてたよ。落ち着け」

クレイドル家のキッチンから怒りにまかせた物音が聞こえた。戸棚の扉が乱暴に閉められる音。調理道具がかたい表面にぶつけられる音。

「おれが声をかけたら、車道に向かえ」ランスが小声で言う。

「今は何を待ってるの？」

「デニスだ。まだ表でタクシーに料金を払ってる」

イヴはペニーに、そのままキッチンにいてくれと念を送った。だが、ペニーはそうしなかった。庭に出るドアが開く音が聞こえ、ライターが点くカチッという音がした。数秒後、煙草のにおいがしてきた。ペニーは今、二メートルと離れていないところにいる。見つかるという恐怖で硬直し、イヴはほとんど息をすることすらできなかった。

玄関ドアが閉まる音と男の声がかすかに聞こえた。イヴはいっそう地面に身体を押しつけた。すぐ鼻先にランスの靴があった。

「なあ、悪かったよ、すまん」男の声がだいぶ近くなった。「だが正直言って何が……」

「わからないの？　最初っからあんたは人を見下してたわよね、くそ男。友だちの前でわたしに落ち着けとか言うなんて、ホント、ありえない」

「ペニー、頼むよ。どならないでくれ」

「ふん、好きなだけでっかい声でどなってやるわ」

「それはいい、だが庭でやるのはやめてくれ。わかるよな？　ご近所の目がある」

「ご近所なんてくそくらえよッ」声がぐっと低くなる。「あんたもね、くそくらえ」

つかの間の沈黙があり、それから何かが生垣を越えてイヴの頭に落ち、何かが焦げるようなごく小さな音がした。キッチンのドアがカチリと閉まる音がすると同時に、イヴは半分吸いさしの煙草をひっつかんだ。手袋のラテックスが溶け、指がやけどしたあげく、ようやく髪から煙草を引きはがすことができた。

「行くぞ」ランスがささやいた。

痛みに顔をしかめながら、イヴは彼に続き、小道から道路に出た。ふたりが車に乗りこむところは誰にも見られていないようだったが、にせのナンバープレートをつけておいてよかったと思った。

「何のにおい？」車を出しながら、ビリーが訊いた。

「わたしの髪よ」半分溶けた手袋をはがしながら、イヴは答えた。

「そりゃまた。くわしくは訊かないよ。これから全員、グージ・ストリートに帰るんだろう？」

「ビリー、今夜じゅうずっとこの件をやる必要はないのよ」

「かもね、けどまあ、やろうじゃない。見たいテレビもないし」

「ランスは？」

「ああ、何でもやるさ」

「みんな、ピザでいい？」ビリーが言う。「今、アーチウェイ・ロードにピザ屋があった」

もうほとんど真夜中というころ、イヴはニコに電話した。ニコは家にいた。ディナーに呼んだふたりの教師もまだそこにいた。

「ねえ、ニコ。今夜のこと、本当にごめんなさい。きっと埋め合わせをする。でも今は頼みたいことがあるの。大事なことよ」

ニコはあいまいな声を出した。

「あなたの助けが必要なの。オフィスに来てもらえる？」

「今か？」

「そう、悪いけど、今すぐ」

「なんだよ、イヴ」ニコの声がとぎれる。「ズビグとクローディアがいるんだぞ。どうしろと言うんだ？」

イヴは考える。「ふたりは大丈夫そう？」

「どういう意味だ、大丈夫って？」

「IT関係。セキュリティプロトコルとか。ハッキングとか」

「ふたりともとても頭がいい。だが今はべろんべろんに酔っぱらってる」

「そのふたり、信頼できる？」

「ああ、信頼できるよ」ニコは疲れた声を出した。あきらめたのだ。

「ニコ、本当にごめんなさい。こんな頼み、二度としない」

「ああ、そう願うよ。で、どうすればいい」

「タクシーを呼んで、ここに来て。全員で」

「イヴ、忘れてるぞ。その〝ここ〟ってのがどこか、ぼくは知らない。もはや何がどこにあるかまったくわからない」

「ニコ……」

「とにかく教えろ、いいな?」

イヴが電話を切ると、ふたりがイヴを見ていた。ビリーの手はキーボードの上に浮いたまま止まっている。「これは本当にいい考えなのか?」ランスが言った。

イヴは彼の目を見つめ返した。「外付けドライブとメモリースティックの中身と、ハードドライブからダウンロードしたものは全部見たけど、どれもまったく無関係だった。あとはこのロックされたファイルひとつだけ。もしこれを破れなかったら、今夜やったことは全部ムダってことになるのよ。デニス・クレイドルは昔ながらのMI5よ。IT技術者じゃないけど、超複雑なパスワードのつくり方ぐらいは知ってる。ビリーの総当たり攻撃が効いてないんだから、もっとたくさんの頭脳が必要なのよ。それにリチャードから、必要があれば外部コンサルタントを使ってもいいって許可を得てる」

「で、そのコンサルタントたちって誰なんだ?」ランスが訊く。

「わたしの夫はポーランド人で元チェスのチャンピオン。数学を教えてるんだけど、ハッキングがメチャメチャうまいの。ズビグニェフは夫の友人の古典学者、クローディアはズビグの彼女で、教育心理学者。みんな頭がいい人たちよ」

「国家機密の保護って点は大丈夫なのか?」

「ただ、パスワードを見つけてって頼むだけよ。それ以上のことはない。どんな名前も知らせないし、事情もいっさい話さない。このファイルで見つけたものも見せない」

ランスは肩をすくめた。「おれはまあ、いいがな」

「ビリーは?」

「ああ。ランスと同じ」


「で、あんたはあたしを殺す予定だった?」ヴィラネルは訊いた。

「そういう命令を受けたんだよ」ララが言う。「もしあんたがコンスタンティンをきっちり殺《や》らなかったら、あたしはあんたを撃って、それからコンスタンティンを撃つことになってた。彼は信頼を失ったからね」

「彼はやつらに何もしゃべってないだろうに」

「あんたはそれを知ってる、あたしもそれを知ってる。でも論理的にそういうことはありえない。だから彼は死ななきゃならなかった。あんたが彼を殺さなきゃならなかった、あたしはその控えだったんだ。そういうやり口なんだよ、あたしらの雇い主たちは」

「あたしの質問にまだ答えてない。あんたはあたしを殺すはずだった?」

「うん」

〈リアジェット〉の折りたたみベッドの上に、ふたりは裸で寝そべっていた。汗とセックスと銃の発射残渣《ざんさ》のにおいがしていた。四十分後には、モスクワの南西にあるヴヌーコヴォ空港に着陸する。ララとはそこで別れ、ヴィラネルはアヌシー・モンブラン飛行場とイシー=レ=ムリノーのヘリポート経由でパリに戻る。フランスに入国するための公式な手続きはないが、それは出てくるときも同じだった。

ヴィラネルはララのうなじをそっとなでた。刈り上げたあとのざらつきが感じられる。

「今夜のあんたはイカしてたよ。あの走ってきたやつの頭を撃ったのは完璧だった」

「ありがとう」

「あんたはほとんどやつの頭を吹っ飛ばしてた」

「知ってる。あのロバエフだからできたんだ」ララはそっとやさしくヴィラネルの上唇を歯ではさみ、舌を這わせた。「あんたのこの傷、大好きだよ。どうしてできたんだ?」

「そんなこと、どうでもいい」

「知りたいんだよ」ララはヴィラネルの股間に手をのばした。「話して」

ヴィラネルは答えようとしたが、ララの指が身体の内部でなまめかしく動くのを感じて背中を弓なりにそらし、あえぎ声を漏らした。全身の脈が〈リアジェット〉のエンジン音と相まってひとつになっていた。夜空を疾駆するジェット機とはるか下に黒々と広がるロシアの森が脳裡に浮かんだ。ララのもう一方の手をつかみ、その人差し指を口に入れ、吸う。引き金を引く指。それは金属と硫黄の味がした。死の味だ。


イヴはグージ・ストリート駅の前でニコとその友人カップルを出迎えた。ニコはイヴの腕に手をふれたが、その手つきはこわばってぎくしゃくしていた。彼の吐息にプラム・ブランディーのにおいがした。ズビグはクマのようなワイルドな男性で見るからに酔っぱらっている。クローディアは氷河のように冷ややかで、イヴと目を合わせないようにしていた。三人を見て、イヴの楽観的な気分は消え失せた。

オフィスではランスがお茶を淹れていたが、クローディアの表情に気づいて、手巻き煙草を買いにそっと外に出ていった。室温がぐんぐん下がっていくように感じながら、イヴは全員分の椅子を見つけてきた。

「それで、わたしたちはどういうお手伝いを？」両手でコートの襟をしっかりとつかみ、クローディアがまったくの無表情で訊いた。

イヴは集まった面々を見つめた。「破ってほしいパスワードがあるの」

ニコはビリーを見た。「生死がかかってるんだな」

「まあ、そんなところ」

「で、きみは何をためしてみた？」

「今のところはディクショナリアタックを仕掛けてる。それでだめだったら、レインボー・テーブルをためそうと思ってる。だがそれには時間がかかる」

「その時間がないのよ」イヴが言う。

クローディアが顔をしかめた。まだコートの襟をしっかりと合わせている。「パスワードの主のことは、どのぐらいわかってるの？」

「ほんの少し」

「あなたはわたしたちがそのパスワードを推測できると思ってるの？」

「とにかく必死でやってみたいの」

クローディアはズビグを見やった。ズビグは肩をすくめ、お茶の湯気をふうっと吹いた。

「その男のことを教えてくれ」ニコが言う。

「頭がいい、中年、高い教育を受けてる……」イヴは話しはじめた。「コンピュータは使えるけど、ガチのオタクってわけじゃない。仕事ではコンピュータやネットワーク・セキュリティみたいな問題は人に振ってるはず。でもここで破らなきゃならないファイルは彼の自宅のコンピュータに隠されてたものだから、おそらくパスワードは自分で決めたはず」

「どれぐらいしっかり隠されてた？」クローディアが訊く。

「ビリー？」とイヴ。

「実行可能なバッチファイル。完全な初心者レベルというわけじゃない」

「その男についてのわたしの印象は」イヴが言う。「自分は賢いから完全無欠のパスワードをつくれると思ってるって感じ。情報理論みたいなことはよく知ってるはず……」

「何だって？」ズビグが訊く。

ニコが目をこする。「パスワードの強度は情報量で計られる。つまりそれを破るために推測しなければならない文字列数の二進対数ということになる」

ズビグが目を瞠《みは》る。「すまん……何だって？」

「そんなことをすべて知る必要はないわ」クローディアが言った。「イヴが言おうとしてるのは、わたしたちのターゲットはそこそこ賢いから、パスワードはわかりやすいものじゃダメ、長くなくちゃならない、いろんな文字の組み合わせでなくちゃならないってことは知ってるってことよ」

「傲慢な男よ」イヴは言った。「行き当たりばったりのことをするタイプじゃない。パスワードは彼にとって何か意味があるはず。絶対に誰にも推測できないと思ってるもの。書斎にはっきり見えているもののなかに手がかりがあるはずよ、お金を賭けてもいい。だからビリーに書斎の写真を撮ってもらったのよ。デスクの上と壁と本棚にあるものすべてをね。彼の考えそうなことをしっかり考えて出し抜けばいいだけよ」

ランスが煙草のにおいをさせながらふたたびあらわれ、ビリーがA4サイズの写真を並べた。デスクの上の写真にはクレイドルのコンピュータと電話機、アームで調節できる卓上スタンド、DABラジオ、双眼鏡が写っている。それと、毛沢東とレーニンのミニチュア胸像もあった。

「共産主義グッズかよ」ニコがつぶやく。「いやなやつ」

本棚の写真には、シェイクスピアの『ハムレット』、マキャヴェリの『君主論』、ドナルド・トランプの『傷ついたアメリカ、最強の切り札』、ジョン・ル・カレとチャールズ・カミングのスパイ小説、元CIA長官のデイヴィッド・ペトレイアスとスパイスガールズのメンバーだったジェリ・ハリウェルの回顧録が並んでいる。残りふたつの本棚には、諜報関係の書籍が並んでいた。

残りの写真は書斎の壁にあったものだ。大学の食堂の学生たち、米国陸軍の四つ星の将軍と握手しているクレイドル、サーモン釣り、休日の家族写真。

「忘れないでね」お茶のおかわりを淹れようとケトルに水を入れながら、イヴは言った。「わたしたちが探してる単語だか文句だかは三十文字ぐらいの長いものでありうる。名句とか金言みたいなものを考えて。この男のような私立の寄宿学校出のやつはそういうものを使うのが大好きなのよ。自分がいかによく本を読んでるかひけらかせるから」

それから一時間、ときおり誰かが何かを思いつき、それを検討した。キーボードをたたく音と夜のトトナム・コート・ロードを流れる車の音が流れていた。ランスはふたたび手巻き煙草を一服しに出ていった。さらに一時間がすぎた。ニコたちは二日酔いにじわじわと蝕まれ、顔つきに敗北の色が濃くなってきた。ズビグがポーランド語で何かつぶやいた。

「彼、何て言ったの？」イヴはニコに訊いた。

「くそ、こいつはハリネズミみたいにおもしろいぜ、と言ったんだ」

「さあさあ、みんな、ひと休みして成果を見てみよう」イヴは立ち上がり、ほかの面々を見渡した。「これまでのところでイケそうと思えたものを教えてもらえる？　このパスワードは三回はずれるとシステムがロックダウンするのよ。だから試してみる前に本当にそれでイケそうか確認しておく必要があるの。ニコ、まずあなたから教えてもらえる？」

「ああ。ぼくの推測は『わたしにはイタチのように見える』をベースにしたものだろうということだ」

「意味がわからない」イヴが言う。

「文句の引用だよ」ニコが言う。「『ハムレット』に出てくる。本棚に『ハムレット』があっただろう」

「それで？」

「リチャード・ドーキンスによる思考実験にイタチプログラムというのがあるんだ。その理論を基にすれば、じゅうぶんな時間を与えれば、一匹のサルが好き勝手にタイプライターの文字キーを打っているうちにシェイクスピアの作品と同じものをつくることができる、ということになっている。ドーキンスが言うには、たとえ『わたしにはイタチのように見える(Methinks it is like a weasel)』という、スペースを含めてたった二十八文字の文句を選んだとしても、まったく同じ文章を作るためには、キーボードをアルファベット二十六文字とスペースキーだけにしたうえで、宇宙の寿命よりも長い時間働く高速コンピュータ・プログラムが必要だ……」

「二十七の二十八乗の組み合わせをすべて出すとするならば」ビリーが続けた。

「そのとおり」

「わたしたちのターゲットはこのイタチ何とかのことを知ってるかしら？」クローディアが言う。

「当然知ってるはずよ」イヴは言った。「それに『ハムレット』はたしかに、あの本棚のなかでは異彩を放ってる。ほかに何かある、ニコ？」

ニコは首を振った。

「『もっと速くなりたきゃ叫べ』は？」クローディアが言った。

「そいつは『ハムレット』の文句じゃないな」とズビグ。

「おもしろいこと言うわね。これはジェリ・ハリウェルのセカンドアルバムのタイトルよ。わたしは十六歳のときにこれを買ったの。洗面所の鏡の前でヘアブラシをマイクにして『イッツ・レイニング・メン』を歌ったものよ」

「ズビグは?」

「『ナイーブで感傷的な恋人（The Naive and Sentimental Lover）』はどうだろう……ル・カレの小説のタイトルなんだが」

「いいわね」とイヴ。「いかにもやつが使いそう。ほかには何もない?」

「そういうのはどうだろ」ビリーが言った。

「何か理由があるの?」クローディアは目を閉じて頭を垂れている。

「なんかちがうような気がする」ビリーは言った。

「このどれも、試してみる価値があるとは思わないのね?」イヴが言う。「どんな形でも?」

ビリーは肩をすくめた。「三回試したら締め出されるんだ、ダメだね。まだそこまでの精度じゃない」

「ランスは?」

「ビリーがまだダメと言うんなら、続けるだけだ」

「ごめんね、みんな」イヴはぼそぼそと言う。「きっとすごく疲れてるよね」

クローディアとズビグは顔を見合わせたが、どちらも何も言わなかった。

「その写真のプリントアウト」ニコが言う。「全部シャッフルして、もう一度並べてみてくれ」

イヴはそうした。全員、無言でA4サイズの写真を見つめた。一分がすぎた。さらにまた一分。と、まったく同時に——まるでテレパシーが通じあったかのように——クローディアとニコが同じ写真に人差し指を突きつけた。それはペニー・クレイドルの写真だった。ふたりの子ども、ダニエルとベラといっしょに、円柱のある古代の建造物が背景にあるとても大きな四角い広場にいる。ペニーはちょっとこわばった笑みを浮かべ、子どもたちはアイスクリームにかぶりついている。写真の右下の隅に誰かが——きっとクレイドルだ——がこう書いていた。『スターたち！』

「何？」イヴが言う。

「何、じゃない。なぜ、よ」クローディアが言い、ニコがにんまりする。

「よくわからない」イヴは言った。

「なぜこの写真なんだ？」ニコが言った。「ほかの写真は全部、この男がいかに成功している重要人物かをひけらかすために選ばれた、見せびらかしの写真だ。大物との交友関係、金のかかる長期休暇、サーモン釣り等々。でもこれだけは……よくわからない。妻は疲れた顔をしてるし、子どもたちは退屈してるようだ。なぜこれをスターたちと呼ぶ？　なぜこの写真がここにあるんだ？」

全員、身をかがめてそれを見つめた。「ちょっと待て」ズビグが低い声で言う。「ちょっとだけ待ってくれ……」

「話して」イヴが言う。

「この広場はローマだ。三人のうしろの建物はパンテオンだ。これでは見えないが、この建物の前にラテン語で銘文が刻まれている。『マルクス・アグリッパ、ルキウスの息子、三度目の執政官のときにこれを建てる』」

「それで？」

「実物を見るまで待ってくれ。ビリー、『パンテオンの銘文』でググって、その写真をプリントアウトしてもらえるか？」

レーザープリンターから出てきた紙をイヴはひったくった。正面の柱廊玄関《ポルティコ》の上、三角形の破風の下に、銘文がはっきりと見てとれた。

『M・AGRIPPA・L・F・COS・TERTIVM・FECIT』

「これ、パスワードみたいに見えるわ」クローディアが言った。

イヴがうなずく。「ビリーは？」

「いいね。強度もバッチリ」

「それじゃ、試してみよう」

すばやく一連のキーがたたかれる。

アクセスは拒否された。

「ピリオドを抜いて文字だけでやってみて」イヴが提案する。

ビリーはそうしたが、またはじかれた。今回はニコが顔を背け、ズビグがポーランド語で毒づいた。

イヴは疲れきった目で画面を見つめた。それからA4の銘文のプリントアウトに目を戻し、さらに明るい陽射しに照らされた広場と家族の写真を見つめる。静かに、確信と共に閃きが訪れた。「ビリー、最初にやってみたとき、大文字とピリオドを使ったのよね？」

ビリーはうなずく。

「でもこの銘文を見ると、ピリオドには見えない。言葉の区切りを示す印だよね、銘文が読めるようにするための」

「ああ……うん」

「だからもう一回やってみて。でも今度はピリオドの代わりに星《スター》のマークを入れて」

「本気か？」

「やって」イヴは言った。

タタタッとキーがたたかれる。沈黙。

「おおっとお」ビリーがつぶやいた。「はいれた！」

フォーブール・サントノレ通りにあるファッションハウスでは、期待が高まっていた。あらゆるオートクチュールのファッションショーの例に漏れず、このショーも開始が遅れている。あからさまに興奮を示すような無作法な人間はひとりもいないが、押し殺された笑い声やちらちらと交わされる眼差し、iPhoneの上をすべる丹念にマニキュアで飾られた指に期待感がみなぎっている。ヴィラネルは目を閉じ、周囲のすべて――プレスのカメラを意識して着飾っているセレブたち、さまざまなトーンの黒に身を包んだファッション界のプロたち――を意識から締め出し、くらくらするような富の香りを吸いこんだ。ランウェイの両側に飾られたユリやフクシアやチューベローズの香り、それに混じりあう、人肌で温まったブランド香水――ゲラン、ジャン・パトゥ、グタール――の香り。そしてトップノートは、小さすぎる金箔張りの椅子に座りもう四十分以上待っている観客のひたいにうっすらと浮かんでいる汗のつんとするにおい。

ぼんやりとヴィラネルは手をのばし、アンヌ＝ロールの膝に載っている箱から、ラデュレの〈バラの花びら〉フレーバーのマカロンを取った。さくっとした皮に歯を埋めたとき、照明が消え、スカルラッティのカンタータのきらめくような音があたりを満たして、ひとり目のモデルがランウェイに出てきた。クロッカスの黄色をしたシルクのロングコートを着ている。絶世の美女だったが、ヴィラネルは真剣には見ていなかった。

彼女は考えていた――もしララ・ファルマニャンツが、オクサナ・ヴォロンツォヴァは生きていると言いふらす気になったら、どうなるだろう。誰か、ララの言うことを信じるか、耳を傾ける者がいるだろうか？　そもそも、オクサナ・ヴォロンツォヴァとは誰なのだ？　ペルミのバーで三人のギャングを撃ち殺し、そのあと拘置所内で自殺したとされている、どこかのイカれた学生。古いニュースだ、もう忘れ去られて久しいはず。昨今のロシアは混乱と騒擾の国で、ひっきりなしに人が殺されている。どうしてララがしゃべる気になるだろう？　しゃべるとしても、誰に言うのだ？

　ランウェイでは非の打ち所がないテーラード・スーツから、前で交差する刺繍入りのトップスにくすんだピンクのチュールのバレエ・スカートをつけたモデルたちに替わっていた。アンヌ＝ロールがうっとりとため息をついている。ヴィラネルはもうひとつマカロンを取った。今度のフレーバーは〈マリー・アントワネットのお茶〉だ。

　問題は、ララが誰に言うかではなく、誰がそれに耳を傾けるか、だ。ヴィラネルの伝説の何かの要素が解明される恐れがあるか――もしそういうほころびがあるならだが――そしてヴィラネルが〈トゥエルヴ〉にとって不都合な存在になるか、だ。もしそうなったら、ヴィラネルは死ぬ。そう考えるとふたたび、ララを殺す必要性に戻っていく。だが、それを実行すれば無事でいられるのだろうか？　〈トゥエルヴ〉はいたるところに人員を潜ませている。アントンは信じていいのかもしれないが、完全に信頼できるわけではない。除去されるべきはララではなくヴィラネルだとアントンは判断するかもしれない。とはいえ、ララにすっかりそそられたことも認めざるをえない。彼女のたじろぎもしない狙撃手の眼差しと、しっかりした有能な肉体に。彼女の欲求の痛烈さに、ヴィラネルは興奮したのだ。

　曲がヘンデルのサラバンドになった。シルバーグレーのカクテルドレスがモデルたちのほっそりした身体に、開く前の花びらのように巻きついている。ミッドナイトブルーのイヴニングドレスには、スパンコールの星の銀河が刺繍されていた。

コンスタンティンを撃ったのはよくなかった。不意に、ヴィラネルの目の奥がうつろになる。アントンがヴィラネルをはるばるオデーサまで行かせ、コンスタンティンを殺させたのは、ひねくれた配慮によるものだったのだろうか？　それとも、ヴィラネルに自分の立場を思い知らせるためだったのだろうか？

いちばん気にかかるのは、そもそもオデーサでのあの危機のようなことが起きたということだ。あの一件から、ヴィラネルを雇っている組織は問題を解決することにかけては非常に有能な一方で、過ちの影響を受けやすくもあることがわかった。コンスタンティンはいつも、〈トゥエルヴ〉のために働いているかぎり、目に見えず傷つくこともない大組織の一部でいられるのだと語っていた。だが今回の一件で、世界じゅうに影響を及ぼす強大な力があるにもかかわらず、この組織は傷つくこともあるとわかったのだ。会場は暖かかったが、ヴィラネルは身震いした。

照明が和らいだ。ファッションショーは室内着に移り、繊細なキャミソールや透けるネグリジェや、ゆらめくオーガンジーのドレスを着たモデルたちが身体を揺らしながらジグザグに歩く夢のようなフィナーレを迎えた。デザイナーがランウェイに出てきて、観客に投げキスをし、盛大な拍手に迎えられた。モデルたちが引っ込み、ウェイターたちがトレーを持ってまわりはじめる。

「で、あなたはちょっとでも見たの？」アンヌ＝ロールが〈クリスタル〉のピンク色のシャンパンが入ったフルートグラスをヴィラネルに手渡す。「はるか遠くに行ってたようだったけど」

「ごめん」ヴィラネルはつぶやき、目を閉じて、キンキンに冷えたシャンパンが喉を落ちてゆく感触を味わった。「ちょっとぼうっとしてたみたい。最近あんまり眠れてないのよ」

「もう帰りたいなんて言わないでよ、かわいい人《シェリ》。まだまだ夜は長いんだから。手はじめは打ち上げパーティーよ。それにあそこにすごいイケメンがふたり、こっちを見てるわ」

ヴィラネルはかぐわしい空気を吸いこんだ。シャンパンのおかげで身体がぞわぞわしてきた。疲労感が飛んでいき、それと共に、この二十四時間感じていた疑念と不安も今のところは消えていた。

「わかったわ」ヴィラネルは言った。「楽しみましょ」


「それで」リチャード・エドワーズが言った。「デニス・クレイドルだと。本当にたしかなんだな？　もしきみが間違っていたら……もしわれわれが間違っていたら――」

「間違ってはいないわ」イヴが言う。

ふたりは、ソーホーの地下駐車場に停めたエドワーズの三十年もののメルセデス・ベンツのなかに座っていた。ブルーグレーの内装はすりきれているが快適で、窓を開けているせいでかすかな排気臭がする。

「もう一度説明してくれ」

イヴは前に身を乗り出した。「ジン・チアンはほぼ確実に、口にしている以上のことを知っています。ジンから得た情報に基づいて、未知の人物からトニー・ケントという男が持つ湾岸諸国の口座へ流れている大金について捜査した結果、ケントがデニス・クレイドルの仲間だと判明して、クレイドルの自宅を密かに捜索したところ、彼のコンピュータに隠されていたファイルが見つかった。パスワードを破ってそれを開いたところ、クレイドルが英領ヴァージン諸島の銀行に持っている番号口座〔秘密保持のため番号で識別される匿名の口座〕の明細があり、また、千二百万ポンドを超える額がトニー・ケントによって、UAEのフジャイラ首長国のファーストナショナル銀行でケントが管理している口座から、クレイドルの口座に振り込まれていることがわかったの。動くに足る決定的事実だと言っていいと思う」

「それで、クレイドルを連行したいというのか？」

「クレイドルには穏便に話をするつもりです。この口座や振り込みのことはどこにも知らせない——歳入関税局にも警察にも、誰にも。何もかもをそのままにしておいて、クレイドルを説得して協力させます。バラすぞ、恥をかかせるぞ、訴追するぞと、使えるものは何でも使って脅して、徹底的に絞り上げる。われわれに協力して支払い主たちの正体を探ることに同意すれば、口座の金はそのまま持たせてやる。もし同意しなければ、やつをオオカミたちに投げ与えるまでです」

　エドワーズは顔をしかめ、指先でハンドルを細かくたたいている。「彼に金を送っている者たちについて、きみの考えが正しければ……」

「正しいわ」

エドワーズはフロントガラスの向こうのコンクリート壁と、スプリンクラーが設置された低い天井を見ていた。「イヴ、よく聞いてくれ。この件ではもうじゅうぶんな数の死人が出ている。きみとデニス・クレイドルをさらに加えたくはない」

「慎重に行動するわ、約束します。どうしてもこの女をつかまえたいし、つかまえるつもりです。わたしが警備を担当していたヴィクトル・ケドリンを殺し、サイモンを殺した。ほかにもいったい何人殺しているか、わからないのよ」

エドワーズはうなずいた。顔つきは深刻だ。

「どうしても彼女を止めなくちゃならないのよ、リチャード」

リチャード・エドワーズはしばらく黙っていた。それから、ため息をついた。

「きみの言うとおりだ。彼女は危険だ。やれ」

イヴが家に帰ったとき、ニコはキッチンのテーブルに座り、ノートに計算を書いていた。テーブルには電気部品や調味料が散らばっている。ニコは疲れた顔をしていた。

「どうだい」ニコは慎重に訊ねてきた。「あのファイルに探してたものはあったか？」

「あったわ」イヴは夫の頭のてっぺんにキスして、隣の椅子に腰を降ろした。「ちゃんと見つけたわ。ありがとう」

「そりゃよかった。そのガラスのビーカーを取ってくれるかい？」

「何をやってるの？」

ニコは二本の針金をワニロクリップでマルチメーターに接続した。メーターの針が激しく左右に振れた。「酵素を触媒にした燃料電池をつくってるんだ。ちゃんとつくれたら、粉砂糖を使ってスマホに充電できるようになるぞ」

「これまでじゃけんにしててごめんなさい、ニコ。本当に。きっと埋め合わせをするわ」

「そりゃ期待できそうだな。それじゃ、ケトルに水を入れることからはじめたらどう？」

「それは実験のためかしら？」

「いや。いっしょにお茶を飲みたいと思っただけ」ニコは身を起こし、両腕をのばした。

「それじゃ、きみがやってた事案は終わったんだな？」

彼の背後で、イヴはグロック19拳銃を腰のホルスターから出してバッグにしまった。

「ううん」イヴは言った。「まだはじまったばかりよ」


（第一巻　完）

✦著者

ルーク・ジェニングス（Luke Jennings）

サミュエル・ジョンソン賞とウィリアム・ヒル賞の候補作に選ばれた回想録『Blood Knots』のほか、ブッカー賞にノミネートされた『Atlantic』などの小説を執筆。ジャーナリストとしては、「オブザーバー」、「ヴァニティ・フェア」、「ニューヨーカー」、「タイム」などの雑誌に寄稿。また、本作は、サンドラ・オーとジョディ・コマーが主演を務めたＢＢＣの人気テレビシリーズ「Killing Eve」の原作となった。

✦訳者

細美遙子（ほそみ・ようこ）

一九六〇年、高知県高知市生まれ。高知大学文学部人文学科卒業、専攻は心理学。訳書にジャネット・イヴァノヴィッチのステファニー・プラムシリーズ（扶桑社、集英社）、ベッキー・チェンバーズ『銀河核へ』（東京創元社）、アンナ・カヴァン『われはラザロ』（文遊社）など。

キリング・イヴ 1

コードネーム・ヴィラネル

二〇二三年七月七日　初版第一刷発行

著　者　ルーク・ジェニングス

訳　者　細美遙子

編　集　寺谷栄人

発行者　マイケル・ステイリー

発行所　株式会社Ｕ－ＮＥＸＴ

〒一四一－〇〇二一

東京都品川区上大崎三－一－一

目黒セントラルスクエア

電話〇三－六七四一－四四二二［編集部］

〇五〇－三五三八－三二一二［受注専用］

装　丁　木庭貴信＋角倉織音（オクターヴ）

印刷所　シナノ印刷株式会社

Printed in Japan　ISBN 978-4-910207-91-9 C0097